Percy Jackson

波西傑克森

迷宮戰場

雷克·萊爾頓 Rick Riordan◎著

吳梅瑛◎譯

遠流

給台灣讀者的一封信

給台灣的年輕讀者們：

小心！你手裡握的是一個充滿祕密、魔法和驚喜的故事。打開這本書，你將被帶往未知的冒險旅程。

老實說，我完全不知道我的書〈波西傑克森〉會將我帶到哪裡去。當我第一次把波西這個發現自己父親是希臘天神的男孩故事告訴我兒子時，我也沒料到它竟然會變成小說，還出版到全世界去。之後，波西的故事有了自己的生命。誰料想得到希臘眾神在二十一世紀一樣具有影響力，而神話裡的怪物仍然在我們四周，追殺著年輕的「混血人」呢？

在此還要提醒各位一下，爲了避免造成全球恐慌，我必須將波西的故事寫成「虛構小說」，所以你沒有必要相信你（對！我說的就是「你」）可能是希臘天神的兒子或女兒。但是，如果你讀這本書時，感覺到體內的奧林帕斯血液沸騰起來的話，趕快保護自己！我們會在「混血營」爲你保留名額，以防萬一。

此時，我們正在努力詮釋著波西其他的冒險，好讓你跟上他的故事。如果你不怕的話，繼續讀下去吧，年輕的混血人！

來自奧林帕斯的祝福　雷克・萊爾頓

【導讀】一起來趟精彩的英雄之旅

《閱讀理解》學習誌總編輯　黃國珍

美國知名作家雷克．萊爾頓（Rick Riordan），最著名作品爲風靡全球的〈波西傑克森〉系列。這套書自二〇〇五年推出第一冊開始到二〇〇九年第五冊出版，獲得來自各界的好評與肯定，包括《紐約時報》二〇〇九年度最佳童書，榮獲美國總統歐巴馬選書，連獲兩年「馬克吐溫獎」最佳圖書系列，《紐約時報》、《出版者週刊》暢銷排行榜第一名，翻譯成全球三十餘國語言版本，並拍攝成電影，贏得全球青少年喜愛。另一個驚人的數字，是美國初版上市首刷達一百二十萬冊。所有的數據都證明了這套書的可讀性與價值。

既然〈波西傑克森〉系列這套書如此成功，爲什麼要再寫文章介紹？快快將它搬回家就好啊！這的確是個好決定，不過多一分理解，更能在這精彩的系列故事中，深一層看見它在當前學習中的閱讀價值。

台灣當前的教育發展已經與國際教育趨勢接軌，將「發現問題、解決問題與終身學習」作爲學習表現的指標，這表示學習不再是熟記學科知識，更要求面對眞實生活的能力。在這前提下，課本不再是學習的唯一內容，反而需要更爲廣泛多元、貼近生活的材料，幫助處於青少年階段的孩子銜接生活經驗，並在其中思考與解決問題。

青少年是人生之中一個獨特的時期，充滿著成長的驚喜與困擾。生理方面有顯著的改變，接近成人般的成熟，也開始在家庭、學校生活與初期參與社會的互動中，學會更加複雜的社會關係，並思索定位自己的角色與前進的目標。因此，青少年普遍在生活中有幾個切身的問題發生，例如：對未來的不安心理、依附關係的改變、身心不平衡帶來的困惑、缺乏自我認同及生涯定位、人際關係的互動相處。

孩子雖然需要面對這些問題，但如果有一個人可以分享他的故事，接受自己不同於別人的出身，在巨大的壓力與尚未成熟的心智之間，找到成長的平衡點，在與人的相處中超越挫折，那就像是找到可以相互支持的夥伴一起冒險，踏上共同的與個人的英雄之旅。而波西．傑克森正是這個人，他精彩奇幻的冒險故事，也是一個青少年成長蛻變的紀錄。

波西．傑克森是一位擁有海神波塞頓血脈的混血少年，困惑於自己的身世與能力，在學校受同儕歧視與霸凌，但他也是一位勇敢而忠誠的英雄。他對家人的愛，無論是血緣還是親情，使他成爲一個眞誠而可愛的人物。

他是那種願意迎接自己的故事並勇敢走下去的英雄；他帶著讀者一起沉浸在這個奇幻的世界裡，很快就愛上了他夢幻般的新生活和隨之而來的人物角色。讀者如我，在不自覺中也成爲與他同行的夥伴，同理他內心的掙扎，在挫折中給予支持鼓勵，在光明和黑暗之間與他並肩戰鬥，共同跨越一次又一次的危機。最後，原本的尋找，轉變爲創造，夥伴成爲如同家人的存在，友情凝聚成爲一個家的根基，見證了波西的蛻變與成長。

在所有的戰鬥、魔法和謎語之間，這是一部眞正溫暖人心的故事，一位自遙遠希臘神話蛻變的現代少年英雄，在故事中與讀者的心中誕生。

如果我在青少年時有機會讀這套書，相信在閱讀過程中與波西一起冒險的體驗，從這群夥伴身上學到的事，一定能給當年青澀、困惑、挫折的自己帶來啓發與力量。因爲波西的英雄之旅，我和他一起走過，他的成長就是我的成長。而且這群可愛的夥伴還會在故事結束後，在心中陪伴我很長時間，當我有需要時就召喚他們出現。

關於〈波西傑克森〉這書，最後還有一個隱藏的主題較少被介紹。故事中不論是波西或是混血營中的夥伴，實際上都暗示著一群在人類世界中被視爲「不正常」的孩子，他們被安置在看不見的邊緣地帶，視而不見就是一種偏見與歧視。而這個故事溫暖的告訴我，他們仍然是英雄，能夠殺死怪物並保護他們的朋友，這是一個重要的訊息。面對當前這個多樣性、多元化的社會，欣賞差異、開放包容成爲必要，〈波西傑克森〉的故事讓我們看見一群所謂不正常的孩子，也和我們一樣具有人性、智慧與愛。

事實上，作者開始創作這個故事系列，是爲了幫助他有閱讀障礙的兒子，讓他覺得他也可以成爲英雄；而他的孩子隨著故事情節發展，表現上也更加進步和包容，逐步成爲能在故事中看到自己可能性的孩子。

〈波西傑克森〉是一部精彩的青少年奇幻小說，有大量的神話、偉大的友誼、追求、背叛、戰鬥、包容，以一種充滿劇情張力的閱讀，讓青少年讀者學習認識這個多樣的世界，甚至用希臘神話的背景設定提醒青少年讀者，在世界表象背後，在自身被視爲命運的經歷背後，往往有更爲深層的結構，才是影響每一個人的隱藏原因。

這套書我讀得很開心，如果你或孩子喜歡神話和一大群朋友，想在故事中學習眞實世界的多樣包容，嘗試解決自身或夥伴的困難，我相信波西傑克森這位英雄，能帶領讀者經歷一場精彩的英雄之旅。

【親子推薦一】

被女兒推坑進入神話世界

華語首席故事教練　**許榮哲**

關於希臘神話，我是被女兒川川推坑的。

女兒小三的時候，迷上希臘神話，並且大力向我推薦，看著、看著，我也上癮了。

關於〈波西傑克森〉，我也是被女兒推坑的。

媽媽把這件事寫在網路，沒想到意外引來出版社的注意，他們希望找我女兒推薦小說〈波西傑克森〉，因爲小說的背景就設在希臘神話之上。主人翁波西．傑克森是天神與凡人的私生子。託女兒的福，我才有機會讀到這套紅透半邊天的小說。

閱讀這部小說，跟我平時的閱讀經驗完全不同，因爲背景設在希臘神話之上，因此閱讀過程中，神影幢幢，熟悉的神話人物不斷「亂入」。雖說是亂入，但作者就是能提出一套自圓其說的道理，讓你先是覺得作者在唬……扯，隨後會心一笑，好吧，是滿有道理的。

舉個例子：

「波西，你爸爸沒有死，他是奧林帕斯眾神之一。」（我聽你在唬……）

「這……太瘋狂了。」

「很瘋狂嗎？想想神話裡的天神最常做的事情是什麼？他們跑到凡間和人類墜入愛河，然後生下孩子。你以為他們最近幾千年會改變這個習慣嗎？」（好吧，我被說服了。）

再舉個例子：

「文明的光輝最耀眼的地方，就是天神所在，比如他們在英國就待了幾個世紀。波西，是的，他們現在當然是在你的美國。」（我聽你在唬……）

「你看看美國的象徵是宙斯的老鷹，看看洛克斐勒中心的普羅米修斯雕像，還有你們華盛頓政府建築的希臘式門面……」（好吧，確實有那麼一點道理。）

我非常享受這種被小說設定虐待，並且等著慢慢被說服的過程。

喔，對了，希臘神話有個傳統，父親會被兒子推翻。第一次是宙斯的祖父，第二次是宙斯的父親，第三次就是宙斯本人，他被凡人兒子海克力士推翻。

那麼波西．傑克森是來推翻他的天神爸爸的嗎？

我享受被女兒推坑的過程，是她帶著我，從希臘神話到〈波西傑克森〉，一個又一個更遼闊的世界。至於她會不會像希臘神話一樣，長大後也推翻自己的爸爸？

我非常期待那一天的到來。

——完

【親子推薦一】

帶著幻想與波西一起冒險

許川川

〈波西傑克森〉眞的是一套很有創意的小說，這個世界上居然有那麼多人是神的小孩。看著、看著，我也忍不住幻想起來，說不定我的爸爸媽媽也是神。如果他們眞的是神，我希望他們是阿瑞斯和雅典娜，不過我們家男生長得不帥，女生成績也不怎麼樣，所以他們一定不是我們的父母。

比較有可能的是阿芙蘿黛蒂和宙斯。嘿嘿，我那麼漂亮，很有可能是阿芙蘿黛蒂的女兒呢。至於我弟弟只要一生氣就很恐怖，跟宙斯一樣。

如果不考慮我自己的喜好，那我媽媽和爸爸應該是狄蜜特和戴歐尼修斯。因爲狄蜜特就像我媽媽一樣溫柔，至於爸爸就像戴歐尼修斯，每天都很歡樂，甚至有一點搞笑，但偶爾也會一不小心就抓狂。

雖然以上都不可能發生，但可以帶著這樣的幻想，跟著波西傑克森一起去冒險，彷彿我們是一同並肩作戰的夥伴，眞是一場愉快的閱讀經驗。

——完

【親子推薦二】

讓孩子廢寢忘食的故事！

基隆市東光國小校長　顏安秀

〈波西傑克森〉套書，是我給孩子水果姐的十一歲生日禮物，期待透過廣闊的奇幻世界，更豐富孩子的想像力。孩子也如所預期的，很快被故事鉤上，甚至到了廢寢忘食的地步。我想是因爲故事情節驚悚刺激，讓青春期的孩子無法自拔吧！

作者雷克・萊爾頓運用了任何讀者都會有的強烈好奇心，急迫想知道劇情走向的念頭，牢牢抓住了大小讀者的目光。閱讀期間，孩子因著要更掌握情節發展，開始廣泛涉獵希臘羅馬神話相關知識。從故事本身延伸到其他議題的學習，甚至主動瞭解歐洲文化起源和崛起，而「自主學習」，正是除了閱讀樂趣之外，我希望帶給孩子的額外收穫。

【親子推薦二】

與波西一起闖蕩神話世界

水果姐

〈波西傑克森〉，讓我有段奇幻文學旅程，我也一遍又一遍重複地看。因爲迷人的故事結構，以及充滿華麗的想像力，讓「閱讀」本身就是最棒的饗宴。刺激緊張的故事，包括到冥王地府拯救母親、到帝國大廈找奧林帕斯諸神等等，讓我透過作者雷克．萊爾頓的巧妙敘述，身歷其境，彷彿跟著波西一起拯救朋友，或跟著安娜貝斯一起出生入死。

〈波西傑克森〉總共五集，每看完一集，我就對希臘神話有新的見解，也促使我更想廣泛地瞭解歐洲文明。我鼓勵所有和我一樣的青少年，跟著波西穿越歐美各地、穿梭於各式神話，透過文字闖蕩壯麗的冒險世界吧！

【推薦文】

穿閱超時空——來一趟你的英雄之旅吧！

丹鳳高中圖書館主任、作家　**宋怡慧**

神話是眾人的夢，夢是私人的神話。——神話學大師坎伯（Joseph Campbell）

美國奇幻小說家雷克．萊爾頓造就的〈波西傑克森〉，憑藉超現代的天神人設，以希臘神話的元素融入故事，創新奇幻的題材，也改寫英雄的奇想，傳遞人生的眞理與信念，帶領讀者翱翔在懸疑冒險與尋夢追夢的閱讀世界。

每個讀者心中都藏有一個不平凡的夢，當我們遇到是非的辯證、恐懼與勇氣的拔河、理性與感性的平衡，礙於現實生活，我們常會徬徨無助，而失去勇敢歷險的機會。雷克．萊爾頓帶著他筆下的混血英雄波西．傑克森，穿越在虛幻與現實之間，看似平凡的魯蛇，在「混血營」的試煉與考驗下，堅持理想，化身為青少年夢想先行者，堅強地走在自我探索的旅程，憑藉毅力克服困難的任務，不只保有內在單純與天眞，重新連結親情、友情、人際的多重關係，也讓看似崩壞的世界，消弭歧見、重歸眞實的美好。

當讀者與我一起「穿閱」在〈波西傑克森〉系列，從陌生到熟悉的場景，相互交錯，你會發現：每個祕密的背後，都是一段神祕力量的召喚。你可能會遇見聰明智者的啓迪、高超幫手的助益，通過重重困難，克服險阻，就能帶回英雄旅程要送給主角和讀者的人生彩蛋。它是勇氣、智慧、更好的自己。

讀者在曲折驚險的情節中，開展了封閉的心，從反派人物的出場與設險，察覺到內在的不安，或許眞正震懾自己的不是邪惡勢力，而是自我設限的內在恐懼。如果，你也和我一樣，跟著雷克．萊爾頓從希臘到羅馬，再從埃及到北歐，我們會被神話傳說的豐富想像驚豔，會被作者嶄新的書寫手法吸引，從宗教、家庭、集體意識、內心探索等議題歷險，克服面對的孤獨。在閱讀的過程，彷若進行神聖的成長儀式，相信世界的善意、神隊友的正義，還有，人定勝天是生命的累積，而非空談的奇蹟。

嗨！年輕的混血人，你還在等什麼？小說家的混血營正爲你保留唯一的名額，等你來闖一趟專屬的英雄之旅。

【推薦文】

提升閱讀力、想像力與品格力的奇幻經典！

惠文高中圖書館主任、作家 **蔡淇華**

你知道全球知名的經典青少年奇幻小說〈波西傑克森〉，其主角的原型是有著閱讀障礙與過動症的十二歲少年嗎？電影版將波西傑克森從十二歲被改為十六歲，其實讓原作者雷克．萊爾頓非常不滿。他認為電影少了許多慘綠少年突破天生困境、追尋自我認同的細節。

其實電影只拍到〈波西傑克森〉系列的第二集，但要盡情享受雷克．萊爾頓融合希臘神話、羅馬神話，甚至古埃及神靈等文化所打造出的奇幻經典系列，其實還是要捧起原著細讀。

我在國中看完金庸的五大冊〈鹿鼎記〉後，閱讀興味被完全開啓，開始不怕閱讀長篇，整個閱讀速度得到提升。如果現代害怕閱讀的青少年也能暢快淋漓讀完五大冊〈波西傑克森〉，一定可以奠定一生的閱讀能力。因為讀得多才能讀得快，讀得快就不怕任何的升學長篇題幹。

除了可以提升閱讀能力外，〈波西傑克森〉還能開發讀者的想像力、認識西方神話，甚至在伴隨著主角的冒險旅程中，內化勇敢、信任、正直仁厚等英雄人格特質。〈波西傑克森〉不啻是在茫茫書海中提升青少年閱讀力、想像力與品格力的奇幻經典！趕快為你關心的青少年提供這部節奏明快、高潮迭起，而且得過「馬克吐溫獎」最佳圖書的超刺激小說吧！

【推薦文】

混血人的平凡，代表你我最眞實的原力

親職溝通作家　羅怡君

以希臘羅馬神話為基底的〈波西傑克森〉，創造了一個新族群——由眾天神與一般人結合而產生的後代，稱之為「混血人」。而這些散居各地、各自承接天神特質與超能力的混血下一代，以男孩波西為首，展開驚險刺激的冒險任務。在作者筆下，這些任務巧妙結合現實生活中難以解釋的災難與人為事故，不禁讓我聯想深思當中有什麼特殊涵意？

的確如此，我像是解開密碼般的興奮不已！例如：

- 想想令眾神們為之傾倒、甚至打破戒律的特質是什麼呢？波西的媽媽、安娜貝斯的爸爸，他們與其他父母又有什麼不同？
- 混血人有其弱點，但也有混血人才能做到的事，甚至是擊敗天神的重要關鍵，原來天神也絕非萬能與完美。關於弱點，我們有什麼不同詮釋呢？
- 每項任務都是截然不同的團隊組合，曾互相競爭、討厭的對手，可能是下一次必須結伴同行的夥伴，過程中的信任與背叛，眞的如我們所預料的嗎？

也許我們就是作者筆下的混血人，特別是下一代的未來充滿嚴峻挑戰，看似脆弱無能爲力的我們，是否也能像混血人一樣，透過獨特角度找出平凡中的不平凡？既然人類物種存在這個地球，就讓我們向波西傑克森學習，共同找出終其一生奮鬥的價值吧！

【初版推薦文】

跟著〈波西傑克森〉進入西方文明的源頭

作家　李偉文

現今的西洋文學、藝術，乃至於一般民間生活習慣與典故，幾乎都與希臘羅馬的神話有關，因此，若要欣賞西方的藝術與文化，最好能對這些錯綜複雜的眾神關係有些概念。

基於這樣的「認知與學習」觀點，在孩子上國中之前，我就嘗試找一些有關希臘神話的書給她們看，可是她們大部分都看不下去，有的書即便勉強看完，也無法理解希臘眾神間複雜的恩怨情仇。一直到〈波西傑克森〉這套精彩刺激的奇幻小說出現，才眞正讓孩子看到這些希臘神話裡的人物，彷彿幾千年的時空距離完全消失，這些天神與凡人所生的混血人，眞的就在身邊。

主角是個凡人眼中的注意力不足過動症患者，同時也有閱讀障礙，跟著媽媽辛苦的生活著。與「哈利波特」一樣，他發現了自己的詭奇身世，也成爲怪物的獵殺對象，同時他也是預言中的神界救星。

這些看似高潮迭起、引人入勝的歷險過程，正是隱喻了少年孩子在成長階段中最關鍵的自我認同的追尋。因爲作者全以第一人稱敘述，全書充滿了青少年素有的叛逆與幽默搞笑。這個成績不好、不討人喜歡的孩子，雖然衝動，但是很勇敢又坦率；雖然總是很倒楣卻懂得苦中作樂。這些情節很能引起孩子們的共鳴，因此書中包含的家庭關係、朋友之間的信任、對未來的夢想等學校所謂「生命教育」的重要課程，在不知不覺中就傳遞給孩子了。

家長或老師在幫孩子選書時，往往會挑「有價值」的書，這些書或者是知識含量高，或者是主題正確，教忠教孝不怪力亂神。遺憾的是，有時這些選擇，除了無法讓孩子享受到閱讀的樂趣，更恐怕會破壞他們養成喜歡閱讀的習慣。

要讓孩子感受到書中天地的寬廣，唯有從能夠吸引孩子廢寢忘食的書開始。若是家長只著眼於「開卷有益」，專挑表面上有意義而且充滿知識的書給孩子看，那就太可惜了。我覺得書籍可以帶給孩子最深遠的影響是「掩卷」的時候，當孩子看一本書還沒有看完，就興奮地坐立難安想跟你分享，這才是最動人的時刻。

〈波西傑克森〉是一套這樣的書，而且更令家長放心的是，當孩子看完這個故事，也等於上了令人難忘的西洋文化史。

【初版推薦文】所有人類的好朋友

作家・青蛙巫婆　**張東君**

「天將降大任於斯人也，必先苦其心志，勞其筋骨，餓其體膚，空乏其身，行拂亂其所為，所以動心忍性，增益其所不能……」這雖然是出自孟子，但是我每次閱讀〈波西傑克森〉系列時，這段話都會一直掠過我的腦海。因為波西與他混血營的朋友們，雖然只是青少年，卻從小就不停地在體驗、實踐孟子這幾句話中所代表的涵義。

〈波西傑克森〉系列故事的骨幹，是流傳久遠的希臘神話。由於希臘神話可說是西洋文學的立基點，不論有沒有看過或聽過希臘神話的人，都多多少少知道幾位希臘神祇的名字。到處拈花惹草、惹得老婆大人希拉震怒的天神宙斯，以及海神波塞頓、太陽神阿波羅、智慧女神雅典娜、愛與美的女神維納斯等等，不只是許多文學藝術作品的創作泉源，天上的星座也都跟祂們有很大的關連。

我們所知道的希臘神話及天神故事，只是他們流傳在外的功績或小過，在以千年為單位流逝的時光中，不過是其中極小的一部分。但是我們卻能輕鬆地從本系列奇幻故事中，一邊閱讀一邊想像這些隨心所欲、想做什麼就做什麼的天神們的行為，可能會造成何種後果來讓後人承擔。

波西就是這種狀況下的「產物」，他是海神波塞頓和凡人女子之間所生下來的「混血人」。

天神和人類之間的混血兒，通常會有閱讀障礙，會是過動兒，所以在被發現或是自己發覺事實眞相之前，上學對他們來說是種災難。可是當他們被帶去「混血營」和同伴宿營，瞭解自己背負著的命運時，更會變得非常無奈。因爲只要是混血人，就會像塊強力磁鐵一樣，吸引許多的妖魔鬼怪來挑戰、來行刺，想要用混血人的血與肉換取某種利益……何況波西又很有可能是預言中所說的那個「在十六歲時，會對奧林帕斯帶來重大影響」的人！

於是，波西的日常生活幾乎沒有一刻寧靜，在學期中必需努力克服自己的學業問題；在暑假回混血營受訓時，通常也待不了幾天就得受命去完成某件重大任務。從前我們是在神話中讀到其他「成年」天神們完成的各種任務，現在我們則陪伴著青少年神人混血去超齡挑戰種種「不是你死就是我亡」的重責大任。

我在還是小學生時就看過希臘神話、羅馬神話等各種西洋神話，也發現這些閱讀對觀察星象、認識星座很有幫助。等我讀到《獅子、女巫、魔衣櫥》，走入「納尼亞」的世界中，更是興奮地發現許多原本只在星座、神話中「認識」的角色都是「活生生」、「有血有肉」的。

不過，如果從結合希臘神話與現實社會的寓教於樂，以及融合娛樂、文學與教育爲一體的角度來看的話，〈波西傑克森〉更上一層樓。他讓天神們走進凡人的世界中；讓奧林帕斯飄在紐約上空；讓尋找牧神潘的任務與自然保育的議題結合；讓青少年知道只要有心，世界上沒有不能克服的困難。

波西不但是飛馬的好主人、獨眼巨人的好兄弟、羊男的好搭檔，更是我們所有人的好朋友。

各方榮耀肯定

★《時代》雜誌評選史上最佳百本青少年書
★《紐約時報》暢銷排行榜第一名
★《紐約時報》最佳圖書獎
★《出版者週刊》暢銷排行榜第一名
★美國圖書館協會最佳圖書獎
★《學校圖書館期刊》最佳圖書獎
★全國英文教師協會最佳童書獎
★美國NBC電視台「The Today Show」讀書俱樂部好書精選
★《兒童雜誌》最佳圖書獎
★VOYA最佳小說獎
★YALSA最佳青少年圖書獎
★CCBC最佳選書獎
★英國紅屋圖書獎

★英國阿斯庫斯圖書館組織火炬獎
★英國沃里克郡最佳圖書獎
★芝加哥圖書館最佳圖書獎
★猶他州兒童文學協會蜂巢獎
★維吉尼亞州讀者選書
★馬克吐溫讀者選書獎
★緬因州學生圖書獎
★新澤西州青少年圖書獎
★麻州最佳圖書獎
★亞利桑那州學生最佳圖書獎
★路易斯安那州青年讀者選書獎
★南卡羅萊納州青年讀者選書獎
★北卡羅萊納州童書獎入圍
★德州圖書館協會藍帽獎入圍
★懷俄明州翔鷹獎入圍

波西傑克森④ 迷宮戰場

目錄

主要人物簡介

◆波西．傑克森（Percy Jackson）

十五歲，個性衝動急躁，但勇敢正直，重情重義。有閱讀障礙及注意力不足過動症，小學到中學的八年間換了八間學校，九年級時打算換古迪高中就讀。因爲身爲海神之子，總是會吸引怪物前來襲擊，從小到大遭遇許多異常怪事與危險。在暑假即將展開之際，接到最新任務需冒死開啓迂迴險峻的地底迷宮眞相。

◆格羅佛．安德伍德（Grover Underwood）

波西六年級時的同班同學，也是他的好朋友，實際身分是希臘神話中的羊男。平常個性看似膽小懦弱，但常在意外時刻挺身而出。他在與波西完成尋找閃電火的任務後，受到長老會的肯定，取得探查者執照，出發尋找失蹤的羊男首領——天神潘。歷經波折後，終於有了最新發現。

◆安娜貝斯．雀斯（Annabeth Chase）

波西在混血營中認識的夥伴。十五歲，是智慧女神雅典娜與凡人所生的混血女兒，也是混血營六號小屋的領隊。她聰明且功課好，喜愛閱讀歷史與地理相關資訊，和雅典娜一樣善於計畫與運用智慧。她的願望是未來要成爲一位偉大的建築師。這次和波西接下迷宮任務，奮力拯救混血營遭遇的危機。

◆**瑞秋・伊莉莎白・戴爾**（Rachel Elizabeth Dare）

一般的凡人女孩，曾經兩次在危機中拯救了波西。她聰明又勇敢，能夠看穿迷霧，看出別人看不出來的怪物。憑著這項特殊能力，她破例受邀參與混血任務，和波西、安娜貝斯等人冒險穿越了迷宮，過關斬將。

◆**路克**（Luke）

商旅之神荷米斯與凡人的混血兒子，原本是波西在混血營中的指導員及混血營十一號小屋的領隊，但後來被發現他就是竊取宙斯閃電火的小偷，並且效忠於泰坦王克羅諾斯。正在幫助泰坦王號召大軍，預謀對抗天神的行動。

◆**泰森**（Tyson）

獨眼巨人少年，座騎是一隻馬身魚尾怪。原本波西以爲泰森只是個懦弱的大個子同學，卻在一次攻擊事件中發現泰森的眞面目。隨著與泰森相處日久，波西發現兩人之間關係匪淺，並曾和這個「怪胎」兄弟經歷冒險旅程。

◆**代達羅斯**（Daedalus）

希臘神話中的偉大發明家、建築師和工藝師。據傳他曾爲克里特王米諾斯建造一座迷宮，用來囚禁怪物彌諾陶，隨後自己卻也被囚禁在迷宮裡。後來，他爲自己和兒子伊卡魯斯做了翅膀，試圖飛往西西里，接受西西里國王科卡洛斯的庇護。

◆**希拉**（Hera）

婚姻女神，也是母親的守護神。她是宙斯的現任妻子，也是宙斯的姊姊。希拉以善妒聞名，對於宙斯的不忠行經十分憤恨。她曾幫助過一些混血英雄完成任務，但也常是許多英雄的敵人，特別是宙斯的私生子，被她整最慘的就是海克力士。她的象徵物是母牛，還有美麗的孔雀。

◆**克羅諾斯**（Kronos）

十二位泰坦巨神的首領。他是大地之母蓋婭與天空之父烏拉諾斯所生，也是天神宙斯、波塞頓與黑帝斯的父親。被稱爲「邪惡者」，曾用鐮刀將父親烏拉諾斯切成碎片，後來卻被自己的孩子宙斯打敗，失去神界的統治地位。

◆**奇戎**（Chiron）

混血營的營區活動主任，也是波西六年級時的拉丁文老師，很受波西尊敬與信任。他其實是希臘神話中半人馬族的一員，但和一般半人馬狂放粗野的性格大不相同。他個性溫和、愛好和平、充滿智慧，還擅於醫術，曾擔任過許多混血英雄的老師。

◆**戴歐尼修斯**（Dionysus）

酒神，也是混血營的營長。他能讓所有花草果樹生長繁茂並結實纍纍，特別是能釀酒的葡萄。因爲對混血人沒有好感，所以常常把混血營成員的名字叫錯。特殊力量是憑空變出纏人的葡萄藤，並且能讓人陷入酒醉瘋狂的狀態。

◆宙斯（Zeus）

天空之王，也是眾神之王，奧林帕斯三大神之一。他主宰整個天空，包括雷電風雨等氣象，也是天界和人界的統治者。他的武器是威力無比強大的「閃電火」。

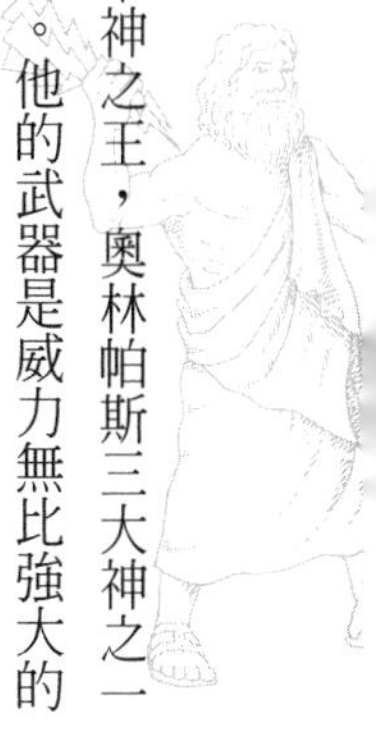

◆波塞頓（Poseidon）

海神，奧林帕斯三大神之一，與宙斯和黑帝斯是兄弟，掌管整個海域，也是波西的父親。他的個性像大海一樣，時而深沉平靜，時而狂暴易怒。他的力量象徵物是「三叉戟」。

◆黑帝斯（Hades）

冥界之王，奧林帕斯三大神之一，與宙斯和波塞頓是兄弟，因爲掌管整個冥界與地底寶藏，故有「財富之神」的綽號。個性陰沉冷酷，力量象徵物是「黑暗頭盔」。

1 啦啦隊大戰

這個暑假我最不想做的一件事，就是炸掉另一間學校。此刻是星期一早上，日期是六月的第一週，我坐在媽媽的車上，車子停在紐約東八十一街的古迪高中前。

古迪高中是一棟氣派的赤褐色石造建築，從這裡可以俯瞰東河。學校前面停了一堆寶馬和林肯高級轎車。我抬頭望著那豪華的石拱門，猜想著我能在這裡待多久、學校什麼時候會開除我。

「放輕鬆，」媽媽的語氣一點都不輕鬆。「今天只是新生說明會而已，親愛的，記住喔，這是保羅的學校。所以，千萬要努力，不要……你知道我的意思。」

「搞破壞？」

「對。」

保羅．布魯菲斯是我媽媽的男朋友，他站在學校建築前面，和走上台階的九年級學生打招呼。他的頭髮花白，穿著牛仔衣和皮夾克，讓我聯想到電視演員。事實上他只是個平凡的英文老師而已。儘管我唸過的每間學校都開除我，他仍然努力說服了古迪高中讓我進去唸九年級。我試著警告他這樣做不太妙，不過他聽不進去。

我看著媽媽。「你沒有告訴他我的事，對吧？」

她的手指在方向盤上不安的敲著。她今天穿著面試工作時的正式服裝——她最棒的藍色洋裝和高跟鞋。

「我想，過一陣子再說比較好。」她承認了。

「這樣才不會嚇跑他？」

「波西，我相信新生說明不會有問題，畢竟只有一個上午而已。」

「這下好了，」我抱怨著，「這次我會在學期開始前就被學校開除。」

「樂觀點，明天你就要去營隊了耶！而且新生說明會後，你就可以去約會了……」

「那不是約會！」我抗議道：「拜託，媽，只不過是安娜貝斯要來而已。」

「她專程從營隊跑來找你？」

「嗯，算是吧。」

「你們要去看電影？」

「對。」

「只有你們兩個人？」

「媽！」

她舉手投降，卻努力忍住笑意。「親愛的，你最好快點進去，我們晚上見囉。」

我一邊下車，一邊看著台階上的情形。保羅．布魯菲斯在和一個紅色捲髮女孩打招呼。

她穿著紅褐色T恤和有麥克筆圖案的破牛仔褲。當她轉身時，我剛好看到她的臉，手上的汗毛立刻就豎了起來。

「波西？」媽媽問：「怎麼了？」

「沒……沒事。」我結巴著說：「這個學校有側門嗎？」

「沿著學校右邊那條路走就到了。爲什麼問這個？」

「待會見。」

媽媽又說了幾句話，但我已離開車子，開始跑起步來，希望紅髮女孩沒看到我。

她在這裡幹嘛？我的運氣沒這麼背吧！

沒錯，接下來我的運氣還眞的有夠背哩。

想要溜進新生說明會的行動不太成功，因爲有兩個穿著紫白條紋隊服的啦啦隊員正站在側門，準備歡迎新生。

「嗨！」她們微笑著。啦啦隊員對我這麼友善，我想這是第一次，也會是最後一次。她們其中一個有著金色頭髮和冰藍色的眼睛；另一個是非裔美國人，有著和梅杜莎❶一樣的深色捲髮（相信我，我知道自己在說什麼。）她們的名字都繡在隊服上，可是因爲我有閱讀障礙，那

---

❶梅杜莎（Medusa），三位蛇髮女怪（Gorgon）之一，任何人只要看到她的臉，就會變成石頭。

些字看起來像一條一條的義大利麵，完全看不出來是什麼字。

「歡迎加入古迪，」金髮女孩說：「你一定會愛上這裡。」

她將我上上下下打量了一次，其實她的表情比較像是在說：「去，這個遜咖是誰啊？」

另一個女孩不安地靠近我，我研究出她隊服上繡的名字是凱莉。她身上散發出玫瑰的香氣，還有一種我在營隊的脫逃課程中會聞到的味道，是……剛洗過澡的馬匹。這種味道對啦啦隊女孩來說是怪了點，也許她養馬吧。不管那個了，她現在站得離我非常近，給我一種她想把我推下台階的感覺。「你叫什麼名字，新鮮？」

「新鮮？」

「新生。」

「喔，我叫波西。」

兩個女孩交換眼色。

「喔，波西．傑克森。」金髮女孩說：「我們正在等你。」

我的背脊爬上一陣「糟了」的寒意。她們擋住入口，臉上浮現不太友善的笑容。我的手本能的緩緩伸進口袋，裡面是我的奪命鋼筆武器——波濤。

此時，另一個聲音從房子裡傳出。「波西？」是保羅．布魯菲斯的聲音，他在門廳裡，我從沒因爲聽到他的聲音而這麼開心過。

啦啦隊員向後退。我慌忙通過，結果膝蓋不小心撞到凱莉的大腿。

鏗！

她的腳發出一個空空的、金屬的聲音，像是撞到一根旗竿的感覺。

「噢，」她低聲抱怨：「小心點，新鮮。」

我往下瞥，不過她的腳看起來很正常。我因爲過度驚嚇而問不出半個問題，立刻就衝進大廳，啦啦隊員在我背後大笑。

「原來你在這裡！」保羅對我說：「歡迎加入古迪！」

「嗨，保羅……噢，我是說，布魯菲斯先生。」我往後瞄了一眼，那兩個怪異的啦啦隊員不見了。

「波西，你的表情像是看到鬼一樣。」

「這……嗯……」

保羅拍拍我的背。「你聽好，我知道你很緊張。但別擔心啦，我們這裡很多孩子都有閱讀障礙和過動症，老師們知道怎麼幫助你。」

如果閱讀障礙與過動是我最大的麻煩，我現在幾乎可以放心的笑出來了。我知道啦，保羅想幫我一把，可是我如果將眞相告訴他，他若不是認爲我瘋了，就是會邊慘叫邊逃跑吧。比方說，像那幾個啦啦隊女孩的事。對她們幾個人，我有個很糟的預感……

我往大廳裡面望去，想起了另一件麻煩的事。剛才台階上的紅髮女孩，現在正從大門走進來。

別看到我，我祈禱著。

她看到我了。她張大眼睛。

「新生說明會在哪裡舉行？」我問保羅。

「在體育館，往那裡走，可是……」

「再見。」

「波西！」他叫我，但我已經拔腿狂奔離開。

我應該甩掉她了。

一大群小孩往體育館前進，一會兒，我就混入三百個要擠進觀眾席的十四歲小孩中了。管樂隊吹奏著走音的啦啦隊歌，聽起來很像貓被球棒痛打時的哀號聲。比較年長的小孩，可能是學生會代表吧，神氣的穿著標準的古迪高中制服環視著大家，像是在說：嘿，我們很酷。老師四處繞來轉去，對學生微笑、揮手。體育館牆上貼著一面紫白條紋的橫幅，上面寫著：「歡迎新生．古迪最棒．我們都是一家人。」，還有各式各樣快樂的標語，差點讓我想轉身走人。

其他的新生看起來也都不是很興奮，畢竟六月來參加新生說明會實在不怎麼對勁，學校可是要到九月才開學呢。可是，古迪是這樣說的：「我們贏在起跑點！」至少那本介紹學校的小冊子是這樣寫的。

管樂隊停止演奏。一個穿著細條紋衣服的人走到麥克風前面開始說話，可是體育館裡的回音太大了，所以我根本聽不出來他在說什麼，也許他剛剛在漱口也說不定。

有個人抓住我的肩膀。「你在這裡幹嘛？」

是她，我的紅髮夢魘。

「瑞秋・伊莉莎白・戴爾。」我說。

她張大嘴巴，好像不敢相信我竟然有臉記住她的名字。「你是波西什麼的，去年十二月你想殺掉我時，我沒聽到你的全名。」

「呃，我沒……那個……你在這裡幹嘛？」

「我猜和你一樣吧，來參加新生說明會。」

「你住在紐約？」

「不然咧？你以爲我住在胡佛水壩嗎？」

我還眞的是這樣想。每當我想到她（喂，我不是說想她喔，她只是不時會掠過我的腦子而已），我一直以爲她住在胡佛水壩附近，因爲那是我遇到她的地方。我們大約一起度過了十分鐘，那時我意外舉起劍掃向她；後來她救了我一命，而且那時我還被一群超自然殺人機器追著跑。你知道嘛，典型的「巧遇」。

我們後面某個人低聲說：「嘿，閉嘴，啦啦隊員在說話耶！」

「嗨，大家好！」一個女孩興奮的對著麥克風說話，那是我在門口看到的金髮女孩。「我的名字叫塔咪，還有，這一位好像是，喔，凱莉。」凱莉翻了一個筋斗。

我旁邊的瑞秋大聲慘叫，像是有人用針猛刺她一樣。幾個小孩四處張望，低聲偷笑，不過瑞秋不管這些，她只是驚恐的瞪著啦啦隊員。塔咪似乎沒注意到這陣騷動，她開始說起新生可以參加的各種酷活動。

「快跑，」瑞秋對我說：「馬上。」

「爲什麼？」

瑞秋沒有解釋，她自顧自的往觀眾區外面擠，一點也沒停下腳步，完全不理會皺起眉頭的老師和埋怨的小孩。

我猶豫著。塔咪正在解釋我們接下來會被分成幾個小組，然後要開始參觀學校。凱莉的眼神和我相遇時，給了我一個頑皮的笑容，好像正等著看好戲。我現在離開好像滿難看的，保羅·布魯菲斯和其他的老師坐在遠處，他一定很納悶出了什麼事。

這時我想起去年冬天在胡佛水壩時，瑞秋·伊莉莎白·戴爾所展現的特殊能力。她能看出一群警衛根本就不是警衛，而且根本不是人類。我的心臟怦怦跳著，於是我站起身，也跟著擠出體育館。

我在樂團室找到瑞秋，她躲在打擊樂器區的大鼓後面。

「快過來！」她說：「快低下頭！」

我覺得躲在一堆拉丁鼓後面眞是蠢極了，不過我還是蹲到她旁邊。

「他們有跟過來嗎？」瑞秋問。

「你是說啦啦隊嗎？」

她緊張的點點頭。

「我想沒有吧。」我說：「他們是誰？你看到什麼？」

她的綠眼珠明亮中透著恐懼，她臉上稀稀疏疏的雀斑，讓我聯想到星座，紅褐色T恤上寫著哈佛大學藝術系。

「你……你不會相信我的。」

「喔，會的，我相信你。」我承諾。「我知道你可以看透迷霧。」

「迷什麼？」

「迷霧，那是，嗯，就像布幕一樣，能遮蔽事實眞相。可是，有些凡人生來就具備可以看穿迷霧的能力，你就是這樣。」

她仔細的打量我。「你在胡佛水壩也這樣說，你叫我凡人，好像你自己不是一樣。」

我全身一震，像是用力打了一下拉丁鼓。我在想什麼？這種事我永遠解釋不清楚，甚至連試一下都不應該。

「告訴我。」她懇求說：「你一定知道那些是什麼。就是我看到的那些恐怖的東西。」

「你聽好，接下來的事聽起來很奇怪。你知道希臘神話嗎？」

「比方說……彌諾陶❷和許德拉❸嗎？」

「對，麻煩你盡量不要提到那些名字，尤其我在你附近時，好嗎？」

「還有復仇女神❹，」她進入暖身狀態了，繼續說著：「賽蓮❺，還有……」

「夠了！」我張望著整個樂團室，確認牆壁中有沒有跑出瑞秋引來的一堆嗜血噁心怪物。還好，這裡仍然只有我們兩個人。我聽到走廊另一端有一大群小孩從體育館出來的聲音，他們開始分組參觀行程了。我們沒有太多時間可以說話。

「所有怪物，」我說：「所有的希臘天神，都是眞的。」

「我就知道！」

如果她說我說謊，我應該會覺得好過一點。可是，瑞秋的表情卻是：事情果然如她所料的那麼糟糕。

「你不知道我有多辛苦，」她說：「這幾年來，我覺得自己快發瘋了。我沒辦法告訴任何人，我不能……」她瞇起眼睛。「等等，你是誰？我是說眞正的身分。」

「我不是怪物。」

「嗯，這我知道，如果你是的話，我看得出來。你很像……你，不過，你應該不是人類，對吧？」

我吞了一口口水。即使我已經花了三年的時間來習慣我是誰，但在此之前我從不曾跟任何一個凡人說過，除了我媽之外，不過她早就知道了。我不知道爲什麼，可是我就這樣突然說出口了。

「我是混血人，」我說：「我有一半是人類。」

「那另一半是？」

此時，塔咪和凱莉走進樂團室，門在她們身後砰一聲關上。

「原來你在這裡，波西．傑克森，」塔咪說：「輪到你的新生說明時間了。」

「他們好可怕！」瑞秋倒吸了一口氣。

塔咪和凱莉仍然穿著那套紫白條紋的啦啦隊服，手上拿著啦啦隊大賽時的彩球。

「她們真正的樣子是什麼？」我問她，不過瑞秋好像嚇壞了，沒有回答。

「喔，別管她。」塔咪給我一個燦爛的笑容，開始往我們這裡走來。凱莉守在門口，擋住我們的去路。

她們將我們困住了。我知道我們必須殺出去，可是塔咪的笑容如此迷人，讓我心神混亂，她的藍眼珠很漂亮，還有她肩上飄逸的秀髮……

❷彌諾陶 (Minotaur)，希臘神話中牛頭人身的怪物，性格殘忍兇暴。後來被希臘英雄鐵修斯所殺。

❸許德拉 (Hydra)，希臘神話中的九頭蛇怪物。

❹復仇女神 (Furies)，共有三位，是冥界的刑罰監督者。參《神火之賊》一二一頁，註㉓。

❺賽蓮 (Siren)，海上歌唱女妖，會在小島或礁岩上唱歌，誘引水手失神傾聽，因而使船舶觸礁沉沒。

「波西。」瑞秋警告我。

我非常「理智」的應了聲：「嗯……？」

塔咪靠得更近，她舉起手上的彩球。

「波西！」瑞秋的聲音似乎從很遠的地方傳來：「振作啊！」

我集中全部的意志力，將筆從口袋拿出來，取下筆蓋。波濤變成一公尺長的青銅劍，劍身發出微弱的金色光芒。塔咪美麗的笑容變成輕蔑的冷笑。

「喔，拜託。」她抗議道：「你用不著那個，來親一個怎麼樣？」

她聞起來有玫瑰和乾淨動物毛皮的味道，很怪異，但不知為何讓人覺得滿陶醉的。

瑞秋用力擰我的手臂。「波西，她想要咬你！你看她！」

「她只是在吃醋罷了。」塔咪回頭看看凱莉。「主人，可以嗎？」

凱莉仍然守在門口，她舔舔嘴唇，好像很餓的樣子。「塔咪，動手吧，你做得很好。」

塔咪往前踏了一步，不過我已經將劍對準她的胸膛。「退後。」

她咆哮著。「新生。」她的聲音令人作嘔，「這是我們的學校，混血人。我們要吃掉我們選上的人！」

接著她開始變身，從臉和手臂開始變色，然後慢慢往全身擴散，整個皮膚變得像白粉筆一樣慘白，眼睛完全化為紅色，牙齒長成尖牙。

「吸血鬼！」我結結巴巴的說。這時我注意到她的腳。在啦啦隊裙下方的左腳長滿褐色的粗毛，還有驢子的蹄；右腳的形狀是人類的腳，不過卻是青銅製的。「哇，吸血鬼竟然還穿著……」

「不准講腳的事！」塔咪厲聲責罵：「開這種玩笑很沒禮貌！」

她用那雙古怪而不搭調的腳往前進逼。她的樣子太詭異了，尤其是手上還拿著啦啦隊彩球。不過，現在不是笑的時候，我面對的可是紅眼睛和尖牙耶。

「吸血鬼，你是這樣說的嗎？」凱莉笑了。「那個愚蠢的傳說是根據我們改寫的，你這笨蛋！我們是恩普莎❻，黑卡蒂❼的僕人。」

「嗯嗯嗯。」塔咪已經逼近到我跟前了。「黑暗魔法賦予我們形體，使我們脫離動物、青銅和鬼魂！我們必須飲用年輕男子的血才能生存。現在，來吧，讓我親吻吧！」

她露出尖牙，而我卻身體癱軟，動彈不得。這時，瑞秋把一個小鼓丟到恩普莎頭上。惡魔嘶嘶作響，伸手將鼓拍打出去。鼓在兩個樂譜架之間的走道滾動，彈簧咯咯敲打著鼓面。瑞秋又丟出一個木琴，不過一樣被惡魔拍掉。

「我不常殺女孩，」塔咪咆哮：「不過，凡人哪，你例外，因爲你的眼力太好了一點！」

她衝向瑞秋。

---

❻恩普莎(empousai)，希臘神話中知名的女吸血鬼，是黑卡蒂的侍女，可以隨時化身為漂亮的少女，以誘惑男人，並吸食他們的血。

❼黑卡蒂(Hecate)，幽靈和魔法的女神，創造了地獄，代表世界的黑暗面。

「不要！」我用波濤劍砍向她。塔咪試著閃躲劍身，不過沒成功，我直直劈開她的啦啦隊服。在淒厲的哀號聲中，她的身體爆炸化爲塵土，把瑞秋噴得滿身。

瑞秋開始咳嗽，她現在的樣子就像一整袋麵粉從她頭上倒下去。「好噁！」

「怪物就是這樣，抱歉。」我說。

「你殺了我的實習生！」凱莉大吼：「混血人，你該上一堂校訓課程！」

她也開始變身了，粗硬的髮絲化爲閃爍的火舌，眼睛血紅，尖牙爆出。她大步朝我們走來，黃銅腳和驢蹄在樂團室的地板上敲出不整齊的蹄聲。

「我是資深恩普莎，」她咆哮著：「千年來，從沒有被哪個英雄打敗過。」

「是嗎？」我說：「這表示你過氣了！」

凱莉的速度遠比塔咪快，她躲過我的第一擊，然後滾進銅管樂器區，強大的衝力撞倒了一整排長號。瑞秋趕忙爬出來，我擋在她和恩普莎之間。凱莉繞著我們轉圈圈，眼睛從我身上轉到劍上面。

「這樣一小把劍，」她說：「將我們分開，實在很糟糕。」

她的形體一閃一閃的，有時是惡魔，有時是美麗的啦啦隊員。我努力集中注意力，不過精神還是十分渙散。

「可憐的孩子。」凱莉輕聲笑著。「你連發生了什麼事都不知道吧？要不了多久，你那小小的營隊即將付之一炬，你的朋友會成爲時間之神❽的奴隸，而你無能爲力。對你而言，與其目睹這一切發生，倒不如現在由我來結束你的生命，才是對你真正的仁慈。」

我聽到大廳另一端傳來的聲音，有一組參觀的學生就快到了，還有一個男子正在說明置物櫃密碼鎖的用法。

恩普莎的眼睛發亮。「太棒了！我們快要有同伴了！」

她舉起低音號向我丟來。瑞秋和我彎下身子，低音號從我們頭上飛過，砸破窗戶玻璃。大廳裡一片死寂。

「波西！」凱莉裝出很驚恐的聲音大喊：「你爲什麼砸東西？」

我驚訝得無法應聲。凱莉舉起一支樂譜架，猛力揮向一整排黑管和長笛。椅子和樂器都被砸爛了。

「住手！」我說。

人們正走過大廳，朝我們這個方向而來。

「該是和我們的訪客打招呼的時候了！」凱莉露出尖牙，往門的方向跑過去。我緊跟在後，用波濤劍追擊她。我必須阻止她傷害凡人。

「波西，不要！」瑞秋大喊。這時的我仍然不明白凱莉的陰謀，直到事情不可收拾時，我才領悟過來。

---

❽時間之神 (Lord of Time)，指泰坦巨神的首領克羅諾斯。

凱莉猛地打開門，保羅．布魯菲斯和一群新生嚇得後退幾步。這時，我正舉著劍。

在這最後一刻，恩普莎突然轉身面對我，裝成因害怕而蜷縮的被害人。「求求你，不要！」她大叫。我一下子停不住劍身，劍已經刺出。

就在天國青銅劍擊中她之前，凱莉像汽油彈一樣，爆炸成一片火焰，火花四處飛濺。我從來沒看過怪物像這樣子，不過我也沒時間想了。我退回樂團室，火焰吞沒了入口。

「波西？」保羅．布魯菲斯完全呆住了，在火海的另一邊瞪著我。「你做了什麼？」

孩子們一邊大喊大叫，一邊跑向大廳。火災警鈴大作，天花板灑水器開始嘶嘶運作。

在一團混亂中，瑞秋用力拉我的袖子。「你必須離開這裡！」

她是對的。學校發生火災，而我必須對此負責。凡人無法看穿迷霧，對他們來說，我是在一群目擊證人面前攻擊一個無助的啦啦隊員。我百口莫辯。於是，我轉身背對著保羅，衝向樂團室那面破掉的玻璃窗。

我猛力衝到東八十一街的巷子，拔腿往前狂奔，直到和安娜貝斯撞成一團才停下來。

「嘿，這麼早就離開囉！」她笑著，抓住我的肩膀，以免我跌倒。「注意看路，你這個海藻腦袋。」

她現在心情很好，而且整個人看起來都很好。她穿著牛仔褲和橘色混血營T恤，脖子上戴著陶珠項鍊，金髮紮成馬尾，灰眼珠閃閃發光，一副準備去趕一場電影，消磨一下午悠閒時光的樣子。

此時，滿頭怪物塵土的瑞秋衝出巷子，大喊：「波西，等等！」

安娜貝斯的笑容立刻褪去。她盯著瑞秋，然後看看學校，終於發現黑煙和火警鈴聲。

她皺著眉頭，說：「這次你做了什麼？這位又是誰？」

「喔，安娜貝斯，這位是瑞秋。瑞秋，這位是安娜貝斯。嗯，她是一個朋友，我想是吧。」

我不知道該怎麼稱呼瑞秋。我是說，我幾乎不算認識她，可是在共度兩場生死關頭後，我總不能說她是陌生人。

「嗨，」瑞秋向她打聲招呼，然後轉向我說：「你的麻煩眞夠多，而且，你還欠我一個解釋！」

警笛聲在羅斯福大道上呼嘯著。

「波西，」安娜貝斯冷冷的說：「我們該走了。」

「我想知道更多混血人的事，」瑞秋堅持。「還有怪物和天神，所有的事都要。」她抓住我的手臂，迅速拿出一支麥克筆，在我手上寫下電話號碼。「你要打電話跟我解釋這件事，是你欠我的。現在，快走吧。」

「可是……」

「我會編些故事，」瑞秋說：「我會告訴他們這不是你的錯。快走！」

她轉身跑回學校，將安娜貝斯和我留在街上。

安娜貝斯盯著我好一會兒，然後轉身走了。

「嘿！」我在她後面追著。「有兩個恩普莎，」我想解釋，「她們是啦啦隊員，你明白了吧，她們說混血營會被燒毀，還有……」

「你告訴凡人女孩混血人的事？」

「她能看穿迷霧，她能在我之前看出怪物。」

「所以你就告訴她眞相？」

「她在胡佛水壩就認出我來，所以……」

「你以前就認識她了？」

「嗯，去年冬天，不過嚴格說起來，我跟她還不算認識。」

「她滿可愛的。」

「我……我從來沒想過這個。」

安娜貝斯繼續向紐約大道走去。

「我會處理好學校的事，」我急著改變話題，「眞的，一切都會沒事。」

安娜貝斯連看都不看我一眼。「我想我們下午的事報銷了。既然警察會來找你，那麼我們應該趕快離開這裡。」

在我們身後，黑煙從古迪高中滾滾湧出。在黑黑的煙柱中，我似乎看到了一張臉——一個紅眼女魔對我笑著。

「你那小小的營隊即將付之一炬，」凱莉說：「你的朋友會成為時間之神的奴隸。」

「你說得沒錯。」我心情一沉，對安娜貝斯說：「我們必須去混血營，立刻就去。」

2 冥界來電

要毀掉一個美好的早晨很簡單，只要和氣呼呼的女孩一起坐在長途計程車上就可以了。

我努力打開僵局，但安娜貝斯還是一副我剛剛伸手推倒她祖母的表情。上一次像這樣使盡各種方法要讓她開口是在舊金山，那年春天她被怪物嚴重騷擾。自聖誕節以來，她回來營隊兩次，可是都沒有告訴我原因（她到底把我當什麼？連她人在紐約都沒有告訴我）。還有，她根本不知道尼克．帝亞傑羅的下落（這段說來話長了）。

「有沒有路克的消息？」我問。

她搖搖頭。我知道這是個敏感的話題，因為安娜貝斯很仰慕路克。路克是荷米斯[9]家族的前首席指導員，後來他背叛我們，投效邪惡的泰坦巨神[10]之王克羅諾斯[11]旗下。雖然她口頭上不承認，但我知道她心裡仍然喜歡他。去年冬天，我們在塔瑪爾巴斯山[12]和路克對決，他從十二公尺高的懸崖摔下後，竟然生還。據我所知，他現在仍然駕著邪惡郵輪出沒各地。而金棺中的克羅諾斯碎肉塊正一塊接一塊地重新成形，等待他的時代來臨，到那時，他會有足夠的力量挑戰奧林帕斯眾神。以半神半人的用語來說，我們把這件事稱為「麻煩」。

「塔瑪爾巴斯山的怪物依然橫行，」安娜貝斯說：「我不敢靠近，不過，我並不認為路克在那裡。如果他真的在那裡的話，我應該會知道。」

這幾句話沒有讓我覺得比較放心。「格羅佛呢？」

「他在營隊裡。」她說：「我們今天會見到他。」

「他的好運降臨了嗎？我是指尋找潘的事。」

安娜貝斯撥弄著項鍊上的陶珠，每當她心煩時，都會有這個動作。

「到時候就知道了。」她只有這樣說，沒有進一步解釋。

當我們經過布魯克林區時，我用安娜貝斯的手機打電話給媽媽。混血人應該盡可能避免使用手機，因為把我們的聲音放送出去，就像送出一枚信號彈給怪物，告訴它們：「我在這裡！請來吃我吧！」不過，這通電話對我來說很重要，非打不可。我在家裡的答錄機留話，解釋在古迪高中發生的事，我說我可能沒有處理得很好。我告訴媽媽我很安全，要她別擔心，還有我現在正要回營隊，打算待一陣子，等事情平息；並且請她向保羅．布魯菲斯表達

---

❾ 荷米斯 (Hermes)，商業、旅行、偷竊及醫藥之神。參《神火之賊》一一九頁，註㉑。

❿ 泰坦巨神 (Titans)，是天空之父烏拉諾斯 (Uranus) 與大地之母蓋婭 (Gaea) 所生的十二個子女。參《神火之賊》三十七頁，註❷。

⓫ 克羅諾斯 (Kronos)，希臘神話中十二位泰坦巨神的首領。參《神火之賊》三十五頁，註❶。

⓬ 塔瑪爾巴斯山 (Mount Tamalpais)，位在北加州舊金山橋北方的馬林郡，高七八五公尺，以紅木林與橡樹林著稱，景緻優美，區內大部分被劃入塔瑪爾巴斯國家公園。

我的歉意。

之後，我們都沒有再交談。車子離開快速道路後，我們逐漸遠離了城市，進入長島北部的鄉間。一路上經過許多果園、酒莊和生鮮蔬果攤。

我盯著瑞秋寫在我手上的潦草手機號碼。我知道這想法很瘋狂：我真的想要打電話給她。也許她能幫助我了解恩普莎說的話，關於營隊火災和朋友被監禁的那一段；還有凱莉為什麼會爆炸，化為火焰？

我知道怪物不會真的死去，也許過了幾個星期、幾個月或幾年之後，凱莉終究會還原成原來那副噁心的模樣，繼續在冥界翻騰。不過，怪物通常不會讓自己這麼輕易被擊垮（假如這次她真的有被擊垮的話）。

計程車奔馳在25A公路上，我們沿著長島北岸走，穿過森林區，接著左方出現了一群低矮的山丘。安娜貝斯要司機將車子停在農場路五．〇五公里的路邊，也就是混血之丘的山腳。

司機皺起眉頭。「這裡啥也沒有，小姐，你真的要在這裡下車嗎？」

「是的，麻煩你。」安娜貝斯給他一疊凡人的鈔票，於是司機決定不再爭辯。

安娜貝斯和我爬到丘頂。小守護龍原本盤繞在松樹上打瞌睡，當我們走近時，牠抬起銅製的頭，讓安娜貝斯搔牠的下巴玩。水蒸氣從牠的鼻孔噴出，嘶嘶的聲音像是從茶壺裡冒出來一樣。牠的眼睛瞇成一條線，顯得很開心。

「嘿，皮琉斯，」安娜貝斯說：「一切平安嗎？」

最近一次看到這條龍時，牠大約有兩公尺長，現在至少比上次看到時長一倍，而且差不多和這棵松樹一樣粗了。在牠頭部上方最接近地面的松樹枝上，金羊毛正閃閃發亮，它的魔法守衛著營隊的邊界，以免被入侵。守護龍似乎很放鬆，看來一切如常。山丘下方的混血營看起來很祥和，青綠的田野、森林和耀眼的白色希臘建築，一切依舊。矗立在草莓園中央的四層樓農莊，就是我們稱爲主屋的地方。往北方望去，過了海灘後，長島海峽在陽光下閃閃發光。

還是……有些不對勁。空氣裡有緊張的氣氛，好像山丘本身屏住了呼吸，等待著不幸的事發生。

我們往山谷走，發現夏季會議正在熱烈進行中。大部分的營隊學員都在上星期五到達，所以我已經在狀況外了。羊男⓭在草莓園裡吹笛子，用森林魔法使作物生長；有的學員在上騎術課程，騎著飛馬奔馳在森林上空；煙從打鐵鋪升起，孩子們在工藝坊裡用鐵鎚敲敲打打，製造自己要用的武器；雅典娜⓮和狄蜜特⓯家族繞著小徑進行雙輪戰車競速；獨木舟湖上，幾個小孩在三層划槳戰船上和一條巨大的橘色海蛇纏鬥。典型的混血營之日。

⓭羊男(Satyrs)，是希臘神話中的森林牧神一族，上半身像人，下半身像羊，熱愛並守護著大自然。
⓮雅典娜(Athena)，智慧與戰技的女神。參《神火之賊》一三一頁，註㉖。
⓯狄蜜特(Demeter)，農業女神。參《神火之賊》一三三頁，註㉗。

「我得和克蕾莎談談。」安娜貝斯說。

「爲什麼？」我張大眼睛，好像她剛剛說的是：我得吃掉一隻超大臭靴子。克蕾莎是阿瑞斯[16]小屋的人，她是我最不喜歡的人之一，因爲她很卑鄙，是個討厭的惡霸。她的戰神爸爸想殺掉我，而她一向想把我打成爛泥。除了以上這兩點之外，她這個人「眞的」不錯。

「我們在進行某件事。」安娜貝斯說：「待會兒見。」

「進行什麼事？」

安娜貝斯往森林的方向瞥了一眼。

「我會跟奇戎說你在這裡。」她說：「他想在聽證會之前和你談一下。」

「什麼聽證會？」

她逕自往射箭場方向跑去，沒有回頭。

「是啊，」我抱怨道：「和你談一下也不錯啊。」

我在營區裡閒晃，和幾個朋友打招呼。往主屋的路上，我遇到荷米斯小屋的崔維斯和柯納·史托爾兄弟，他們正在啓動點火系統，發動營隊的休旅車。瑟琳娜·畢瑞嘉是阿芙蘿黛蒂[17]家族的首席指導員，她騎著飛馬經過我身邊時，對我揮了揮手。我在找格羅佛，卻一直沒看到他。最後，我漫步到擊劍競技場，這是我心情不好時常來散心的地方。練劍總是能讓我冷靜下來，也許是因爲劍術是我眞正了解的東西。

我走進圓形競技場，眼前情景使我的心臟幾乎停止跳動。在競技場中央背對著我的，是我有生以來看過最巨大的地獄犬。

我曾經看過好幾隻巨大的地獄犬，有一隻像犀牛那麼大，在我十二歲那年想殺死我，不過眼前這隻可是比一部坦克車還龐大。我不明白牠怎麼能越過營區的魔法分界線。牠一副這裡是牠家的樣子，肚子貼地趴在地上，邊咬掉格鬥用的假人頭，邊滿足的咆哮著。牠還沒有看到我，不過接下來我如果發出什麼聲音，肯定會引起牠的注意。沒有時間求援了，我拿出波濤，將筆蓋拿下。

「喝！」我發動攻勢，舉起劍朝著怪物巨大的臀部劈下，這時不知哪來的劍，阻擋了我的攻勢。

鏗！

地獄犬豎起耳朵。「汪！」

我往後一躍，本能的朝這名劍手發動攻擊。這個穿著希臘盔甲的灰髮男子，輕輕鬆鬆就避開了我的攻勢。

「停止！」他說：「停戰！」

⓰ 阿瑞斯（Ares），戰神，統管與戰爭相關的一切事務。參《神火之賊》一二五頁，註㉕。

⓱ 阿芙蘿黛蒂（Aphrodite），愛與美之神。即羅馬神話中的維納斯（Venus）。

「汪！」地獄犬的吼聲震動了整個競技場。

「那是地獄犬！」我大吼。

「她是無害的，」男子說：「她是歐萊麗女士。」

我驚訝的眨眨眼：「歐萊麗女士？」

聽到有人叫她的名字，地獄犬又吠了一聲。我明白原來她並不是在生氣，而是很開心。她將溼溼的、咬爛的假人靶推給劍手。

「乖女孩。」男子說。他用空出的手抓住盔甲假人的脖子，然後將假人丟到觀眾席。「抓希臘人！抓希臘人！」

歐萊麗女士緊跟著獵物躍起，猛撲向假人，將盔甲撕裂，然後她開始咀嚼假人的頭盔。

劍手露出冰冷的笑容。我猜他大約五十來歲，一頭短短的灰髮，蓄著灰白的短鬍，是個帥氣的中年熟男。他穿著黑色的登山褲，橘色的混血營T恤，外罩一件青銅護胸甲。他的脖子上有一個奇怪的紫色斑點，像是胎記還是刺青什麼的。不過我還來不及看清楚那是什麼，他伸手調整盔甲的帶子，紫斑就被護肩遮住了。

「歐萊麗女士是我的寵物，」他解釋說：「我不允許你將劍刺進她的臀部，我怎能不管呢，這樣會嚇壞她的。」

「你是誰？」

「如果我將劍收起來，你答應不殺我？」

「應該吧。」

他把劍放入劍鞘，然後伸出手。「昆特斯。」

我和他握手，他的手和砂紙一樣粗。

「波西．傑克森。」我說：「很抱歉，我剛剛……你是怎麼，唔……」

「怎麼會把地獄犬當成寵物？這故事說來話長，是關於很多九死一生的經歷和幾個巨大的咀嚼玩具。順便提一下，我是新來的劍術教練，負責在戴先生不在時協助奇戎。」

「喔。」我努力不去看歐萊麗女士，她將假人的盔甲連同手臂一起扯下，然後把假人當成飛盤一樣甩來甩去。「等等，你說戴先生不在？」

「對，嗯……事情實在太多了，連戴先生都得去幫忙。他去拜訪幾個老朋友，確定他們都站對邊。我想，我不應該再多說了。」

戴歐尼修斯[18]真的不在的話，我想這一定是今天最棒的大消息了。他只不過是我們這營隊的營長，因爲去追求不該追求的森林精靈，被宙斯懲罰，將他送來這裡。他很討厭混血營，老是想整我們。既然他不在，想必我們可以過一個爆酷的暑假啦。可是，反面來看，假如連戴歐尼修斯都得挪動他的屁股，去支援天神對抗泰坦巨神的威脅，現在的情況想必是十分糟糕了。

---

[18] 戴歐尼修斯（Dionysus），酒神，發明了釀酒法，時常因為喝醉而喪失理性，惹禍出事。

砰，我的左邊傳來一個巨大的聲響。六個野餐桌大小的木板箱突然出現，而且發出咯咯的聲響。歐萊麗女士轉身跳向箱子。

「哇，女孩！」昆特斯說：「那些不是給你的。」他丟出青銅盾牌飛盤，引開她的注意力。

木箱砰砰作響，而且還搖晃著。箱子側面印著幾個字，因為我有閱讀障礙症，這幾個字我花上好幾分鐘才看懂：

三G牧場
易碎品
此面朝上

箱底周圍有一圈比較小的字：小心開啟。三G牧場對於財產損失、肢體傷殘或極度痛苦而死，不負任何責任。

「箱子裡是什麼？」我問。

「小小的驚喜。」昆特斯說：「為了明晚的訓練活動準備的，你們一定喜歡。」

「嗯，好吧。」我邊說邊想著：我不會喜歡「極度痛苦而死」吧。

昆特斯丟出青銅盾牌，歐萊麗女士笨重的移動身體追過去。「你們年輕人需要多一點挑戰，我當年還是個小男孩的時候，根本沒有這樣的營隊。」

「你……你是混血人？」我不是故意用這麼驚訝的聲調說話，實在是因爲我從沒看過這麼老的半神半人。

昆特斯輕輕笑了。「我們當中確實有些人可以活到成年，不是每個人都會有恐怖預言。」

「你知道我的預言？」

「我有聽說一點。」

我想問他到底是哪「一點」，不過這時奇戎的馬蹄聲踱進了競技場。「波西，原來你在這裡！」

他一定剛教完射箭課，因爲他穿著一號人馬T恤，身上斜背著箭筒和弓。夏天到了，他將棕色捲髮和鬍子剪得短短的，而他的下半身，也就是白馬的部分，沾著一塊塊的泥巴和青草。

「我看你已經認識我們的新教練了。」奇戎聲音輕快，不過眼睛裡卻帶著不安。「昆特斯，你介意我借一下波西嗎？」

「完全不介意，奇戎大師。」

「不需要叫我『大師』，」奇戎雖是這樣說，聲音聽起來卻有點得意。「波西，來吧，我們有很多事要討論。」

我又多看歐萊麗女士幾眼，她現在正在大嚼人偶靶的腿。

「那，待會見。」我對昆特斯說。

我們一起離開時，我低聲問奇戎：「昆特斯好像有點……」

「神祕？」奇戎接話說：「很難懂？」

「對。」

奇戎點點頭。「他是非常夠格的混血人，最棒的劍手。我只希望我能了解……」不論他本來想說什麼，顯然中途改變了主意。「波西，現在最最重要的是，安娜貝斯告訴我，你遇到恩普莎。」

「是啊。」我告訴他古迪高中之戰，還有凱莉爆炸引發火災的事。

「嗯。」奇戎說：「力量更強大者可以做到。波西，她沒有死，她只是溜走了。不妙的是，這顯示像她這樣的惡魔正在大肆活動。」

「他們待在那裡做什麼？」我問：「等我嗎？」

「有可能。」奇戎皺起眉頭。「你能活下來眞是太驚人了。他們設下的陷阱力量之大……男性英雄幾乎全都落入他們的詛咒而走向毀滅。」

「我應該也是其中一個，」我承認。「要不是瑞秋的話。」

奇戎點點頭。「出乎意料之外，你竟然被凡人所救，我們欠她一份情。等一下我們要好好談談，恩普莎對營隊受到攻擊的事是怎麼說的。不過，現在我們得先去森林那邊，格羅佛在那裡，他會需要你。」

「哪裡？」

「在他的正式聽證會上，」奇戎嚴肅的說：「羊男長老會議正在開會，要決定他的命運。」

奇戎說我們得快一點，於是我騎在他背上一起過去。當我們奔馳穿過小屋後，我瞥了餐廳一眼，那是個矗立在山頂、可俯視大海的希臘涼亭。自從去年夏天之後，今天是我第一次再看到這個地方。看到它，勾起我一些很不愉快的回憶。

奇戎躍進森林中，森林精靈探出頭看著我們。陰暗處有巨大的身形在移動，發出沙沙的聲響。那是被養在森林裡的怪物，供學員進行挑戰時使用。

我本來以爲在兩個夏天的奪旗大賽之後，我對這片森林已經瞭若指掌了。不過這次奇戎帶我走的是一條全然陌生的路，在穿過一條老柳樹隧道、經過小水瀑後，我們進入一片開滿野花的林間平野。

一群羊男坐在草地上圍成一圈。格羅佛站在中心，他的對面是三個超胖的老羊男，坐在玫瑰花灌木修剪而成的王座上。我以前沒看過這三個老羊男，他們肯定是偶蹄長老會的長老。

格羅佛似乎正在對他們說明事情的經過，他的手絞著T恤下襬，羊蹄緊張的不斷扭來扭去。去年冬天至今，他的樣子沒什麼改變，或許是因爲羊男老化的速度只有人類的一半的關係。他的臉上爆出青春痘，羊角變長了一點點，羊角尖剛好突出捲髮外。我突然發現，現在的我已經比他高了。

站在圈子外面的是安娜貝斯和一個我以前沒見過的女生，還有克蕾莎。奇戎讓我在她們旁邊下馬。

克蕾莎那頭棕色亂髮用迷彩頭巾紮在腦後。她起來不像以前那麼囂張，好像有點疲累。她瞪著我，低聲咒罵了一聲「笨蛋」，這個反應顯示她的心情還算挺好的，她通常在想殺我的時候，才會親切的跟我打招呼。

安娜貝斯的手環著那個女生的肩膀，那女生看起來好像在哭。她是個矮冬……我想你會說她是個子嬌小的女生。她有一頭琥珀色的細髮，長得很漂亮，一副古靈精怪的樣子。她穿著綠色的希臘式長袍、綁帶涼鞋，正用手帕輕輕擦拭眼淚，邊吸著鼻子邊說：「事情愈來愈糟了！」

「不會啦。」安娜貝斯拍拍她的肩膀。「放心，他會沒事的，朱妮珀。」

安娜貝斯看著我，用嘴形說：「格羅佛的女朋友。」

我是這麼解讀的啦。可是這沒道理啊，格羅佛有女朋友嗎？我更靠近朱妮珀一點，發現她的耳朵有點尖尖的，眼睛沒有哭紅，反而有點綠綠的，像是葉綠素的顏色。她是樹精，森林精靈。

「安德伍德大師！」右邊的長老大喊，打斷正在解釋的格羅佛。「你眞的認爲我們會相信這種事嗎？」

「可……可是，賽力納斯⑲，」格羅佛結結巴巴的說：「是眞的啦！」

那個叫賽力納斯的長老，轉頭和其他的長老低聲說話。奇戎小跑步過去，站在他們旁邊。我想起來了，他是榮譽長老，不過我從來沒把這當一回事。長老的樣子不會讓我感到敬畏，說實話，我只會想到動物園裡面的山羊……肚子大大的，一臉睡相，眼神呆滯到就算飼料擺在眼前也看不到。我實在不知道格羅佛在緊張什麼。

賽力納斯用力拉拉肚子上面的黃色休閒衫，在玫瑰王座上換了個姿勢。「安德伍德大師，已經六個月了！這六個月來，我們只有聽到你在造謠，說什麼聽到野地之神潘⑳在說話。」

「我眞的聽到了啊！」

「無恥！」左邊的長老說。

「馬戎，有耐心點。」奇戎說。

「確實需要有點耐心！」馬戎說：「我對這些什麼野地之神開口和他說話之類的胡言亂語，可是非常有耐心哪！」

---

⑲ 賽力納斯 (Silenus)，希臘神話裡的森林之神，也是酒神戴歐尼修斯的養父和教導他法力的老師。

⑳ 潘 (Pan)，野地之神、牧羊人的守護神，也是羊男的首領。參《神火之賊》二二七頁，註㊽。

朱妮珀的表情像是要衝到老羊男面前痛打他一頓，還好安娜貝斯和克蕾莎拉住了她。「女孩，現在不是打架的時候，」克蕾莎說：「忍一忍。」

我不知道究竟哪件事比較讓我驚訝，是克蕾莎竟然會勸架呢，還是她和安娜貝斯這兩個死對頭竟然一副好夥伴的樣子？

「六個月了，」賽力納斯繼續說：「安德伍德大師，我們一直縱容你，讓你去旅行，還准許你保有探查者執照。我們期待你帶回證據，好證明你那荒謬的主張。請問，這六個月的旅程中，你到底找到了什麼？」

「我需要更多時間。」格羅佛辯解。

「沒有！」坐在中間的長老加入，「什麼也沒有找到。」

「可是，雷納斯㉑……」

賽力納斯舉手。奇戎彎下腰對羊男們說了些話。羊男們看起來不太高興，他們開始低聲交談，而且爭論了起來。這時奇戎又說了幾句話，然後賽力納斯嘆了口氣，勉強點點頭。

「安德伍德大師，」賽力納斯宣布：「我們決定再給你一次機會。」

格羅佛開心的笑了。「謝謝！」

「一個星期的時間。」

「什麼？長官，時間這麼短，不可能完成的！」

「再一個星期，安德伍德大師。到時你如果還是沒辦法證明的話，你就必須換工作了。換個可以讓你發揮演戲天分的工作，比如木偶劇團，或是踢踏舞之類。」

「可是，長官，我……我不能失去探查者執照，我的一生……」

「長老會散會！」賽力納斯說：「現在我們該來享用午餐了。」

老羊男拍拍手，一群森林精靈從樹林中湧出，手上端著一盤盤青菜、水果、錫罐等羊男最愛的美味。圍成一圈的羊男們開始向食物進攻，大快朵頤起來。格羅佛垂頭喪氣的朝我們這裡走來，他褪色的藍T恤上有一個羊男的圖案，還寫著：蹄帶了嗎？

「嗨，波西，」他說，太過沮喪的他，甚至忘記和我握手。「還算順利，是吧？」

「那些老山羊！」朱妮珀說：「喔，格羅佛，他們不知道你有多努力！」

「還有另一個選擇。」克蕾莎的聲音很陰沈。

「不行，不行。」朱妮珀搖搖頭。「格羅佛，我不許你這樣做。」

他的臉色慘白。「我……我得好好想想，可是我們甚至不知道要去哪裡找。」

「你在說什麼？」我問。

遠方海螺號角響起。

安娜貝斯噘起嘴。「波西，晚點我會全盤告訴你，現在我們最好馬上回小屋去，檢查開始了。」

㉑雷納斯（Leneus），酒神戴歐尼修斯的隨從，負責踩踏酒槽裡的葡萄。

這不太公平！我才剛回到營隊，就必須接受內務檢查。不過規定就是這樣。每天下午，一名資深指導員會帶著紙莎草紙做的計分表過來東看西看，分數最高的小屋得到第一個小時的優先淋浴權，也就是說保證一定有熱水可用；分數最差的小屋在晚餐後要負責洗碗、打掃廚房的工作。

我的麻煩是，波塞頓㉒小屋裡通常只有我一個人，而我應該不算是你們眼中那種愛乾淨的人。清潔鳥妖在暑假的最後一天才會過來，所以我的小屋仍維持在我寒假離開時的樣子：糖果紙和洋芋片袋還躺在床上，奪旗大賽用的盔甲片散落在小屋各處。

我飛快跑向廣場。廣場是一片綠地，周圍是排列成U字型的十二間小屋，分別屬於十二位奧林帕斯天神。狄蜜特的孩子正在打掃小屋，還施法讓窗台的鮮花長大。他們只要彈彈手指，就能讓攀爬在門廊上的忍冬開花，讓雛菊覆蓋屋頂。這實在太不公平了，他們一定從來沒得過內務檢查最後一名。荷米斯小屋的孩子亂成一團，大家慌忙的將髒衣服塞到床底下，一邊互相指責別人拿走自己的東西。他們固然很邋遢，不過好歹還是排在我前面。

走過阿芙蘿黛蒂小屋時，瑟琳娜．畢瑞嘉剛好走出來，正在一項一項核對計分表。我用氣音偷偷咒罵了幾句。瑟琳娜人很好，可是她絕對是個超級潔癖，以及最糟糕的檢查員。她喜歡所有的東西都整齊漂亮，而我在這方面完全沒輒。我幾乎可以感覺到手臂的痠痛，因爲今晚我的下場一定是要洗完所有的盤子。

波塞頓小屋位在U字型的右側，男性天神那一排小屋的尾端。這是鑲嵌著灰色貝殼的海岩所砌成的長方體屋子，屋身低矮，看起來就像間倉庫。它最大的特色是面海的方向有窗戶，而且屋內總是吹拂著怡人的微風。

我快步衝進屋內，想學學荷米斯小子來個快速塞床底清潔法，這時我看到我的同父異母兄弟泰森，他正在掃地。

「波西！」他大喊著，立刻丟掉手上的掃把向我跑來。假如你從來沒有經歷過身穿連身花圍裙、手戴橡膠手套的熱情獨眼巨人朝你猛衝而來，我來告訴你，保證是個讓你快速嚇醒的最佳方法。

「嘿，大塊頭！」我說：「噢，小心我的肋骨，肋骨啊。」

我勉強從他的熊抱中存活下來。他將我放下，咧開大嘴瘋狂的笑了起來，棕色的獨眼中滿是興奮。他的牙齒還是黃黃尖尖的，頭髮依舊是個鼠窩。他的圍裙下是老舊的XXXL尺寸的牛仔褲和破爛的法藍絨襯衫。不過，他的眼神仍然火爆。自從他到海底獨眼巨人㉓的鐵工廠工作之後，我已經快一年沒見到他了。

「你一切都好嗎？」他問：「沒有被怪物吃掉？」

㉒波塞頓(Poseidon)，海神，掌管整個海域。參《神火之賊》一四九頁，註㉜。

㉓獨眼巨人(Cyclops)，天空之父烏拉諾斯與大地之母蓋婭所生的三個獨眼兄弟，只有一隻眼睛長在前額中央。參《神火之賊》一七三頁，註㉟。

「一點都沒有。」我秀出兩隻手、兩隻腳給他看，泰森開心的拍手。

「耶！」他說：「現在我們可以一起吃花生醬三明治，還可以騎海裡的小馬！我們可以一起去打怪物、看安娜貝斯，讓所有的東西都爆爆爆！」

我希望他的意思不是一次做完這些事。我告訴他，我們絕對會有個開心的暑假。我邊說邊笑，他對每件事情眞的都好熱情。

「不過，首先我們得煩惱一下內務檢查的事，我們應該……」

我看看四周，才發現泰森已經忙了好一陣子。地板已經掃好，床鋪收拾完畢，角落的海水噴泉也已經擦洗過，裡面的珊瑚還閃閃發光。泰森在窗台上擺了一個裝滿水的花瓶，裡面放著海葵和珍奇的海底植物，比狄蜜特小子變出的花漂亮多了。

「泰森，小屋看起來眞是……太神奇了！」

他滿臉笑容。「有沒有看到海裡的馬？我把牠們掛在天花板呢！」

一群縮小版的青銅海馬用線綁著，從天花板垂吊而下，看起來像是在空中游泳一樣。眞不敢相信，泰森粗壯的大手竟能做出這麼精緻的東西。接著，我往床鋪方向看去，牆上掛著的是我的舊盾牌。

「你修好它了？」

這面盾牌在去年冬天和人面蠍尾獅[24]對戰時嚴重受損，而此時盾牌完美無瑕，連一點刮痕都沒有。上面的青銅圖案是我和泰森、安娜貝斯三個人在妖魔之海的冒險歷程，現在也都磨光發亮了。

我看著泰森，不知道該如何表達謝意。

這時我後面有個人發出聲音：「喔，天啊。」

瑟琳娜．畢瑞嘉站在門口，手裡拿著檢查的計分表。她踏進小屋，火速轉了一圈，然後揚起眉毛瞥向我。「嗯，我有點懷疑，不過你清理得很好，波西。我會記下來。」

她眨眨眼，離開了小屋。

泰森和我悠閒的度過一整個下午。在經歷過早上的啦啦隊長惡魔攻擊後，這個午後眞是無比美好。

我們散步到打鐵鋪去，幫赫菲斯托斯[25]小屋的貝肯朵夫打鐵。泰森展示他學到的神奇武器打造技術，迅速打造出一把光亮的雙刃戰斧，速度之快，連貝肯朵夫也忍不住讚嘆起來。

泰森邊做戰斧，邊說著他這一年來在海底的生活。當他說到獨眼巨人的鐵工廠和波塞頓的宮殿時，眼睛立刻亮了起來。不過他也告訴我們情勢非常緊張。遠古泰坦時代統治大海的老海神，開始對我們的爸爸發動戰爭。泰森要離開時，戰爭已經蔓延到整個大西洋。聽到這

---

[24] 人面蠍尾獅（manticore），有著人頭、獅身、蠍尾的危險怪物。參《泰坦魔咒》六十一頁，註[12]。

[25] 赫菲斯托斯（Hephaestus），火神與工藝之神。參《神火之賊》一四五頁，註[30]。

件事，讓我感到很焦慮，好像該去幫忙才對。不過泰森強調，爸爸要求我們都留在混血營裡面。

「海洋的上空還有很多壞蛋，」泰森說：「我們可以去打爆他們。」

離開打鐵鋪後，我們在獨木舟湖和安娜貝斯聊了一陣子。看到泰森，她眞的很開心。可是我發現她有點心不在焉，一直朝森林的方向看，好像在擔心格羅佛的長老會開會結果。我不怪她分心。格羅佛提不出半點證明，他現在眞的很慘。尋找失蹤的潘一直是他的人生目標，而且他的爸爸、叔叔都為了實現同樣的夢想而失蹤。去年冬天，格羅佛的腦子裡開始出現一個聲音：我在等你。他相信那是潘的聲音，可是他的探查結果顯然一無所獲。如果今天長老會決定取消他的探查者執照，他會徹底崩潰。

「克蕾莎說的『另一個選擇』是什麼？」我問安娜貝斯。

她撿起一塊石頭，朝湖面打水漂。「克蕾莎找到一個東西，今年春天我幫了她一點點忙。不過那樣做很危險，尤其對格羅佛來說更嚴重。」

「山羊男孩讓我害怕。」泰森喃喃自語。

我睜大眼看著他，泰森曾經制伏噴火公牛、海怪和食人魔。「你為什麼怕格羅佛？」

「偶蹄和羊角，」泰森緊張的低聲說道：「還有，羊毛會讓我的鼻子發癢。」

這句話結束了我們關於格羅佛的話題。

晚餐之前，泰森和我到擊劍競技場，昆特斯很高興有人作伴。他還是不願意告訴我木板箱裡面有什麼，不過他教給我幾個劍術的招式。他這個人實在不錯。他有一招很像在下西洋棋：把所有的動作組合在一起，讓敵人在過程中看不出變化的規律是什麼，直到他把劍指著敵人的喉嚨，擊出致勝的最後一擊。

「這招不錯，」他對我說：「不過你的守備位置太低了。」

他的劍刺過來，我出劍攔阻。

「你一直都是劍手嗎？」我問。

他避開我的當頭一劈。「我做過很多事。」

他猛然刺來，我則側身閃過。他肩上的帶子鬆脫，脖子上的紫斑因而露了出來。那不是個普通的斑點，它的形狀很清楚，是一隻收起翅膀的鳥，樣子很像鵪鶉。

「你脖子上那個是什麼？」我問。直接這樣問滿失禮的，這都要怪我的過動症，讓我總是不經大腦就脫口而出。

昆特斯一時亂了節奏，我因而擊中他的劍柄，將他手上的劍敲落。

他搓搓手，然後移了一下盔甲，將斑點遮起來。我發現那不是刺青，而是一種燒傷的舊疤痕，像是——烙印。

「是一個提醒。」他撿起劍，勉強擠出笑容。「怎麼樣，要再來一次嗎？」

他全力猛攻，不給我再問他問題的空檔。

當他和我對打時，泰森和歐萊麗女士玩了起來，他竟然叫牠「小狗狗」。他們丟著青銅盾牌，大玩「抓希臘人」的遊戲，玩得很開心。直到夕陽西下，昆特斯根本沒流半滴汗，這實在有點奇怪，因為泰森和我都已經汗流浹背，全身溼透了。於是我們回去沖了個澡，準備等一下吃晚餐。

我覺得今天很棒，在營隊中過了平凡的一天。接下來，晚餐時間到了，所有的學員以小屋分組排隊，陸續朝涼亭餐廳前進。大部分的人都不管餐廳入口的大理石地板上被封起來的那道裂縫，照樣踩過去，這是去年夏天才出現的，大約有三公尺長。只有我特別很小心的跨過去。

「好大的裂縫。」我們到專屬的桌子坐定後，泰森說：「地震，是嗎？」

「不是。」我說：「不是地震。」

我不知道該不該告訴他，這是個祕密，只有安娜貝斯、格羅佛和我知道眞相。可是和泰森的大眼睛四目交接時，我明白自己沒辦法對他有所隱瞞。

「是尼克．帝亞傑羅，」我壓低聲音說：「他是我們去年冬天帶進來的混血人。他，嗯……他要我在尋找任務時保護她的姊姊，可是我失敗了，她死了。所以他責怪我。」

泰森皺起眉頭。「所以他就把地板弄裂？」

「骷髏群攻擊我們，」我說：「尼克要求他們離開時，地板就裂開來，吞掉了骷髏。尼克……」我看看四周，確定沒人在偷聽。「尼克是黑帝斯㉖的兒子。」

泰森若有所思的點點頭。「管死人的天神。」

「對。」

「所以，尼克離開了嗎？」

「我……我想是吧，今年春天我試著去找他，安娜貝斯也是，不過我們運氣不好。泰森，這是祕密喔。如果讓別人知道他是黑帝斯的兒子，會害他有危險，所以，就算是奇戎，你也不可以告訴他。」

「是那個糟糕的預言。」泰森說：「如果泰坦巨神知道這件事，可能會想利用他。」

我直視著他，有時候很容易就忘記他是個高壯又孩子氣的人。泰森非常聰明，他知道那個預言：宙斯、波塞頓或黑帝斯這三大神的小孩中，接下來第一個滿十六歲的小孩，若不是去拯救，要不就是去摧毀奧林帕斯山。大部分的人都認定那個人是我，不過假如我在十六歲以前死掉，最符合那個預言的人就是尼克。

「的確。」我說：「所以……」

「嘴巴縫起來。」泰森承諾：「就像地板上那個裂縫一樣。」

這晚，我難以入眠。我躺在床上聽著岸邊的浪濤聲，還有森林裡的貓頭鷹和怪物活動的

㉖黑帝斯（Hades），冥界之王，掌管整個地底世界。參《泰坦魔咒》四十九頁，註❽。

聲響。我害怕一旦入睡，惡夢就來了。

唉，對混血人來說，夢從來都不只是夢而已。我們從夢裡獲得訊息，我們會看到朋友或敵人發生了什麼事，有時甚至會看到過去或是未來的事。當我在混血營時，夢總是更頻繁、更逼眞。

到了半夜時我仍然醒著，張大眼睛瞪著上鋪。這時，我發現房間裡有一種奇怪的光線，轉頭看去，是海水噴泉在發光。

我拉開被子，小心翼翼的下床走向噴泉。

這時候，我看到水蒸氣從滾燙的海水中升起，透出了彩虹般的色彩，但此時除了窗外灑進來的月光之外，房間裡其實沒有別的光線。接著，從水蒸氣中傳出悅耳的女子聲音：「請投入一枚古希臘金幣。」

我轉頭看看泰森，他仍然在打鼾。他睡得很熟，像隻平靜的大象。

我不知道該怎麼做，我從來沒有收過彩虹女神伊麗絲[27]送來的付費訊息。一枚金幣在噴泉底部閃閃發亮，我撿起金幣，丟進水霧中，金幣消失了。

「喔，彩虹女神啊，」我低聲說著：「請給我……唔，你想帶給我的東西。」

從閃閃發光的水霧中，我看到漆黑的河岸。黑色的河面上盤據著一團團煙霧，岸上遍布凹凸不平的火山岩。一個小男孩蹲在岸邊，正在照顧營火，而營火是很不自然的藍色。我看到男孩的臉，那是尼克·帝亞傑羅。他正把幾張紙丟進火中，那是神話魔法遊戲卡——他去年冬天迷上的遊戲之一。

尼克只有十歲，也許現在已經滿十一歲，不過他看起來比實際年齡老多了。他的棕色頭髮變長了，濃密的亂髮幾乎碰到肩膀。眼珠是黑色的，原來深橄欖色的皮膚變得比較蒼白。他穿著一件裂口的黑色牛仔褲，上身是大了好幾號的破舊飛行員夾克，因爲夾克拉鍊沒拉上，可以看到裡面的黑色襯衫。整張臉髒髒的，眼神流露出野性，看起來就像是在街上流浪的野孩子。

我等著他抬頭看我。他現在絕對是氣炸了，他一定會開口指責我任他姊姊死去。不過，他卻好像完全沒看到我。

我安靜的站著，不敢移動。怪了，如果不是他寄來的訊息，那會是誰？

尼克將另一張遊戲卡丟到藍火裡去。「奇怪，」他喃喃自語著：「我以前怎麼會喜歡這個東西呢？」

「小孩子的遊戲，主人。」另一個聲音表示贊同。聲音好像是從營火旁邊傳出的，可是我沒看到說話的人。

尼克直視河的對岸，長長的河岸一片漆黑，岸上罩著濃霧。我明白了，那裡是冥界，尼

㉗伊麗絲(Iris)，彩虹女神，也是眾神的使者，她沿著彩虹降臨人間，幫眾神向人類傳遞消息。

克正在冥河❷邊露營。

「我失敗了。」他低聲說：「沒辦法帶她回來。」

另一個聲音沒有回應。

尼克疑惑的轉向那個聲音的來源。「你在嗎？說話啊。」

有個東西閃閃發光，我本來以爲那只是營火的火光，原來那是一個男子的外形，由藍色的煙形成的影子，如果和他正面相對，是看不到他的；不過，假如你用眼角瞄的話，就能清楚看見他的樣子。他是個亡魂。

「以前不曾做到，」亡魂說：「不過，也許有辦法。」

「告訴我。」尼克下令，他的眼睛發出狂暴的亮光。

「一樁交易，」亡魂說：「一條靈魂，換一條靈魂。」

「我已經交出來了！」

「不是你的，」亡魂說：「你不能奉獻給你父親一條靈魂，再怎麼說，他最後都會得到的，再怎麼說，他根本不必擔心兒子死掉的事。我指的是一個本來應該死掉的靈魂，某個僥倖逃過死亡的人。」

尼克的臉色一沉：「不能再發生那種事，你說的是謀殺。」

「我說的是正義，」亡魂說：「復仇。」

「這兩件事不一樣。」

亡魂冷笑：「你長大之後就會了解差別是什麼。」

尼克直視火光。「至少，爲什麼我不能召喚她？我想和她說話，她……她願意幫助我。」

「我會幫助你。」亡魂承諾：「我不是救了你很多次嗎？我不是帶領你走出迷宮，教你怎麼使用你的力量嗎？你想爲你的姊姊報仇嗎？」

我不喜歡這個亡魂的語氣，他讓我想起以前學校裡的一個小孩，那個惡霸一向都是煽動別的小孩去做蠢事，比如偷實驗室的設備，或是破壞老師的車子。惡霸自己從來沒惹上麻煩，可是他害很多小孩被迫休學。

尼克別過頭不看火光，所以亡魂看不到他的臉，可是我看得到，一滴眼淚從他的臉上滑落。「很好，你有什麼計畫嗎？」

「喔，是的。」亡魂的聲音很親切。「我們有很多黑暗的路要走，我們得開始……」

影像化成點點閃光，尼克消失了。水霧裡的女子說：「請投入一個古希臘金幣，可以延長五分鐘。」

噴泉裡沒有金幣了。我伸手往口袋抓去，可是我的睡衣沒有口袋。我衝到床邊的小桌上翻找零錢，可是此刻女神的訊息閃光已經熄滅，房間回復一片漆黑。連線中斷了。

我站在小屋中央，只聽得到海水噴泉的潺潺流水，和屋外的海浪聲。

㉘冥河（Styx），神話中環繞冥界之河。要進入冥界必須先渡過冥河。參《神火之賊》九十一頁，註⓫。

尼克還活著，他想要將他的姊姊從死亡狀態中帶回來。我有個感覺，我知道他想交換的靈魂是誰，那個僥倖逃過死亡的人，他想要復仇的人。

尼克．帝亞傑羅會來找我。

3 蠍子遊戲

第二天吃早餐時，發生了很多刺激的事。

凌晨三點左右，營隊的邊界出現一隻黑蛇怪。我因為太累而睡得很熟，所以沒聽到那些聲響。魔法分界線將怪物隔絕在外面，可是牠仍然在山丘上徘徊，尋找我們防衛上的弱點，完全沒打算離開。後來，阿波羅小屋的李．佛雷秋和他的兩個雙胞胎兄弟發動攻擊。蛇怪的鱗甲縫隙被射進幾十支箭之後，牠終於接收到被攻擊的訊息，撤退了。

「牠還是在附近活動。」李在集會時警告我們。「我們將二十支箭插進牠的獸皮，使牠獸性大發。那傢伙有十公尺長，淺綠色的身體，眼睛……」他的聲音顫抖。

「李，你做得很好。」奇戎輕拍他的肩膀說：「每個人都要保持警戒。還有，一定要冷靜。這種事以前也發生過。」

「是啊，」昆特斯在主桌那邊說：「而且現在又發生了，次數愈來愈頻繁。」

學員們開始竊竊私語。

每個人都聽說了這個傳聞：路克和他的怪獸兵團正計畫入侵混血營。大部分的人都認定這件事會在今年夏天發生，可是至今仍然沒有人知道正確的時間和入侵的方式。不過，這和我們學員人數的減少沒什麼關係。現在我們只有大約八十個學員，三年前，當我剛開始來這裡時，學員超過一百人。如今有些人死了，有些人加入路克那一邊，還有些人不知爲何消失無蹤。

「這是新戰爭遊戲的好理由。」昆特斯的眼裡閃耀著光輝。「我們今晚就會知道大家訓練的成果。」

「是的……」奇戎說：「那麼，集會結束。現在，讓我們一起感謝神，然後開始用餐。」他舉起高腳杯。「敬天神！」

我們一起舉杯，齊聲敬天神。

泰森和我拿著盤子走向青銅火爐，把盤中一部分的食物丟進火中，希望天神喜歡葡萄土司和香果圈㉙。

「波塞頓，」我把聲音壓低說：「請幫助我解決尼克、路克和格羅佛的問題……」煩惱多到可以讓我站在那裡講一整個早上了，不過我還是只能轉頭走回我的桌子。

大家都坐下來開始吃飯，這時奇戎和格羅佛過來找我。格羅佛睡眼惺忪，上衣穿反了。他把盤子放到桌上，一屁股坐到我旁邊。

泰森變得很不自在。「我要去……唔……擦我的海中小馬。」

他笨拙地移動龐大的身軀離開，留下一半的早餐沒吃。

奇戎勉強擠出笑容。他可能想幫我打氣，可是他現在是以馬的形體高高聳立在我的上方，像一座高塔，在桌上投下一片黑影。「波西，你睡得好嗎？」

「嗯，很好。」我在猜他問這句話的原因，難道他知道我收到怪異的女神訊息嗎？

「我帶格羅佛過來，」奇戎說：「因爲我想你們兩個應該想要，嗯，討論一下。如果沒別的事，我要先告退了，我還得去寄送幾件女神訊息。晚一點我還會來找你們。」他意味深長的看了格羅佛一眼，然後踱步離開了涼亭。

「他到底在講什麼啊？」我問格羅佛。

格羅佛正在吃蛋，我看得出來他心不在焉，因爲他把叉子的尖端咬下，而且還嚼一嚼吞下去。「他要你相信我。」他口齒不清的說。

這時另一個人滑進我另一邊的座位，是安娜貝斯。

「我來告訴你到底是怎麼回事。」她說：「是迷宮[30]。」

我很難專心聽她說什麼，因爲現在涼亭餐廳的所有人都在偷瞄我們，還交頭接耳的低聲交談。因爲安娜貝斯就坐在我旁邊，不偏不倚，就在我的右手邊。

「你的座位不在這裡。」我說。

「我們必須談一談。」她堅持。

---

[29] 香果圈 (Froot Loops)，美國知名品牌家樂氏的穀類脆片。

[30] 迷宮 (Labyrinth)，指完全或部分在地面以下，包括許多難以走出的房間和過道的建築物。這裡指的是克里特王米洛斯為了囚禁彌諾陶，命令代達羅斯 (Daedalus) 修建的克里特迷宮，位於克諾索斯 (Knossos) 附近。

「可是，規定是……」

她知道我要說什麼，學員不能私自換座位。羊男不一樣，他們不是半神半人。混血人必須和同一個小屋的成員坐在指定的桌子。不過，我還不清楚私自換桌子的懲罰是什麼，因爲之前沒人這樣做。如果戴先生在這裡的話，他可能已經用葡萄藤把安娜貝斯勒死了，還好戴先生不在。奇戎已經離開涼亭，而昆特斯正在看著我們，還挑起一邊眉毛，不過他並沒有說什麼。

「喂，」安娜貝斯說：「格羅佛有麻煩了，只有一個方法能幫他，就是迷宮。我和克蕾莎一直在調查這件事。」

我調整了一下身體的重心，想要思考得更清楚一點。「你說的是遠古時代拘禁彌諾陶的那個迷宮嗎？」

「完全正確。」安娜貝斯說。

「所以……那地方已經不在克里特島的王宮裡了？」我猜說：「迷宮在美國的某一棟建築底下囉？」

看吧，沒幾年我就抓到重點了。我知道重要的地點會隨著西方文明搬家，像奧林帕斯山搬到帝國大廈上空、冥界入口搬到洛杉磯。我真爲自己感到驕傲。

安娜貝斯翻了個白眼。「在某棟建築底下？噢，波西，拜託，迷宮超級大耶，即使是一整座城市的底下都不夠用，更別說是單棟的建築物了。」

我想起尼克在冥河邊的事。「所以……迷宮是冥界的一部分？」

「不對。」安娜貝斯眉頭糾結在一起。「也許有通道從迷宮往下連到冥界去，這我不確定，不過，我很確定冥界是在更下面的地方。迷宮就位在凡人世界的底下，凡人的世界若是第一層的話，迷宮就是第二層。幾千年來，迷宮不斷的擴張、加大，通道延伸到西方各城市底下，所有城市都在地底下連起來了。你可以從迷宮走到西方的任何一個城市去。」

「如果你沒有迷路，」格羅佛嘀咕：「而且也沒有變成恐怖死屍的話。」

「格羅佛，一定有方法的，」安娜貝斯說。我突然發現，他們以前一定談過這件事了。

「克蕾莎不就好好活著？」

「她是例外！」格羅佛說：「你看其他的人……」

「他是瘋了，沒有死。」

「喔，眞開心哪。」格羅佛的下唇開始顫抖。「你這樣說，讓我覺得『好』多了。」

「喂。」我說：「等等，倒帶一下，克蕾莎和瘋了的傢伙是怎麼回事？」

安娜貝斯往阿瑞斯那一桌看去，克蕾莎正看著我們，好像知道我們在談什麼，不過她立刻把眼睛轉向自己盤中的早餐。

「去年，」安娜貝斯壓低聲音說：「克蕾莎從奇戎那裡得到一個任務。」

「我記得，」我說：「那是祕密。」

安娜貝斯點點頭。儘管她現在的態度很嚴肅，但只要想到她不再生我的氣，我就感到心情很輕鬆，而且我有點高興她不顧規定硬是坐到我旁邊來。

「這是祕密。」安娜貝斯同意說：「因爲她找到克里斯．羅德里格茲。」

「荷米斯小屋的那個傢伙嗎？」我記得他，兩年前我們在路克的安朵美達公主[31]號船上偷聽到克里斯．羅德里格茲的聲音。克里斯背棄混血營，加入了泰坦軍隊。

「對，」安娜貝斯說：「去年夏天，他剛好在亞利桑那州的鳳凰城現身，就在克蕾莎的媽媽家附近。」

「你說『現身』是什麼意思？」

「他在攝氏四十三度高溫的沙漠裡閒逛，身穿全套希臘盔甲，口齒不清的喃喃唸著什麼『線』。」

「線？」我說。

「他完全瘋了，克蕾莎帶他回媽媽家，這樣凡人才不會把他送到收容所去。她努力照顧他，想讓他恢復健康。後來，奇戎出來和他當面談。情況不太妙，他們從他口中只得到一個不太好的消息：路克一直在探勘迷宮。」

我打了個寒顫，但我其實不太知道爲什麼。可憐的克里斯……他其實不是壞蛋。他怎麼會發瘋？我轉頭看格羅佛，他正在吃掉剩下的叉子。

「那麼，」我問：「爲什麼他們要去探勘迷宮？」

「我們不知道，」安娜貝斯說：「這就是克蕾莎一直在調查的原因。奇戎一直隱瞞這件事，因爲他不希望引起恐慌。他讓我加入是因爲，嗯，迷宮一直是我最愛的研究題目。那裡面的建築包括……」她的表情有點進入夢幻狀態。「建築師代達羅斯[32]是個天才。其實，重點是迷宮可以通往每個地方，假如路克了解怎麼駕馭迷宮，他就能以不可思議的速度移動他的兵團。」

「可是，那是個迷宮，對吧？」

「布滿可怕的陷阱，」格羅佛同意說：「死胡同、幻覺、瘋狂殺羊怪物。」

「如果你有亞莉阿德妮的線[33]，就會沒事。」安娜貝斯說：「遠古時代，亞莉阿德妮的線指引鐵修斯[34]走出迷宮。其實那是代達羅斯發明的一種破解工具。還有，克里斯．羅德里格茲一直唸著『線』。」

「所以，路克想要找出亞莉阿德妮的線，」我說：「爲什麼?他的計畫是什麼?」

安娜貝斯搖搖頭。「我不知道，我猜也許他想要從迷宮入侵混血營，可是這完全不合理。

[31] 安朵美達公主 (Princess Andromeda)，希臘神話中最美麗動人的衣索比亞公主。參《妖魔之海》一六一頁，註[42]。

[32] 代達羅斯 (Daedalus)，希臘神話中的建築師和工藝師。據說曾為克里特王米諾斯 (Minos) 建造迷宮。失寵後，他為自己和兒子伊卡魯斯 (Icarus) 打造了翅膀，逃往西西里。

[33] 亞莉阿德妮的線 (Ariadne's string)，亞莉阿德妮是克里特國王米諾斯的女兒。因愛上英雄鐵修斯，而利用毛線球幫助他進入迷宮，打敗牛頭人身的怪物彌諾陶。被鐵修斯拋棄後，她改嫁酒神戴歐尼修斯。

[34] 鐵修斯 (Theseus)，希臘神話中雅典國的英雄，很受雅典人愛戴。參《神火之賊》一二一頁，註[22]。

克蕾莎發現的最近入口在曼哈頓，這入口沒辦法讓路克越過我們的邊界。克蕾莎曾進到隧道中去探勘，可是……那眞的非常危險，有幾次她差點沒辦法脫身。我研究過所有我能找到的、關於代達羅斯的資料，卻沒有什麼收穫。我完全不明白路克想做什麼。不過我很確定，迷宮可能是幫助格羅佛解開問題的鑰匙。」

我眨眨眼：「你認爲潘在地底下？」

「這足以說明爲什麼一直找不到他。」

格羅佛縮了一下肩膀。「羊男痛恨去地底，沒有一個探查者嘗試去那種地方，那裡沒有鮮花、沒有陽光，更沒有咖啡店！」

「可是，」安娜貝斯說：「迷宮幾乎可以帶你到任何地方。它能分析你的思考方式，它會愚弄你、欺騙你，還會殺死你。可是，如果你可以讓迷宮爲你工作……」

「它就能帶你去找野地之神。」我說。

「我做不到。」格羅佛彎腰抱住肚子說：「光是想到它，就會讓我想放棄我的銀器……」

「格羅佛，它可能是你最後的機會。」安娜貝斯說：「長老會是認眞的，一個星期完成，否則你就去學踢踏舞！」

從主桌那邊傳來昆特斯清喉嚨的聲音。我知道他其實不想引起騷動，可是安娜貝斯又做得很過火，在我的桌子這裡坐這麼久。

「我們等一下再談。」安娜貝斯抓著我的手臂，她實在太用力了一點。「說服他，好嗎？」

她轉身回到雅典娜桌，不理會所有盯著她看的人。

格羅佛把頭埋進雙手中。「波西，我做不到。我的探查者執照、潘，我即將失去這一切。我會在木偶劇團重新開始。」

「別這樣說！我們會想出辦法的。」

他淚眼迷濛的看著我。「波西，你是我最好的朋友。你看過我在地底的樣子，就是那個獨眼巨人的洞穴。你眞的認爲我可以……」

他的聲音顫抖。我想起在妖魔之海的時候，他被困在獨眼巨人的洞穴裡。打從一開始，他就不喜歡待在地下，在那次之後，格羅佛變得更痛恨地下了。還有，獨眼巨人也讓他毛骨悚然，即使是泰森，格羅佛也想盡量躲開他。格羅佛和我在某種程度上能讀到對方的情緒，因爲我們之間已建立了共感連結，所以，我知道他的感覺：格羅佛害怕那個大傢伙。

「我得走了，」格羅佛痛苦的說：「朱妮珀在等我，還好她覺得膽小鬼還是有魅力的。」

他離開之後，我看著昆特斯，他嚴肅的對我點點頭，彷彿我們之間藏有不可告人的祕密。然後，他又低頭用匕首切香腸。

這天下午，我到飛馬的馬廄去拜訪我的朋友黑傑克。

「嘿，主人！」他在馬廄裡蹦蹦跳跳，連連拍打著黑色翅膀。「你有帶方糖來給我嗎？」

「黑傑克，你明明知道那東西對你有害。」

「是啊，所以你有帶一點給我吧？」

我笑笑，餵給他一小把方糖。黑傑克和我認識很久了，幾年前我幫他脫離路克的邪惡郵輪，從那時起，他就堅持要幫忙我，作爲回報。

「所以，我們有新的尋找任務了？」黑傑克問。「主人，我已經準備好了，隨時起飛！」

我輕拍他的鼻子。「不是這樣的，現在每個人都在討論地底迷宮的事。」

黑傑克緊張的嘶聲長叫。「這對馬不好！主人，你要不是昏頭了，絕對不會瘋狂到想去那裡吧？去到那裡，一定會死在動物膠提煉工廠裡！」

「也許你說得沒錯，黑傑克，我們會知道答案的。」

黑傑克喀滋喀滋的嚼著方糖，鬃毛搖晃著，像是吃糖吃到癲癇發作了。「哇喔！主人，那，等你神智清醒後，不管你想飛去哪裡，吹個口哨就可以了。我黑傑克和夥伴們一定爲你徹底擊潰敵人！」

我告訴他，我會牢牢記在心裡，這時一群年輕的學員到馬廄來，準備開始上騎術課程。我知道我該離開了。突然間，我有種不祥的感覺，好像會有一段很長的時間沒辦法再看到黑傑克了。

這天晚餐過後，昆特斯要求我們穿上戰鬥盔甲，就像要參加奪旗大賽一樣。不過，學員間瀰漫著一股嚴肅的氣氛。白天放在競技場中的那幾個木板箱不見了，我猜想，不管箱子裡面是什麼，它們已經被放進森林裡去了。

「好。」昆特斯站在主桌那裡說：「集合。」

他一身黑皮衣和青銅盔甲。在火炬映照下，他的一頭灰髮使他整個人看起來像鬼一樣。歐萊麗女士蹦蹦跳跳的繞著他，四處搜尋晚餐剩下的食物。

「兩人一組，」昆特斯大聲宣布。大家開始吱吱喳喳說話，想找自己的朋友，可是昆特斯卻大喊：「分組名單已經決定好了！」

「喔！」所有人一起發出抱怨聲。

「你們的目標很簡單，就是要活著取得金桂冠。桂冠裝在一只絲質的袋子裡，綁在怪物的背上。這次總共有六隻怪物，每隻怪物的背上都背著一只絲袋，不過其中只有一個袋子裡有桂冠。贏家必須在別人之前找到桂冠，並且殺掉怪物才拿得到，當然，還得活著回來。」

大家開始興奮的交頭接耳。這任務實在太單純了，嘿，你想想，我們每個人都殺過怪物，而且我們平常的訓練就是爲了這件事啊。

「現在我要宣布你們的隊友。」昆特斯說：「禁止私下交換，禁止任何抱怨。」

「阿嗚……」歐萊麗女士把臉埋進一盤披薩裡面。

昆特斯打開一個巨大的卷軸，開始唸名字。貝肯朵夫和瑟琳娜．畢瑞嘉同一組，貝肯朵夫看起來很開心。史托爾兄弟崔維斯和柯納同一組，這沒什麼好意外的，他們不管做什麼都在一起。克蕾莎和阿波羅小屋的李．佛雷秋一隊，格鬥和箭術的結合，他們這一組陣容堅強。昆特斯繼續唸出一連串的名字，終於唸到了：「波西．傑克森和安娜貝斯．雀斯。」

「很好。」我對安娜貝斯笑了一下。

「你的盔甲歪了。」這是她唯一的評語，然後她幫我調了一下帶子。

「格羅佛．安德伍德，」昆特斯說：「和泰森一組。」

格羅佛大吃一驚，差點沒跳起來。「啥？可……可是……」

「不要，不要。」泰森的聲音快哭出來了，「一定是弄錯了，山羊小子……」

「禁止抱怨！」昆特斯下令：「馬上找出你的夥伴，給你們兩分鐘！」

泰森和格羅佛都用求救的眼神看著我。我向他們點點頭，試著鼓勵他們，並且比手勢示意他們應該一起行動。泰森開始打噴嚏，而格羅佛緊張的嚼起木棍。

「他們沒事的。」安娜貝斯說：「走吧，我們該煩惱接下來要怎麼活著回來。」

我們進森林時還是白天，樹影卻使森林裡像午夜一樣陰暗。雖然現在是夏天，這裡卻還是很冷。安娜貝斯和我很快發現一些足跡，那是一種多腳生物小步快跑的腳印。於是我們跟著腳印往前追過去。

我們跳過小溪後，聽到小樹枝折斷的聲響，於是我們躲到一塊大石頭後面。原來是史托爾兄弟被樹枝絆倒，他們邊咒罵邊離開了。他們的爸爸是小偷之神，可是他們的行動卻像水牛一樣遲鈍。

史托爾兄弟離開後，我們加速往西森林前進，那裡的怪物更兇猛。當我們站在高起的岩石上看著一片沼澤時，安娜貝斯緊張了起來。「這是我們停下來的地方。」

我愣了一下才反應過來。她說的是去年冬天我們找尼克．帝亞傑羅的事，這裡是我們當時決定放棄繼續找他的地點。格羅佛、安娜貝斯和我站在這塊石頭上，而我說服他們不要告訴奇戎眞相，隱瞞尼克是黑帝斯的兒子的事。現在看起來，當時的決定似乎是正確的。我想要保護他，將他找出來，不讓發生在他姊姊身上的遺憾再度降臨。如今，六個月過去了，還是沒有找到他。想到這裡，我的嘴裡似乎感覺到一絲苦味。

「昨晚我看到他了。」我說。

安娜貝斯皺起眉頭。「什麼意思？」

我告訴她伊麗絲女神的訊息。她聽完後，望著森林深處。「他在召喚亡魂嗎？不妙。」

「亡魂可能給了他什麼邪惡的建議，」我說：「要他去復仇。」

「咦？亡魂從來不作建議，他們只管自己的事，就是那些老套的怨恨什麼的，而且他們怨恨活人。」

「他會來找我，」我說：「還有，亡魂提到迷宮。」

她點點頭：「這就是了，我們必須破解迷宮。」

「也許吧。」我感到不安。「可是，到底是誰寄給我女神訊息？假如尼克不知道我在線上……」

樹林中有樹枝折斷的劈啪聲，乾樹葉沙沙作響。有一個大傢伙在樹叢間移動，就在小土丘的另一邊。

我們同時拔劍。

「那不是史托爾兄弟。」安娜貝斯用氣音說。

我們走到西森林中央的宙斯之拳，那是由一堆圓石堆成的巨型自然景觀，營隊學員要打獵探險時，常常約在這裡集合，不過此刻沒有半個人。

「在那裡。」安娜貝斯低聲說。

「不對，等等，」我說：「在我們後面。」

詭異。急促的跑步聲似乎從各個不同的方向傳來。我們繞著圓石堆轉，劍已拔出。這時，我們背後傳來一個聲音：「嗨。」

我們飛快轉身，森林精靈朱妮珀大聲尖叫。

「把那個拿開！」她抗議道：「森林精靈不喜歡利劍。」

「朱妮珀，」安娜貝斯鬆了一口氣。「你在這裡做什麼？」

「我住在這裡。」

我將劍垂下。「住在圓石堆裡面？」

她指著林間平野的邊緣。「在杜松㉟裡面，笨蛋。」

有道理，當下我眞的覺得自己有點蠢。我在森林精靈身邊繞來繞去好幾年了，卻從來沒有和她們好好聊過。我只知道她們不能離開自己的樹太遠，因爲樹是她們生命的源頭。除此之外，我幾乎一無所知。

「你們兩個在忙嗎？」朱妮珀問。

「這個……」我說：「我們正在玩一個遊戲，要和一群怪物打鬥，而且我們要努力生還，不能死掉。」

「我們不忙。」安娜貝斯說：「朱妮珀，發生了什麼事？」

朱妮珀緊張的吸了口氣，用絲袖擦著眼睛。「是格羅佛啦，他煩到快瘋了。他幾乎一年到頭都在外面尋找潘，每次回到這裡時，狀況都比上一次更糟糕。一開始，我想他可能在找別的樹。」

「不會的，」安娜貝斯邊說，朱妮珀邊哭了起來。「我確定不會是這個原因。」

「有一次，他一頭撞到藍莓樹叢裡。」朱妮珀痛苦的說。

「朱妮珀，」安娜貝斯說：「格羅佛連看都不會想看別的樹一眼，他只是將全副心力放在探查者執照上。」

「他不能去地底下！」她大聲反對說：「你們不能讓他去。」

㉟杜松（Juniper），一種草本植物。格羅佛女友森林精靈朱妮珀（Juniper）源名於此。

安娜貝斯看起來不太自在。「這可能是唯一能幫他忙的方法，假如我們眞能找到入口的話。」

「喔。」朱妮珀擦去臉頰上一滴綠色的眼淚。「關於這件事……」

森林裡響起一陣沙沙聲，朱妮珀尖叫：「躲起來，快！」

還來不及問她原因，她頓時化爲綠色輕霧。

安娜貝斯和我轉過身，從樹林裡現身的是閃耀著琥珀光澤的蟲，長三公尺，有著帶鋸齒的鉗子、盔甲覆蓋的尾巴，以及和我的劍一樣長的螫刺——是蠍子！牠的背上綁著一只紅絲袋。

「我們要有一個人繞到牠後面，」安娜貝斯說著，怪物正噹噹鏘鏘的朝我們逼近。「另一個人在前面引開他的注意，後面的人趁機切掉牠的尾巴。」

「我來引開牠的注意，」我說：「你得戴上隱形帽。」

她點頭。我們多次並肩戰鬥，對彼此的行動了然於胸。這戰術不難，我們可以輕鬆做到。可是，接下來竟然又有兩隻蠍子從樹林裡出現，原來的戰術宣告失效。

「三隻？」安娜貝斯說：「不會吧！整個森林有一半的怪物來找我們？」

我吞了吞口水。一隻，我們可以處理；兩隻，要靠點運氣；三隻？前途難料。

蠍子急速朝我們衝過來，揮舞著帶著倒鉤的尾巴，好像本來就要殺我們一樣。安娜貝斯和我往後退，背部緊貼著圓石堆。

「爬上去?」我說。

「沒時間了。」她說。

她是對的,因爲此時蠍子已經將我們團團圍住。牠們和我們非常靠近,近到我看得到牠們醜陋的大嘴正吐著泡沫,爲了即將到嘴的肥美半神半人大餐而流口水。

「小心!」安娜貝斯用劍身的平面擋開螯針。我揮出波濤劍,蠍子隨即後退躲開。我們沿著圓石堆側面往上爬,蠍子仍然緊跟著我們。我朝另一隻蠍子揮劍,可是持續進攻實在太危險了。如果我朝軀幹進攻,尾巴就會朝下刺來;朝尾巴進攻的話,這傢伙的鉗子就會從兩邊夾擊抓住我。我們唯一能做的只有防守,而且也撐不了太久。

我又往旁邊挪了一步,這時我的後面突然變得空空的,原來是兩塊大圓石中間的空隙,要我越過這個縫隙一百萬次都沒問題,可是……

「到裡面去。」我說。

安娜貝斯先向蠍子砍過去,然後盯著我看,好像我瘋了一樣。「進去那裡?太窄了吧。」

「我會掩護你,快去!」

她繞到我背後,彎下腰擠進兩塊石頭中間。突然,她大聲尖叫,拉住我的盔甲帶。瞬間,我們跌進一個洞裡,剛才這個洞明明不存在,現在,我看得到上方的蠍子、天空中紫色的晚霞,還有森林。這時,坑洞口像相機蓋上了鏡頭蓋一樣,我們陷入全然的黑暗中。

我們的呼吸聲在石頭間產生回音。這裡又溼又冷,我坐在凹凸不平的地板上,感覺那地板像是磚塊砌的。

我舉起波濤劍，劍身所散發出的光線雖然微弱，卻足以照亮安娜貝斯驚恐的臉龐，以及我們身邊每一面覆滿青苔的石牆。

「這……這是哪裡？」安娜貝斯問。

「至少我們順利脫離蠍子的攻擊了。」我努力使聲音冷靜下來，但其實腦子已經陷入一片混亂。圓石間的裂縫明明不可能變成山洞。假如原來有山洞的話，我剛才一定會發現才對，我很確定沒有啊。這個山洞很像地板裂開來吞噬我們的感覺。我唯一能想到的是餐廳涼亭的那個裂縫，去年夏天，骷髏被它吞噬了。我在想，同樣的事情是不是降臨在我們身上？

我又把劍舉高，照著四周。

「這是個細長的房間。」我低聲說。

安娜貝斯緊抓著我的手臂。「這不是房間，這是走道。」

她是對的，前方黑暗處感覺是空空蕩蕩的，有一股溫暖的微風徐徐吹來，像是在地鐵的隧道中。不知道為什麼，我覺得這裡更古老，也更加危險。

我開始往前走，可是安娜貝斯阻止我。「別再走了，」她警告說：「我們必須找到出口。」

她似乎眞的嚇壞了。

「好吧。」我答應她說：「你說得對……」

我往上看，發現根本看不到我們是從哪裡掉下來的。天花板是實心的石頭，走道向兩端延展，彷彿沒有盡頭。

安娜貝斯的手滑進我的手中。如果是在其他時候，我一定會覺得很窘，可是在這片漆黑中，我很高興能確定她的位置，這大概是現在我唯一有把握的事。

「退後兩步。」她說。

我們同時退後兩步，好像身處地雷區一樣。

「好，」她說：「幫我檢查牆壁。」

「要找什麼？」

「代達羅斯的記號。」她說著，好像本來就應該這樣做。

「唔，好吧，哪一種……」

「快找！」她又說，聽起來心情比較放鬆了。她將手放在牆上，按壓細小的石縫處。石縫開始發出藍光，接著一個希臘符號出現了：Δ，這是古希臘文的第四個字母。

屋頂滑開，我們看到夜空中星光閃耀，這黑夜顯得比平時更加黑暗。往上延伸的金屬階梯出現在牆邊。這時我們聽到有人在喊我們的名字。

「波西！安娜貝斯！」泰森的聲音是其中最響亮的，還有其他人也在叫我們。

我興奮的看著安娜貝斯，接著我們開始往上爬。

我們繞過石堆，向克蕾莎和其他拿著火炬的學員跑去。

「你們兩個到哪裡去了？」克蕾莎問：「我們一直在找你們。」

「我們只不過多待了幾分鐘而已呀。」我說。

奇戎快步跑來，後面跟著泰森和格羅佛。

「波西！」泰森說：「你們沒事吧？」

「我們很好。」我說：「我們掉進一個洞裡。」

大家懷疑的看著我，然後望向安娜貝斯。

「是真的！」我說：「有三隻蠍子追趕我們，所以我們趕快逃跑，躲到岩石堆裡面，我們眞的只待了幾分鐘啊。」

「你們消失快要一個小時了。」奇戎說：「遊戲已經結束了。」

「對啊。」格羅佛抱怨道：「我們本來應該會贏的，可是有個獨眼巨人坐在我身上。」

「那是意外！」泰森抗議，然後開始打起噴嚏。

克蕾莎戴著金桂冠，可是她卻沒有把獲得冠軍的事大肆炫耀一番，這太不像她了。「一個洞？」她懷疑的說。

安娜貝斯做了一個深呼吸，然後環顧學員。「奇戎……或許我們應該到主屋談談這件事。」

克蕾莎喘了一口氣。「你找到了，對吧？」

安娜貝斯咬咬嘴唇。「我，嗯，對，我們找到了。」

一大堆學員開始發問，他們都像我一樣一頭霧水，這時奇戎舉起手要大家安靜。「今晚時間不對，而且地點也不對。」他瞪著圓石堆，像是在辨認那東西危險的程度。「所有的人都回小屋去，好好睡一覺。遊戲很成功，不過就寢時間已經過了！」

現場出現嗡嗡的嘀咕和抱怨聲，不過學員們還是漸漸散開了，大家一邊交頭接耳，一邊丟給我懷疑的眼神。

「這解釋了許多事。」克蕾莎說：「解釋路克是跟著什麼來的。」

「等一下。」我說：「你到底在說什麼？我們找到什麼？」

安娜貝斯轉身面對我，眼裡充滿了陰鬱。「進入迷宮的入口。一條直通混血營心臟地帶的入侵捷徑。」

4 缺一不可

奇戎堅持早上才要討論，這感覺很像是說：「嘿，你有生命危險，所以，好好睡吧！」好不容易終於睡著了，我夢到一座監獄。

我看到一個穿著希臘式短袍和涼鞋的男孩，孤單的蹲在寬闊的石造房間裡。這房間沒有天花板，抬頭就可以看到夜空，可是牆壁卻有七公尺高，而且是由打磨光亮、表面完全平滑的大理石砌成。房間裡散落著木板箱，有些破掉了，有些翻倒著，像是被丟進房間裡一樣。其中一個箱子的青銅工具灑落一地，有羅盤、鋸子，和一堆我認不出來的東西。

男孩蜷縮在房間角落，冷得全身發抖，也可能是因爲害怕吧。他全身都是飛濺的泥巴，腳、手臂和臉都被刮傷了，像是和箱子一起被拖來這裡一樣。

橡木門發出嗚咽般的聲音，門開了，兩名穿著青銅盔甲的侍衛並肩走進來，中間架著一個老男人，他們把他丟到舊物堆上。

「爸爸！」男孩跑向他。男人的長袍破破爛爛，灰頭髮油油黏黏的，鬍子長而捲曲。他的鼻樑斷了，嘴唇流血。

男孩抱住老人的頭。「他們對你做了什麼？」接著他對侍衛大吼：「我會殺了你們！」

「今天不殺人。」一個聲音說。

侍衛移到旁邊。他們後面站著一個身著白袍的高大男人，頭上戴著細細的金環，鬍子修剪得像一把銳利的矛尖，眼睛透著殘忍的光。「你幫助雅典人殺了我的彌諾陶！代達羅斯，你策動我的女兒反抗我。」

「陛下，您是自食其果。」老人用沙啞的聲音回答。

侍衛對準老人的肋骨狠狠的踢下去，老人發出痛苦的呻吟聲。小男孩大喊：「住手！」

「既然你這麼熱愛你的迷宮，」國王說：「我決定讓你待在這裡，這是你的工坊。你必須給我驚喜、逗我發笑。每個迷宮都要有怪物，而你，就是我的怪物！」

「我不怕你。」老人呻吟著。

國王冷笑，接著將視線轉移到男孩身上。「不過這個人很關心他的兒子，對吧？觸怒我吧，老傢伙，下次侍衛懲罰的就是他！」

國王帶著侍衛神氣的走出房間，門啪的一聲用力關上，留下男孩和他的爸爸在黑暗中。

「我們該怎麼辦？」男孩嗚咽著：「爸爸，他們會殺了你！」

男人困難的呑了一口口水，他努力擠出笑容，流著血的嘴唇卻使得他的表情顯得猙獰。

「我的孩子，你要勇敢。」他抬頭凝視星空說：「我……我會想出辦法。」

門的背面傳來放下門閂的轟隆巨響。我醒了過來，一身冷汗。

第二天早上，奇戎叫我去參加戰鬥會議時，我還感到有點顫抖。我們在劍術競技場碰面，這場面實在很詭異：我們討論著混血營的命運，而歐萊麗女士在一旁喀吱喀吱嚼著和眞牛一樣大的粉紅色橡膠犛牛。

奇戎和昆特斯站在武器架前面；克蕾莎和安娜貝斯坐在一起，負責簡報；泰森和格羅佛盡可能坐得遠遠的。出席的人還有森林精靈朱妮珀、瑟琳娜、史托爾兄弟、貝肯朵夫、李·佛雷秋，甚至連我們的百眼警衛隊長阿古士㊱都到了。我知道事情大條了，因爲除非有重大的事情要進行，否則阿古士從不現身會議。安娜貝斯說話時，他全程用一百個眼睛對準她，因爲看得太用力，他全身充血，變得紅通通的。

「路克一定已經知道迷宮的入口位置，」安娜貝斯說：「營隊裡的每一件事他都知道。」從她的聲音裡，我聽出一點點驕傲的感覺，好像她仍然很尊敬那傢伙，即使他如此邪惡。

朱妮珀清清喉嚨。「這正是昨晚我想告訴你們的事，洞口在那裡很久了，路克曾經使用過它。」

瑟琳娜·畢瑞嘉皺起眉頭。「你明知迷宮的入口在那裡，卻一個字都沒說？」

朱妮珀的臉變成青綠色。「我不知道這件事很重要，只不過是個洞而已，我討厭噁心的古老山洞。」

「她的嗅覺很靈敏。」格羅佛說。

「我從來沒注意過那個洞，直到……嗯，是因為路克。」她更加困窘，臉又更綠了些。格羅佛生氣了。「我收回嗅覺很靈敏那句話。」

「很有趣。」昆特斯一邊擦著劍一邊說：「你們相信這個叫路克的年輕人，他眞的膽敢用迷宮作爲入侵的捷徑嗎？」

「一定的。」克蕾莎說：「假如他和怪物兵團進入混血營，只需要從森林中央鑽出來，完全不用理會我們的魔法分界線的話，我們可說完全沒有勝算，他輕易就能將我們一舉殲滅。他一定策劃這件事好幾個月了。」

「他已經派出偵察兵進入迷宮，」安娜貝斯說：「我們知道這件事，是因爲……因爲我們發現了其中一個。」

「克里斯・羅德里格茲。」奇戎說著，意味深長的看了昆特斯一眼。

「喔，」昆特斯說：「那個在那裡的人……好，我知道了。」

「在哪裡的人？」我問道

克蕾莎瞪我一眼。「重點是，路克正在找尋操縱迷宮的方法，也就是說，他在找代達羅斯的工坊。」

我記起昨晚的夢——那個穿著破爛長袍、嘴唇流血的男人。「那個創造迷宮的人。」

㊱阿古士（Argus），是希臘神話中的百眼巨人，曾被天后希拉派去看守宙斯被變成母牛的情人愛歐（Io）。

「是的。」安娜貝斯說：「有史以來最偉大的建築師，和最偉大的發明家。假如傳說是眞的，他的工坊應該在迷宮的中心。他是唯一知道如何準確操縱迷宮的人。假如路克找到他，並且成功說服代達羅斯幫忙的話，路克就不用四處摸索路徑，或冒著讓他的兵團掉進迷宮陷阱的危險。他可以操縱迷宮的所有角落，既快速又安全，先到混血營消滅我們，然後……去奧林帕斯。」

競技場裡鴉雀無聲，除了歐萊麗女士的犛牛玩具的內臟被擠出來的聲音：吱─吱─吱─貝肯朵夫將他的大手放在桌上，打破寂靜。「倒回去一點，安娜貝斯，你剛剛是說『說服代達羅斯』嗎？代達羅斯不是死了嗎？」

昆特斯咕噥著：「我很希望是那樣。他活在什麼三千年前不是嗎？而且即使他還活著，古老的故事不是說他逃離迷宮了嗎？」

奇戎焦躁不安的踱著馬蹄。「親愛的昆特斯，這就是問題所在，沒有人知道。傳說……唔，關於代達羅斯的傳說很多，其中一個是他後來失蹤了，因爲他回到迷宮度過餘生，所以，他可能還在迷宮裡面。」

我想到夢中那個老人，他看起來很虛弱，很難相信他能撐過一個星期，更不用說要撐三千年了。

「我們必須進去，」安娜貝斯宣布：「我們必須搶在路克之前找到工坊，假如代達羅斯眞的活著，我們必須說服他幫助我們，而不是幫路克。如果亞莉阿德妮的線還存在，我們必須確保它不會落入路克手中。」

「等等，」我說：「假如我們擔心被入侵的話，爲什麼不把入口炸掉就好了?或是把隧道封住?」

「好主意!」格羅佛說：「我來準備炸藥!」

「哪有這麼簡單，笨蛋!」克蕾莎咆哮：「我們在鳳凰城發現的那個入口試過了，根本行不通。」

安娜貝斯點點頭。「波西，迷宮是魔法建築，就算只是要封閉其中一個入口，都必須耗費巨大的力量才辦得到。在鳳凰城，克蕾莎用一顆毀滅魔球毀掉一整棟建築，結果，迷宮入口只有前幾公尺稍稍改變而已。最好的辦法是防堵路克取得操縱迷宮的方法。」

「我們可以戰鬥，」李．佛雷秋說：「現在我們已經知道入口的位置，所以我們可以建立防禦線等他們來。如果兵團企圖跨越防線，他們會發現我們正拉弓等著。」

「我們當然要建立防禦線，」奇戎同意說：「不過，恐怕克蕾莎是對的。幾百年來魔法分界線一直保護著混血營的安全，假如路克派出大規模的怪物兵團從營區中心入侵，避開了我們的分界線……我們可能沒有足夠的實力擊退他們。」

聽到奇戎這樣說，沒有人高興得起來。奇戎常常設法鼓舞大家樂觀以對，假如連他都認爲我們沒辦法抵擋，大事就不妙了。

「我們的首要之務，是到代達羅斯的工坊去，」安娜貝斯堅持她的看法。「找到亞莉阿德妮的線，並且阻止路克使用它。」

「可是，如果從來沒有人找得到那裡，」我說：「我們的機會在哪裡？」

「我已經研究那棟建築好多年了，」她說：「我比任何人都了解代達羅斯的迷宮。」

「從書上了解它？」

「嗯，對。」

「那不夠。」

「勢在必行！」

「才怪！」

「你到底要不要幫我？」

我知道現場每個人都來來回回的看著安娜貝斯和我，像在看網球賽一樣。歐萊麗女士那個吱吱響的犛牛發出咿的一聲，原來她把粉紅橡膠頭撕開了。

奇戎清清喉嚨。「最優先的事情是，我們必須開啟一項尋找任務——必須有人進入迷宮，找到代達羅斯的工坊，並且阻止路克利用迷宮入侵混血營。」

「我們都知道誰應該帶頭，」克蕾莎說：「非安娜貝斯莫屬。」

大家發出贊成的嗡嗡聲。安娜貝斯從小就一直在等待屬於她的尋找任務，可是她現在看起來不太好。

「你做的和我一樣多，克蕾莎，」她說：「你也應該要去。」

克蕾莎搖搖頭說：「我沒辦法從那裡回來。」

崔維斯．史托爾大笑道：「別告訴我你怕了，弱雞克蕾莎？」

克蕾莎站起身來，我以爲她要過去揍扁崔維斯，可是她卻是顫抖的說：「你不懂啦，蠢蛋。我永遠不要再進去那裡面，永遠不要！」

她衝出競技場。

崔維斯畏縮的看著大家。「我不是那個意思……」

奇戎舉起手。「這個可憐的女孩一年來十分難熬。那麼，我們都同意由安娜貝斯領導這個任務嗎？」

我們都點點頭，昆特斯除外。他的手臂在胸前交叉著，眼睛瞪著桌子，不過，我不知道還有沒有其他人注意到他的舉動。

「很好。」奇戎轉向安娜貝斯。「親愛的，該是你去拜訪神諭的時間了，假如你平安的回來，我們就開始討論下一步要做什麼。」

等待安娜貝斯的時間，比我自己去拜訪神諭還要難熬。

我之前聽過兩次神諭。第一次發生在主屋裡滿布灰塵的閣樓，德爾菲[37]的靈魂沉睡在一個

[37] 德爾菲(Delphi)，希臘古鎮，阿波羅神殿所在地，即阿波羅神諭的發布地點。

女嬉皮木乃伊的身體裡。第二次，我在森林散步途中，神諭突然出現。至今這兩個場景仍然是我的惡夢。

我從來沒有因爲神諭的出現而感到受威脅，可是我聽過一些故事，像是學員離開後精神錯亂，或是因爲眼前的景象過於逼眞而嚇死之類的。

我在競技場裡踱步、等待。歐萊麗女士已經吃光牠的午餐，包括五十公斤牛絞肉和幾片垃圾桶蓋大小的狗餅乾。我很納悶昆特斯到底從哪裡弄來這麼巨大的狗餅乾。我不認爲有誰能走到賣場的寵物區，把那些東西放進購物車裡面。

奇戎和昆特斯、阿古士正在長談。從我這裡看過去，他們好像在爭論什麼事，而昆特斯一直搖頭。

競技場的另一頭，泰森和史托爾兄弟正在進行青銅雙輪戰車模型競速賽，那是泰森用盔甲的碎片做出來的。

我放棄踱步，離開競技場。我盯著草原另一端的主屋閣樓窗戶，那裡依然漆黑且平靜。爲什麼安娜貝斯需要在那裡待這麼久？我很確定當年我獲得尋找任務時並沒有待這麼久。

「波西。」一個女孩輕聲叫我。

朱妮珀站在灌木叢裡面。當她被植物包圍時，她就會變成接近隱形的透明狀態。眞不可思議，她到底是怎麼做到的？

她急忙比著手勢要我過去。「你一定要知道這件事，路克不是唯一在那個山洞出沒的人。」

「你是說……？」

她瞥了後面的競技場一眼。「我剛才想說出來，可是他也在場。」

「是誰？」

「劍術教練。」她說：「他在石頭之間摸索晃蕩。」

我的胃一陣緊縮。「昆特斯？什麼時候？」

「我不知道，我沒有注意時間，也許是一個星期以前，就是他第一天出現的時候。」

「他在做什麼？他有進去嗎？」

「我……我不確定。波西，他讓我毛骨悚然，我根本沒看到他走進林間平野，突然間他就出現了。你必須告訴格羅佛，真的太危險了……」

「朱妮珀！」格羅佛在競技場那裡叫她。「你跑去哪裡了？」

朱妮珀嘆了口氣：「我最好趕快過去。你要記住我的話，別相信那個人！」

她跑回競技場。

我盯著主屋，此刻的心情是前所未有的沉重。如果昆特斯有什麼密謀……我需要聽聽安娜貝斯的意見，也許她能夠解讀朱妮珀提供的訊息。可是，她到底見鬼的去哪裡了啊？神諭那裡到底發生了什麼事？不應該這麼久才對。

我再也忍不住了。

這樣做違反規定，可是那又怎麼樣？反正也沒有半個人看到！我快步跑下山丘，繼續往前穿越過草原。

主屋前側的接待室出奇的安靜，我過去都是在壁爐旁和戴歐尼修斯見面，看他玩牌、吃葡萄，還有向羊男發牢騷，不過戴先生至今仍然沒有回來。

我沿著走廊往裡面走，地板在我的踩踏下發出嘎嘎聲。走到樓梯前時，我遲疑了。只要往上走四階就會出現通往閣樓的小活板門，而安娜貝斯就在上面的某個角落。我安靜的站在那裡聽著，卻沒聽到我原先想聽的聲音。

是啜泣聲，而且是從樓下傳來的。

我躡手躡腳的繞到樓梯後面。地下室的門是開著的，其實我根本不知道主屋原來還有地下室。我偷偷往裡面看，遠處的角落坐著兩個人，他們的周圍是一堆儲存神食和草莓果醬的箱子。其中一個人是克蕾莎，另一個人看起來十幾歲，有西班牙血統。他穿著破爛的迷彩褲和骷髏的黑T恤，頭髮油膩膩的，還糾結在一起。他緊握雙臂正在哭泣，那是克里斯．羅德里格茲，爲路克工作的混血人。

「沒事的。」克蕾莎正和他說話：「喝點神飲吧。」

「你是幻覺，你是瑪莉！」克里斯後退到更深的角落。「走開。」

「我不是瑪莉。」克蕾莎的聲音溫柔而悲傷，我從不知道她也有這一面。「我叫克蕾莎，記住喔。」

「好黑！」克里斯大喊：「好黑啊！」

「到外面去吧。」克蕾莎哄著他說：「陽光對你會有幫助的。」

「一千個骷髏頭，大地一直在治療他。」

「克里斯，」克蕾莎輕聲說話，好像快哭出來了。「你一定要好起來，求求你，戴先生快要回來了，他是治療精神錯亂的專家，你要撐下去啊。」

克里斯的眼神像是被逼到角落的老鼠，狂亂而絕望：「你別想，瑪莉，想都別想！」這時他瞄到了我，他突然用一種充滿恐懼、接近窒息的聲音大喊：「波塞頓的兒子！他很可怕！」

我退後幾步，希望克蕾莎沒有看到我。我等著她衝出來大聲責罵我，不過並沒有，她繼續用悲傷的語調對克里斯輕聲說話，想勸他喝下神飲。也許她以爲那只是克里斯的幻覺而已，可是……波塞頓的兒子？雖然克里斯是衝著我這樣說，可是我爲什麼突然覺得他其實不是在說我？

還有，克蕾莎的溫柔，以前我從不曾想過她可能喜歡上什麼人，不過她叫克里斯名字的方式……她在克里斯選另一邊以前就認識他，當然比我更了解他。現在，他在黑暗的地下室顫抖，害怕出去外面，口中唸唸有詞的喊著瑪莉這個名字。毫無疑問，克蕾莎不想碰和迷宮有關的任何事情。克里斯在那裡面到底發生了什麼事？

這時，我的頭上傳來吱吱嘎嘎的聲音，好像是閣樓的門打開了，於是我趕緊跑到前門去。我必須趕快離開主屋。

「親愛的，」奇戎說：「你做到了。」

安娜貝斯走進競技場，她坐在石頭長凳上，眼睛盯著地面。

「怎麼樣？」昆特斯問。

安娜貝斯先看著我，我沒辦法分辨出她是不是想要警告我什麼，還是單純的恐懼。接著，她看著昆特斯。「我得到預言，我將領導尋找任務，找到代達羅斯的工坊。」

沒有人歡呼，我是說，我們都喜歡安娜貝斯，而且希望她得到尋找任務，但這一次似乎危險到離譜的程度。在我親眼看到克里斯．羅德里格茲的樣子之後，我甚至不願意去想像安娜貝斯下去神祕迷宮的情景。

奇戎的蹄在泥地上刮了一下。「親愛的，預言的正確用詞是什麼呢？用詞是很重要的。」

安娜貝斯深深吸了一口氣。「我，嗯，是這樣的，祂說：『你將在無盡頭的黑暗迷宮中探究……』」

我們屏息等待。

「喚起死者、叛徒、和失蹤者。」

格羅佛跳了起來。「失蹤者！一定是指潘！太棒了！」

「和死者、叛徒一起出現，」我補充說：「沒有很棒。」

「然後呢？」奇戎問：「接下來呢？」

「你將藉由亡魂國王之手升起或墜落，」安娜貝斯說：「雅典娜之子面臨最終時刻。」

大家不安的交換眼神，安娜貝斯是雅典娜女兒之一，而最終時刻聽起來不太妙。

「嘿，我們不應該自己直接跳到結論。」瑟琳娜說：「安娜貝斯不是雅典娜唯一的孩子，對吧？」

「亡魂國王會是誰？」貝肯朵夫問道。

沒有人回答，我想到在伊麗絲女神訊息中尼克所召喚的亡魂，我有個很壞的感覺，預言指的是他。

「還有其他的句子嗎？」奇戎問：「聽起來不太完整。」

安娜貝斯遲疑了：「我記不太清楚。」

奇戎挑起一邊眉毛，因爲安娜貝斯一向以記憶力好聞名，她從不曾忘記聽過的話。

安娜貝斯調整坐姿。「好像是……以英雄最終的呼吸加以破壞。」

「還有呢？」奇戎問道。

她站起身。「聽著，重點是我必須進去，我會找到工坊，並且阻止路克。還有……我需要幫忙。」她轉向我問：「你要來嗎？」

我沒有一絲遲疑。「我加入。」

幾天以來，這是她頭一次露出笑容。衝著她的笑容，我的決定就值得了。「格羅佛，你也來嗎？野地之神在等你。」

格羅佛似乎忘了他有多討厭地底下，「失蹤者」三個字大大激勵了他。「我要去打包一份回收物當點心！」

「還有泰森，」安娜貝斯說：「我也需要你。」

「耶！爆破時間到了！」泰森的鼓掌聲大到連歐萊麗女士都驚醒了，她本來在角落打瞌睡。

「等等，安娜貝斯，」奇戎說：「這樣做違反了遠古的法律，一個英雄只被允許帶領兩名同伴。」

「我需要他們，全部都要。」她堅持道：「奇戎，這很重要。」

我不明白她為什麼這麼堅持，不過我很高興她要求泰森加入，我不能想像把他留在這裡的話，我們要怎麼辦。他高大又強壯，擅長機械，和羊男剛好相反，獨眼巨人在地底完全沒問題。

「安娜貝斯，」奇戎不安的搖著尾巴。「要好好考慮一下，你違背遠古的法律，一定會發生什麼後果。去年冬天，五個人一起進行尋找任務，去解救阿蒂蜜絲[38]，結果只有三個人回來。三是神聖的數字，你想想看，有命運三女神[39]、復仇三女神，以及克羅諾斯的奧林帕斯三子[40]。這個威力強大的美妙數字可以抵擋許多危險。四嘛……很冒險。」

安娜貝斯做了個深呼吸。「我知道，可是我們一定要這樣做，拜託。」

我看得出來奇戎不喜歡這樣，而昆特斯正在研究我們，好像想知道我們之中是誰會活著回來。

奇戎嘆了口氣。「好吧，會議到此結束，尋找任務的成員回去各自準備。明天清晨，我們會送你們進迷宮。」

會議結束後，昆特斯將我拉到一邊。

「我有不好的預感。」他告訴我。

歐萊麗女士晃了過來，開心的搖著尾巴。她把盾牌丟在我腳邊，我撿起盾牌丟出去讓她追。昆特斯則是看著她蹦蹦跳跳的追過去。我想起朱妮珀說到他在探查迷宮的事。我不信任他，可是當他看著我時，我竟在他眼中看到眞誠的擔憂。

「我不喜歡要你們下去那裡的想法。」他說：「你們之中任何一個人都不該去。可是，假如你們非去不可，我希望你們記住：迷宮裡有許多愚弄你們的東西，那些東西會讓你們精神錯亂，尤其對混血人來說更是危險。我們很容易錯亂。」

38 阿蒂蜜絲（Artemis），希臘神話中的月亮女神，也是宙斯的女兒。參《神火之賊》一四九頁，註31。

39 命運三女神（Fates），掌管所有生命長短的三位女神。參《神火之賊》七十九頁，註8。

40 克羅諾斯的奧林帕斯三子（three Olympian sons of Kronos），指的就是宙斯、波塞頓、黑帝斯等奧林帕斯三大神。

「你進去過裡面？」

「很久以前去過。」他的聲音轉為嚴肅說：「我差點沒能活著逃出來，而大部分進去的人都沒有我幸運。」

他緊抓著我的肩膀。「波西，把全部心力集中在最重要的事，如果你做得到，就可能找得到路。還有，我想給你一個東西。」

他拿給我一個小小的銀管，因為實在太冰，我差點把它弄掉了。

「笛子？」我問道。

「是犬笛，」昆特斯說：「用來呼叫歐萊麗女士。」

「唔，多謝，可是……」

「在迷宮裡有沒有用，我不是百分之百有把握。歐萊麗女士是一隻地獄犬。只要一吹笛，她就會出現，不論她在多遠的地方。如果你帶著這個，我會覺得狀況好多了。假如你們真的需要幫忙，就用它，不過要小心使用，這犬笛是冥河冰做成的。」

「什麼冰？」

「從冥河取的冰。打造的技術難度很高，而且製作得十分精巧。它不會融化，可是只要一吹就毀了，所以你只能用一次。」

我想起路克，我的好敵人。就在我第一次任務出發之前，路克也給了我一個禮物，那是一雙魔法鞋，它的設計就是把我拉向死亡。昆特斯似乎對我很好，非常關心我，而歐萊麗女士喜歡他，這其中必定有什麼算計。她把黏呼呼的盾牌丟在我腳邊，興奮的狂吠。

這麼不相信昆特斯，我覺得很難爲情。可是，當年我可是很相信路克的。

「謝謝。」我向昆特斯道謝後，把冰犬笛塞進口袋，暗暗對自己說絕對不使用它，然後趕緊跑過去找安娜貝斯。

從我到營隊以來，我還沒走進雅典娜小屋過。

那是棟沒有花俏裝飾的銀色建築，掛著素淨的白色窗簾，入口上方有一隻貓頭鷹石雕。當我走近小屋，貓頭鷹的黑瑪瑙眼珠似乎也跟著我移動。

「有人在嗎？」我往裡面喊。

沒有人回答，於是我走了進去。眼前出現的景象差點讓我無法呼吸，這地方是勤奮小孩的工作室，所有床鋪都被推到一面牆旁邊，好像睡覺這件事完全不重要似的。大部分的空間擺滿工作檯、桌子，以及各式各樣的工具和武器。房間後面是一個大型圖書館，書架上塞滿了古老的書卷、皮革精裝書和平裝書。還有一張建築製圖桌，上面放著一堆尺、量角器，和建築模型。天花板上貼著一張很大的古戰爭地圖。一套套的盔甲掛在窗子下面，在陽光照射下閃耀著青銅冷光。

安娜貝斯站在房間後面，正在拼命翻查書卷。

「咚，咚，有人在嗎？」我說道。

她轉過頭，嚇了一跳。「喔……嗨，我剛沒聽到你的聲音。」

「你弄好了嗎？」

她皺著眉頭低頭看手上的卷軸。「正想做些研究。代達羅斯的迷宮規模龐大，沒有一個故事說清楚任何一件事，所有的地圖都不管用。」

我想起昆特斯說的：迷宮就是要讓人錯亂。不知道安娜貝斯知不知道這件事。

「我們會弄清楚的。」我說。

她披頭散髮，糾結的金髮像一條條金色布幕掛在臉上。現在她的灰眼珠看起來幾乎是全黑的。

「從七歲開始，我就想要得到尋找任務。」她說。

「你一定會做得很棒。」

她感激的看著我，然後低頭看著剛從書架上搬下來的書本和卷軸。「波西，我很擔心，也許我不應該要求你參加，還有泰森和格羅佛也是。」

「嘿，我們是你的朋友，我們才不想錯過這件事呢。」

「可是……」她停下不說了。

「怎麼了？」我問：「是因爲預言嗎？」

「應該沒問題，我確定。」她的聲音很微弱。

「預言的最後一句是什麼？」

這時她做了一個讓我非常驚訝的動作，她眨著眼睛，將眼淚忍住，然後向我張開雙臂。

我走上前給她一個擁抱，心頭小鹿亂撞。

「嘿，沒問題的。」我拍拍她的背。

我感覺得到這個房間中所有的事物，我可以讀到書架上每一本書中最細小的字。安娜貝斯的頭髮飄著檸檬香皂的香味，而她正在發抖。

「奇戎可能是對的。」她低聲說：「我破壞了規定，可是我不知道還有什麼辦法，我需要你們三個人，這樣感覺才對。」

「既然這樣，就別再去煩惱了。」我說：「排在這件事前面的問題還很多呢，我們會一一解決的。」

「這件事不同，我不希望你們之中有誰出事情。」

在我後面，有個人清了清喉嚨。

那是安娜貝斯同母異父的兄弟——馬肯，他的臉很紅。「唔，打擾了，」他說：「安娜貝斯，箭術練習正要開始，奇戎要你去那裡找他。」

我趕快離安娜貝斯遠一點。「我們只是在找地圖。」我笨拙的說。

馬肯盯著我看。「喔。」

「告訴奇戎我會過去。」安娜貝斯說。馬肯匆忙的走了。

安娜貝斯擦擦眼睛。「波西，你先過去，我得準備一下射箭的裝備。」

我點點頭，感覺到此生從未有過的困惑。我想跑出小屋，不過，我還是沒有動。

「安娜貝斯，」我說：「關於你的預言，英雄最後的呼吸那一段……」

「你認爲那個英雄是誰？我不知道。」

「不，我是說另一件事。我覺得最後一句的『呼吸』怪怪的，不太順，其實應該是『死亡』吧？」

安娜貝斯低頭看著卷軸。「波西，你該過去了，把尋找任務該帶的準備好，明天……明天早上集合。」

我先走了。她一直凝視著那些不管用的地圖。我沒辦法趕走那個想法：我們之中會有一個人無法在這次的尋找任務中生還。

5 星空下的墓園

至少在尋找任務出發前一晚，我可以睡個好覺，對吧？

錯！

這晚的夢裡，我在安朵美達公主的房間裡，窗外是月光點點的海面，冷風吹拂著天鵝絨布幔。

路克跪在波斯地毯上，面向著克羅諾斯的金色石棺。在月光之下，路克的金髮近乎全白。他穿著古希臘長袍，外罩白色巾掛——一種從肩膀往下垂的披肩。純白的衣服使他看起來似乎是永恆的，有點不太真實，就像是奧林帕斯山的未成年天神。上一次我看到他，是在他跌下塔瑪爾巴斯山的時候，他受了重傷且昏迷不醒。現在，他的氣色非常好，幾乎可以說是超級健康了。

「主人，我們的間諜回報成功的消息。」他說：「如您所料，混血營派出了尋找任務，我們這邊的交易幾乎完成了。」

「很好。」克羅諾斯的聲音不是那種匕首刺入心臟的感覺，而是冷酷似冰。「一旦我們擁有操縱的方法，我將親自率領先鋒部隊長驅直入。」

路克閉上雙眼，像是在整理思緒。「我的主人，或許太早了點。也許應該由克里奧斯[41]或海波利昂[42]率領……」

「不。」聲音平靜而絕對堅定。「由我率領。還有一個核心人物將加入我們的大業，如此我們就陣容齊備，我終將從塔耳塔洛斯[43]完全升起。」

「可是，主人，這種形體……」路克的聲音開始顫抖。

「拿出你的劍，路克．凱司特倫。」

一陣震驚向我襲來，我發現我從沒聽過路克的姓，甚至連想也沒想過。

路克拔出暗劍，這把劍的劍刃一面是鋼、一面是由天國青銅所鑄造，雙面刃發出邪惡的光澤，有幾次我差點死於那把劍。那是個邪惡的武器，能殺死凡人和怪物，是我唯一會感到害怕的劍。

「你已發誓將自己獻給我，」克羅諾斯提醒他說：「你是以此劍立誓的。」

「是的，主人，只是……」

「你想要權力，我給了你。現在的你刀槍不入，很快的，你可以統治天神和凡人的世界。難道你不希望親自復仇嗎？你不想親眼看到奧林帕斯被消滅嗎？」

路克的身子一陣顫抖：「我希望。」

石棺開始發亮，金光照耀整個房間。「準備好作戰的兵力。一旦交易完成，我們就要向前挺進。首先，將混血營化為灰燼。消滅了那些麻煩的混血人之後，接著，我們將整軍往奧林帕斯挺進。」

有人在敲公主的房門，石棺的光輝隱去。路克起身，將劍收回劍鞘，整理一下他的白袍，然後做了個深呼吸。

「進來。」

門打開了，兩隻母龍爬了進來。牠們是蛇女，兩隻腳都是蛇的形體。在牠們中間的是凱莉，新生說明會時的啦啦隊隊長恩普莎。

「哈囉，路克。」凱莉微笑著。她穿著一件紅色洋裝，看起來很美。不過我已經領教過她的眞面目，我知道她隱藏了什麼：不搭調的腳、紅眼睛、尖牙、火焰頭。

「什麼事，惡魔？」路克的聲音冷冷的。「我告訴過你，別打擾我。」

凱莉不高興的噘起嘴。「這樣不太好喲，你看起來很緊張，我幫你按摩一下肩膀，好嗎？」

---

❹❶ 克里奥斯 (Krios)，泰坦十二巨神之一，是生長之神。泰坦巨神被奥林帕斯天神打敗後，他被關進塔耳塔洛斯的黑暗深淵裡。

❹❷ 海波利昂 (Hyperion)，泰坦十二巨神之一，是光之神；也是黎明女神伊爾斯與舊太陽神赫利歐斯、舊月亮女神西倫之父。

❹❸ 塔耳塔洛斯 (Tartarus)，希臘神話中的冥界最深處，是永無止境的黑暗之地。

路克往後退。「有什麼事要報告就說吧，否則就出去！」

「我不明白這些日子以來你為什麼這麼暴躁？你以前很樂於閒聊的。」

「那是在我看到你對西雅圖那個男孩做的事之前。」

「喔，他對我來說根本不值一提，」凱莉說：「那真的沒什麼，真的，你知道我的心屬於你，路克。」

「多謝，但不用了。現在，要不就報告，要不就滾出去。」

凱莉聳聳肩。「好吧。如你要求，先遣部隊已經準備好了，我們可以前往……」她皺眉。

「怎麼了？」路克問道。

「有鬼。」凱莉說：「你的知覺變遲鈍了，路克，我們被監視了。」

她掃視房間，接著眼睛直視我。她的臉逐漸乾枯轉換成女巫的模樣，露出尖牙，朝我猛撲過來。

我嚇醒了，心臟怦怦跳著，我發誓恩普莎的尖牙距離我的喉嚨只有兩、三公分而已。泰森在旁邊的床上打鼾，這聲音讓我冷靜了一點。

我不明白凱莉怎麼能在夢中感覺到我，不過我聽到的已經比我原先想知道的更多：一支軍隊已經整裝完成，而克羅諾斯將親自領軍。他們唯一欠缺的是操縱迷宮的方法；一旦取得，他們就能入侵並消滅混血營。而路克顯然認為這事很快就會實現。

我很想去叫醒安娜貝斯，告訴她這個夢。但是要在這三更半夜的時候去嗎？這時我才發現房間裡比平常亮了許多，一道藍綠相間的光從海水噴泉裡射出，比前一晚更加耀眼，而且更加急迫的閃動，彷彿整個噴泉的水都在嗡嗡作響。

我下了床，走過去。

這一次，水裡沒有出現聲音要求付費，我覺得噴泉正等著我開始第一個動作。

也許我應該直接回床上去才對。我想起了昨晚看到的詭異景象——在冥河邊的尼克。

「你想要告訴我什麼吧？」我說。

噴泉沒有反應。

「好吧，給我看尼克．帝亞傑羅。」

我還沒有丟金幣進去，這次它並不在意，我想是伊麗絲女神以外的力量在控制噴泉。海水閃爍著，尼克出現了，不過這次他不在冥界，他站在星空下的墓園中，四周環繞著陰森的巨大柳樹。

他正看著幾個掘墓工人工作，我聽到鏟子的聲音，還看到泥土飛出坑穴外。尼克穿著一件黑色披風。那裡是霧氣迷濛的晚上，空氣溫暖而潮溼，青蛙呱呱叫著。尼克腳邊有一個大型的沃爾瑪超市購物袋。

「還不夠深嗎？」尼克有點火大。

「快了，主人。」那是上次和尼克一起出現的亡魂，一個模糊的閃光人形。「主人，可是，我要告訴你，這是沒有必要的，我已經向你建議過了。」

「我想聽第二個意見！」尼克彈彈手指，挖掘工作停止了。兩個形體爬出洞外，他們不是人類，而是穿著破衣服的骷髏。

「你們被開除了，」尼克說：「謝謝。」

骷髏骨架散開，倒塌成一堆白骨。

「你也許也該謝謝鏟子，」亡魂抱怨道：「它們一樣有情緒。」

尼克沒理會它，他把手伸到沃爾瑪超市的袋子裡，拿出一打可樂，然後打開一罐。他並沒有喝掉可樂，而是將它倒進墓穴裡。

「讓亡者再來喝喝吧！」他呢喃著：「讓他們起來取祭品，讓他們回復記憶。」

他繼續將剩下的可樂倒進墓穴，然後拿出上面有卡通圖案的白紙袋。那種紙袋我已經有好幾年沒看到了，不過我還是認得，那是麥當勞的快樂兒童餐。他把紙袋開口朝下，將薯條和漢堡倒進墓穴中。

「在我的時代，我們使用的是動物的鮮血。」亡魂咕噥著：「這個夠好了，他們吃不出差別的。」

「我很尊重他們。」尼克說。

「至少把玩具留給我。」亡魂說。

「閉嘴！」尼克下令。他將其他十一罐可樂和三個快樂兒童餐統統倒進墓穴裡，接著開始用古希臘語吟誦。我只聽得出其中幾段，都是關於亡者、回憶，還有從墓穴歸來的句子。這一餐還眞是「快樂」啊。

墓穴開始冒泡，咖啡色泡泡上升，像是墓穴正注滿可樂。霧氣變得更濃，青蛙停止鳴叫，幾十個帶著藍光的模糊人形出現了，在墓碑間穿梭。尼克用可樂和起士堡召喚了亡者。

「太多了，」亡魂緊張的說：「你還不明白你所擁有的力量。」

「情況都在我的掌握中。」尼克說，不過他的聲音很虛弱。他拔出劍，是一把黑色金屬鑄成的短劍。我從沒看過類似的東西，那不是天國青銅或鋼，也許是鐵吧，人影群一看到它全部退後。

「一次一個。」尼克下令。

一個人形往前飄，跪在小水池上。他咕嚕咕嚕的喝著飲料，鬼手從水池中撈起薯條。當他再次起身時，身形清楚多了，是一個穿著希臘盔甲的青少年，有著一頭捲髮和綠眼珠，披風上的夾子很像貝殼。

「你是誰？」尼克問：「說話。」

年輕人皺著眉頭，好像很努力的回想。然後，他用單調的聲音說：「我是鐵修斯。」

不可能，我想。一定不是那個鐵修斯，眼前只是個孩子。我從小聽到的傳說都是一個打敗彌諾陶等怪物的大人，我一直將他想像成體格魁梧、聰明幹練的樣子。眼前的鬼魂既不強壯也不高大，而且看起來年紀也沒比我大。

「我該怎麼樣才能找回我的姊姊？」尼克問。

鐵修斯的眼睛像玻璃一樣了無生氣。「別嘗試，太瘋狂了。」

「告訴我！」

「我的繼父死了。」鐵修斯回憶道：「他跳入海中，因爲他認爲我已經死在迷宮。我想帶他回來，可是我辦不到。」

尼克的亡魂嘶聲大吼：「主人，靈魂交易！問他那件事！」

鐵修斯沉下臉說：「這個聲音，我認得這個聲音。」

「不，你不認得，笨蛋！」亡魂說：「回答主人的問題，不許說無關的事！」

「我認得你。」鐵修斯堅持，好像很努力在回想。

「我想要知道姊姊的事。」尼克說：「進入迷宮的尋找任務，能幫我將她救回來嗎？」

鐵修斯在找亡魂，不過顯然沒找到。他慢慢將眼神轉回尼克。「迷宮非常危險，只有一個原因讓我成功離開——一個凡人女孩的愛。線只能破解其中一部分，其實是公主帶領我出來的。」

「我們不需要那個東西，」亡魂說：「主人，我會帶領你。問他靈魂交易的事情是不是眞的，他會告訴你。」

「一條靈魂換一條靈魂。」尼克問：「是眞的嗎？」

「我……我得說是眞的，可是幽魂……」

「只准回答問題，笨蛋！」亡魂說。

突然間，圍繞在水池邊的鬼魂開始焦躁不安，他們開始騷動，用緊張的聲調低語著。

「我想見我的姊姊！」尼克提出要求說：「她在哪裡？」

「他來了。」鐵修斯害怕的說：「他感覺到你的召喚，他來了。」

「誰？」尼克問。

「他來找尋力量的來源。」鐵修斯說：「你必須釋放我們！」

噴泉中的水開始震動，發出強力的嗡嗡聲，我發現整間小屋都因此搖晃，而且聲音愈來愈大。墓園中的尼克開始發亮，直到難以直視。

「停下來，」我大聲叫：「停止！」

噴泉開始裂開。泰森仍然在說夢話，還翻了個身。紫光打在小屋的牆上，形成可怕的鬼魂形體，好像幽魂正集體逃離噴泉。

沒別的法子，我將波濤劍的蓋子拿開，揮劍砍向噴泉。噴泉被劈成兩半，海水四處飛濺。這座漂亮的石造噴泉解體了，成爲散落在地板的碎片。泰森哼了一聲，喃喃說著含糊不清的夢話，他竟然還在睡。

我倒在地上，爲剛才所見而顫抖著。泰森早上在地板上找到我，而我的眼睛仍然盯著碎裂的海水噴泉。

天亮後，尋找任務成員在宙斯之拳集合。我已經打包好了，包包裡面有：裝滿神飲的熱水瓶、幾袋神食、睡袋、繩子、衣服、手電筒和很多備用電池。波濤劍在我口袋裡，泰森做的魔法盾錶戴在我手腕上。

這是個清亮的早晨，霧氣散去，天空湛藍。營隊學員今天仍然要上課，有飛馬騎術課、射箭練習，還要攀登火山熔岩牆。同一時間，我們要出發前往地底。

朱妮珀和格羅佛站在一邊。朱妮珀又哭了，不過她還是努力為格羅佛打點，仔細整理他的服裝，把牙買加帽放正，刷掉外衣的羊毛。我們都還沒想到他會是什麼樣子，他就已經變身成人類的模樣，用帽子隱藏羊角，穿著長褲、戴上假腳和運動鞋，把羊腳藏起來。

奇戎、昆特斯、歐萊麗女士和其他來祝福我們的學員站在一起，因為活動太多了，感覺上很像一場歡送會。兩個石棚已經蓋好，用來作為守衛亭，貝肯朵夫和他的兄弟姊妹正在放置成排的尖釘，並且挖著壕溝。奇戎決定要大家在迷宮的出口全天守衛，這是特例。

安娜貝斯正在對她的補給包做最後的檢查。當我和泰森過來時，她皺起眉頭說：「波西，你氣色很差。」

「他昨晚殺了噴泉。」泰森透露。

「什麼？」她問。

我還來不及解釋，奇戎小步快跑過來。「好啦，看起來你們都準備好了！」

他努力讓聲音顯得振奮些，不過我聽得出來他很不安。雖然我不想再煩他，可是一想到昨晚的夢……。趁我還沒改變主意之前，我開口說：「嘿，嗯，奇戎，我不在的時候，你可以幫我個忙嗎？」

「孩子，當然可以。」

「各位，我馬上回來。」我對森林那邊點點頭，奇戎挑起一邊眉毛，不過他還是跟著我走到大家聽不到的地方去。

「昨晚，我夢到路克和克羅諾斯。」我告訴他夢中的細節，這消息似乎讓他肩膀上的負擔又更沉重了。

「和我父親克羅諾斯對抗，這場戰爭，我們恐怕完全沒有勝算。」

奇戎幾乎從來沒有稱呼克羅諾斯爲「父親」過，雖然我們都知道這是事實。每個希臘世界的成員，無論是天神、怪物、泰坦巨神，彼此都有親戚關係，不過，這對奇戎來說，應該不是什麼值得誇耀的事，他總不會說：喔，我的爸爸是權力最大的邪惡泰坦巨神，他想要消滅西方文明，我長大以後要和他一樣！

「你知道他說的交易是什麼嗎？」我問。

「我不確定，不過我比較擔心他們是想和代達羅斯交易。假如這位遠古的發明家眞的還活著，而幾千年來在迷宮的日子也沒使他瘋狂……嗯，克羅諾斯能找出辦法扭轉任何人的立場，讓他們來遵循他的意志。」

「不是任何人。」我保證。

奇戎擠出笑容。「對，也許不是任何人。可是，波西，你一定要小心，我很擔心克羅諾斯去找代達羅斯是有別的理由，不只是爲了控制迷宮。」

「他還想要什麼？」

「安娜貝斯和我討論過這件事。還記得你說過第一次去安朵美達公主那裡時，你第一次看到金棺的時候嗎？」

我點頭。「路克在講克羅諾斯上升的事，每當有新的人加入他的大業，金棺中的他就有一小部分會成形。」

「然後，路克說，當克羅諾斯完全上升後，他們要做什麼？」

一陣寒意向我的背脊襲來。「他說他們要爲克羅諾斯打造一副新的身體，足以和赫菲斯托斯的打鐵技術相提並論。」

「這就是了，代達羅斯的確是世界上最偉大的發明家，他不只是創造了迷宮，還有很多發明，像是自動化機器、會思考的機器等。假如克羅諾斯希望代達羅斯爲他打造新的身體呢？」

這眞是個令人「愉快」的想法。

「我們必須先找到代達羅斯，」我說：「而且說服他不要那樣做。」

奇戎望向森林深處。「還有一件事我想不通——有關一個最新的靈魂加入他們的大業那一段，那不是個好預兆。」

我閉著嘴沒說話，可是我有罪惡感，因爲我決定不要告訴奇戎關於尼克是黑帝斯兒子的事。說到靈魂的事，假如……克羅諾斯知道尼克的事，如果他想引誘尼克加入他那邊的邪惡力量呢？這些想法讓我很想告訴奇戎，可是我終究沒說。因爲我不知道奇戎對此能做些什麼。而我，我必須靠自己找到尼克，向他解釋，讓他聽進去。

「我不知道。」我決定了，「可是，嗯，朱妮珀說的事，或許你該知道。」我告訴他森林精靈看到昆特斯在岩石堆間搜索的事情。

奇戎的下巴收緊。「這件事我不意外。」

「你不意……難道你早就知道了？」

「波西，當昆特斯出現在混血營，想提供服務時，嗯，我想我應該要裝傻，而不是表現出猜疑。」

「那你爲什麼讓他進來？」

「因爲，有時候將你不相信的人放在身邊是比較好的，這樣你可以看著他。也許他只是像自己說的，只是想要找個家的混血人而已。當然他的公開行爲並沒有讓我懷疑他的忠誠，可是，你相信我，我一直在注意……」

安娜貝斯走過來，可能很奇怪我們爲什麼講這麼久。

「波西，你好了嗎？」

我點頭，將手滑入口袋，裡面放著昆特斯給我的冰犬笛。我朝上看，昆特斯正謹慎的看著我，他舉起手向我道別。

「我們的間諜回報成功的消息。」路克這樣說。我們決定派出尋找任務的同一天，路克已經知道這事了。

「一切小心，」奇戎對我們說：「祝你們有好的收穫！」

「你也是。」我說。

我們走回圓石堆，泰森和格羅佛正在等著。我凝視著圓石間的裂縫，那個入口即將吞噬我們。

「那，」格羅佛緊張的說：「再見，陽光。」

「哈囉，石頭。」泰森接話。

然後，我們四個一起下降，進入黑暗中。

6 雙面天神

在我們陷入絕望的迷路前，我們往前推進了三十公尺。

這個隧道一點都不像我和安娜貝斯上次跌進去的地方。這裡很像下水道，周圍是紅磚砌成的，每三公尺就會出現一扇有鐵製把手的小圓窗。出於好奇，我打開燈往窗外照，什麼東西也沒有，眼前只有無邊的黑暗。我以爲聽到另一邊傳來的聲音，但可能只是冷風罷了。

安娜貝斯盡力帶領我們前進，她想到一個主意：我們應該緊貼著左邊的牆壁走。

「假如我們把一隻手放在左邊的牆上，跟著左牆走，」她說：「到時就應該可以沿著原路往回走，再回到這裡來。」

很不幸，正當她這麼說的時候，左牆消失了。我們發現自己站在圓形房間的中心，四周總共有八個往外的通道，而且完全看不出來哪一條是我們的來時路。

「咦，我們是從哪一條路進來的？」格羅佛緊張的說。

「向後轉就對了。」安娜貝斯說。

我們同時向後轉，卻各自面對著不同的通道。眞是詭異極了，我們沒有人能分辨出哪一條是回到混血營的路。

「左牆很難控制，」泰森說：「現在我們該怎麼走？」

安娜貝斯打開手電筒，一一照射八條隧道的入口拱門。我已經盡全力去分辨了，可是每個拱門看起來眞的是一模一樣。「那條。」她說。

「你怎麼知道？」我問。

「推論出來的。」

「所以說……你是猜的？」

「走就對了。」她說。

她選擇的通道很快就變窄了，牆壁變成灰色水泥，天花板愈來愈低，所以我們很快就得彎著腰走，而泰森被迫爬著前進。

格羅佛急促的呼吸聲是迷宮裡最大的聲音。「我受不了了，」他低聲問：「我們到了嗎？」

「我們只下來五分鐘左右。」安娜貝斯對他說。

「一定超過五分鐘，」格羅佛堅持，「潘怎麼可能會到這底下？這裡根本和野地相反！」

我們繼續拖著腳往前走，正當我確定通道已經窄到擠扁我們時，前面突然展開成一個大房間。我打開燈照著牆面，「哇！」

整個房間貼滿馬賽克磁磚，雖然圖案表面已經髒污褪色，不過還是看得出來色彩繽紛：有紅色、藍色、綠色、金色。橫飾帶的圖案描繪奧林帕斯眾神的宴會，裡面有我爸爸波塞頓，他正用三叉戟挑起葡萄給戴歐尼修斯變成紅酒。宙斯和羊男聚在一起，荷米斯穿著有翅膀的涼鞋在空中飛舞。畫面十分美麗，可惜不太正確，因爲戴歐尼修斯並沒有那麼英俊，而荷米斯的鼻子其實沒那麼大。

房間中央有一座三層噴泉，看起來很久沒有放水了。

「這是什麼地方？」我低聲說：「看起來很像……」

「羅馬。」安娜貝斯說：「這些馬賽克磚圖案已經有兩千年歷史了。」

「這裡怎麼會是羅馬？」我的古代史不是學得很好，不過我還是能夠確定：羅馬皇帝不會跑到紐約長島來製作磚畫。

「迷宮是一個拼貼作品。」安娜貝斯說：「跟你說，它一直在擴張，一塊一塊的增加。這是唯一一個會成長的建築。」

「說得好像它是活的一樣。」

一陣吱吱嘎嘎聲從我們前面的通道傳來。

「別再說什麼它是活的啦，」格羅佛嗚咽道：「拜託。」

「好啦。」安娜貝斯說：「往前走吧。」

「房間下面好像有什麼怪聲？」連泰森也有點緊張。

「是啊，」安娜貝斯說：「建築物愈來愈老舊。這是好消息，因爲代達羅斯的工坊應該會在最古老的地方。」

聽起來很合理。不過很快的，迷宮開始耍我們。在我們走了十五公尺後，又變成兩邊有黃銅管的水泥通道，牆壁上則滿是噴漆塗鴉。

「我想這不是羅馬。」我幫忙補上一句。

安娜貝斯做了個深呼吸，然後加速往前走。

每隔幾公尺，通道就會迴旋、轉向、分出岔路，我們腳下的地板也從水泥變成泥土、地磚，然後又重來一次，看不出什麼道理。途中，我們進了一間酒窖，木架上擺滿塵封的瓶子，很像路過誰家的地下室，只是我們的頭上並沒有出口，只有前方的通道可走。

走了一陣子，天花板變成木板，我們頭上傳來人們說話的聲音，還有吱吱嘎嘎的腳步聲，我們好像在一間酒吧下面。聽到人類的聲音讓我感到放心，可是我們還是沒辦法上去。我們被困在這裡，沒有出口。這時，我們看到迷宮裡的第一具骷髏。

他穿著白色衣服，很像某種制服，一個裝著玻璃瓶的木板箱放在他旁邊。

「送牛奶的人。」安娜貝斯說。

「什麼？」

「以前的牛奶是派人送的。」

「我知道以前是這樣，可是……那是我媽媽還是小孩的時代，簡直是一百萬年前的事了。他在這裡做什麼？」

「有些人是誤闖進來。」安娜貝斯說：「有些人是特意進來探險卻回不去。很久以前，克里特人甚至把人送進這裡當祭品。」

格羅佛差點喘不過氣。「他下來這裡很久了。」他指著骷髏的瓶子，上面已經覆蓋了一層白白的灰塵。骷髏的手指正抓著磚牆，像是臨死前還掙扎著想出去。

「只是骨頭。」泰森說：「山羊男孩，別擔心，這個送牛奶的人已經死了。」

「送牛奶的人沒有困擾我，」格羅佛說：「是這個味道，怪物的味道，你沒聞到嗎？」

泰森點點頭。「怪物很多，可是地底就是這味道，怪物和死掉的送牛奶人差不多。」

「喔，那好。」格羅佛嘀咕著：「也許是我搞錯了。」

「我們必須更深入迷宮，」安娜貝斯說：「那裡一定會有路通往迷宮中心。」

她帶我們往右，再往左，穿過一條很像通風管的狹長不銹鋼走道。結果，我們又回到中央有噴泉的羅馬馬賽克房間。

不過，這一次，我們不再孤單了。

我最先看到的是他的臉，共有兩張臉，頭的左右兩側各有一張，而且臉還往外伸出去，使得他的整個頭比肩膀還要寬，比普通人寬了許多，有點像雙髻鯊的頭。我從正面看著他，只能看到兩個並排在一起的耳朵，還有兩道互相對稱的落腮鬍。

他的打扮很像紐約的門房，穿著一件黑色的長大衣，腳上是發亮的皮鞋，頭上那頂黑色禮帽，不知道要怎麼固定在他那兩倍寬的頭上。

「安娜貝斯嗎？」他的左臉說：「快點！」

「別理他，」右臉說：「他真的太粗魯了。小姐，請到這邊來。」

安娜貝斯驚訝的張大了嘴：「嗯……我不……」

泰森皺起眉頭：「這滑稽的人有兩張臉。」

「滑稽的人是有耳朵的，懂吧！」左臉責備泰森說：「過來吧，小姐。」

「不行，不行，」右臉說：「小姐，這邊，請跟我說話。」

雙面人簡直將安娜貝斯當成他們有生以來見過最棒的人。他這模樣，實在不太可能讓人同時看著兩張臉，肯定只能看一邊，不是右臉就是左臉。我突然明白他的要求，他希望安娜貝斯做出選擇。

在他後面有兩個出口，出口的木門用大鐵鎖鎖住了。我們第一次到這個房間時，那兩個門明明不存在。雙面門房拿著一支銀鑰匙，而且將鑰匙輪流在左右手間丟來丟去。我懷疑這裡根本是另一個房間，可是有天神圖案的橫飾帶看起來卻又一模一樣。

在我們後面，剛才進來的入口已被馬賽克磚取代，消失了。我們再也走不回原來的路。

「出口是關閉的。」安娜貝斯說。

「可惡！」男人的左臉說。

「那是通往哪裡？」她問。

「一條可能通往你想去的地方，」右臉用鼓勵的語氣說：「另一條肯定通往死亡。」

「我……我知道你是誰。」安娜貝斯說。

「喔，你眞聰明！」左臉諷刺的說：「可是你知道該選哪一條嗎？我可沒有一整天的時間跟你瞎耗。」

「爲什麼你想擾亂我？」安娜貝斯問。

右臉微笑。「親愛的，你要負起全責，所有的決定全在你一念之間，這是你希望的，不是嗎？」

「我……」

「我們了解你，安娜貝斯。」左臉說：「我們知道你每天都在努力對付什麼，而且我們知道你很優柔寡斷。可是你遲早都得做出選擇，而這個選擇可能會殺死你。」

我不知道他們在說什麼，聽起來好像不光是選兩扇門這麼簡單。

安娜貝斯的臉上失去血色。「不，我不是……」

「放過她吧，」我說：「你到底是誰？」

「我是對你最好的朋友。」右臉說。

「我是對你最壞的敵人。」左臉說。

「我是傑納斯[44]。」兩個臉同聲說：「掌管門、開始、結束、選擇的天神。」

[44] 傑納斯（Janus），是希臘羅馬神話中負責守護天國之門的雙面神。具有兩張臉，一面看過去，一面看未來，並掌管事物的開始和結束。英文的一月（January）名稱即源自於此。

「柏修斯．傑克森，時機到了，我們就會見面。」右臉說：「不過，這次輪到安娜貝斯。」他輕浮的笑起來。「太好玩了！」

「閉嘴！」左臉說：「這件事很嚴肅，錯誤的選擇會毀了你的一生，殺死你和你的朋友。不過，別給自己壓力，安娜貝斯，選吧！」

突然間，一陣寒意襲來，我想起預言：雅典娜之子面臨最終時刻。

「別選。」我說。

「恐怕她是一定得選。」右臉興高采烈的說。

安娜貝斯舔溼嘴唇。「我……選……」

正當她要指向一道門時，明亮的光線湧進房間。

傑納斯用手遮住眼睛。光線消失後，一個女子站在噴泉裡面。

她身材高挑，氣質優雅，巧克力色的長髮和金色緞帶交織編成辮子。她穿著樸素的白洋裝，不過當她移動時，白布上竟色彩閃動，像是浮在水面上的油光。

「傑納斯，」她說：「我們又惹上麻煩了嗎？」

「沒……沒有，夫人！」傑納斯的右臉結結巴巴的說。

「有！」左臉說。

「閉嘴！」右臉說。

「什麼？」女子說。

「夫人，不是您！我是在對自己說話。」

「我知道。」夫人說：「你心裡很清楚，你來得太早了，這個女孩的時間還沒有到。所以，我讓你選擇：將這幾個英雄留給我；否則，我會將你送進一道門裡面去，然後將你毀掉。」

「哪一種門？」左臉問道。

「閉嘴！」右臉說。

「因爲法式的玻璃格子門比較棒嘛。」左臉若有所思的說：「有大量的自然採光。」

「閉嘴！」右臉哀號：「夫人，不是說您！我當然會走。我只是玩得有點開心而已。我在做我分內的工作，提供選擇罷了。」

「你在引人猶豫不決。」女子更正說：「現在，離開吧！」

左臉抱怨道：「掃興的人。」他舉起手上的銀鑰匙，插進空中，然後消失了。

女子轉向我們，恐懼感頓時襲上我的心頭。她的眼神散發出強大的力量，「將這幾個英雄留給我」聽起來不太妙。這片刻間，我倒是希望可以向傑納斯取得我們的機會。接著，女子微笑。

「你們一定餓了，」她說：「過來和我一起坐，我們聊聊。」

她揮揮手，古羅馬噴泉開始發光，純淨的水噴散到空中形成水霧。一張大理石桌出現了，上面擺滿一盤盤的三明治，還有幾瓶檸檬水。

「你……你是誰？」

「我是希拉[45]。」女子微笑說：「天后。」

我在天神會議上見過希拉一次，不過當時印象不是很深。那時，我被一堆天神包圍，眾神在爭論是否要殺了我。

我不記得她的長相這麼平凡。當然啦，天神在奧林帕斯時通常都有七公尺高，這讓他們的樣子和平凡沾不上邊，而現在的希拉看起來只像是個普通的媽媽。

她遞給我們三明治，又倒了檸檬水。

「親愛的格羅佛，」她說：「好好使用你的餐巾，別吃掉它。」

「是，夫人。」格羅佛說。

「泰森，你變瘦了，你想要再來一個花生醬三明治嗎？」

泰森忍住打嗝。「好的，好心的女士。」

「希拉天后，」安娜貝斯說：「我眞不敢相信，你在迷宮做什麼呢？」

希拉微笑。她彈彈手指，安娜貝斯的頭髮便自動梳好，而且臉上所有的灰塵和污垢都消失了。

「我當然是來這裡看你們。」天后說。

格羅佛和我緊張的互望一眼。天神來找你的時候，通常並不是出於眞心關愛，而是因為他們想要某個東西。

雖然如此，我還是沒有停止猛吞火雞肉起司三明治，還有洋芋片和檸檬汁。原來我這麼餓啊。泰森一個接一個大嚼花生醬三明治，而格羅佛超愛檸檬水，還嘎吱嘎吱嚼著塑膠杯，好像在吃冰淇淋甜筒一樣。

「我不認爲……」安娜貝斯聲音顫抖說：「唔，我不認爲你喜歡英雄。」

希拉寬容的笑著：「就因爲我和海克力士㊻之間小小的不愉快嗎？說眞的，沒想到因爲那場爭吵，我竟然招來這麼多壞批評。」

「難道你沒有，比方說，多次出手殺他嗎？」安娜貝斯問道。

希拉輕蔑的揮揮手。「親愛的，橋下流水一去不返，已經過去的事沒法重新來過。還有，他是我親愛的丈夫和另一個女人生的小孩，所以我的忍耐度比較低一點，這我承認。不過，自從那件事之後，宙斯和我進行了很棒的婚姻諮商，我們向彼此坦承自己的感覺，並且互相諒解，尤其是在最近那次小插曲之後。」

「你是指他成爲泰麗雅的父親？」我猜，一說出口我就後悔了。當我說出我的朋友、宙斯的混血人女兒的名字，希拉的態度一下子轉爲冷淡。

「波西．傑克森，對吧？波塞頓的……小孩之一。」我覺得她本來想找小孩以外的字來

㊺希拉 (Hera)，天神之后，是宙斯的姊姊也是妻子。她是掌管婚姻的女神。

㊻海克力士 (Hercules)，是希臘神話中的大力士，為宙斯與底比斯王后所生。天后希拉嫉妒宙斯與情婦的戀情，曾派兩條毒蛇去毒殺他，但毒蛇卻被當時還是嬰兒的海克力給活活捏死。

說。「在我的印象中，冬至的時候，我是投讓你活下來的那一票，希望我投的票是正確的。」

她帶著陽光般的笑容轉向安娜貝斯。「無論如何，我眞的對你沒有惡意，親愛的。我可以體會你的任務有多艱難，尤其又要處理像傑納斯這種麻煩的傢伙。」

安娜貝斯的眼睛看著地上。「他爲什麼會在這裡？他差點把我搞瘋掉。」

「的確很辛苦，」希拉同意。「你必須了解，像傑納斯這種低階的天神總是爲了自己在宇宙中扮演的角色不太重要而沮喪，恐怕其中有些天神對奧林帕斯沒什麼感情，很容易倒向支持我父親再起的那一方。」

「你父親？」我說：「喔，對，是這樣沒錯。」

我忘了克羅諾斯也是希拉的爸爸，還有宙斯、波塞頓等等最資深的奧林帕斯天神都是。這樣說來，克羅諾斯不就是我的祖父？太怪了，我趕緊將這念頭趕出腦子。

「我們必須觀察低階的天神，像傑納斯、黑卡蒂、夢非斯[47]，他們對奧林帕斯都是表面上應付應付，不只如此……」

「那就是戴歐尼修斯在做的事，」我記起來了，「他在清查低階的天神。」

「的確如此，」希拉凝視著逐漸消失的奧林帕斯天神馬賽克壁畫。「你們都知道，在麻煩的時代，就算是天神之間也會失去對彼此的信任。他們開始相信錯誤的事情、低層次的事情，不再關心大局，變得自私自利。可是，我是已婚的女神，我一向堅持到底，這點我想你們都知道。你們應該要脫離瑣事的爭論和煩惱，並且堅決相信你們的目標。」

「那麼，你的目標是什麼？」安娜貝斯問。

她微笑。「當然是保護我的家族，讓奧林帕斯的天神都能在一起。現在我能力所及的最好方法，就是幫助你們。宙斯一向不准我介入太多，不過差不多每個世紀都會有一次，對於我深感關心的尋找任務，他允許我賜予一個願望。」

「一個願望？」

「在你們提出請求之前，我先給你們一點忠告，這件事我就不受限制了。我知道你們在找代達羅斯，我對迷宮的祕密和你們一樣所知不多。不過，如果你們想知道他的命運，我可以去鐵工廠拜訪我的兒子赫菲斯托斯。代達羅斯是個偉大的發明家，和赫菲斯托斯很合得來，從來沒有凡人讓赫菲斯托斯這麼欣賞過。要說有誰可以和代達羅斯相提並論，而且可以告訴你他的命運，那麼，非赫菲斯托斯莫屬了。」

「我們要怎麼到達那裡呢？」安娜貝斯問：「這是我的願望，我想要找到操縱迷宮的方法。」

希拉看起來很失望。「好吧。你祈求的東西，你已經得到了。」

「我不明白。」

---

47 夢非斯（Morpheus），是希臘神話中的夢神，為睡神希普諾斯（Hypnos）之子，能化身為不同的形象，為人託夢。

「你們已經掌握了方法。」她看著我說：「波西知道答案。」

「我？」

「不公平，」安娜貝斯說：「你沒有告訴我們到底是什麼！」

希拉搖搖頭。「掌握到方法和發揮智慧來使用它，完全是兩回事，我想你的母親雅典娜也會同意的。」

房間裡轟隆作響，像是遠方傳來的雷聲。希拉站起身。「這是我的提示。宙斯愈來愈不耐煩了。安娜貝斯，好好想想我說的話，去找赫菲斯托斯。我想，你們必須穿過一個大牧場。接著，要繼續往前走，使用所有你能掌握的方法，就算有些好像很普通，也要去用。」

她的手指向那兩扇門，門消失了，出現的是兩條一樣漆黑的通道。「最後一件事，安娜貝斯，我是將你抉擇的時刻延後了，而不是阻止這件事。就像傑納斯說的，很快的，你必須做出選擇。再見！」

她揮揮手，化成一縷白煙，食物也是，泰森正在大嚼的三明治頓時在口中化為白煙。噴泉的水流愈來愈細，然後整個停了下來。馬賽克磚牆逐漸模糊，終於再次消失無蹤。這個房間不再是個讓你想野餐的地方。

安娜貝斯跺腳。「這算哪門子幫忙？『來，吃點三明治，許個願。唉喲，我幫不上忙！呼！』」

「呼。」泰森鬱悶的表示認同，眼睛盯著面前的空盤子。

「嗯，」格羅佛嘆了口氣說：「她說波西知道答案，算是幫了一點忙。」

他們一起看著我。

「可是我不知道，」我說：「我不知道她在鬼扯什麼。」

安娜貝斯嘆了口氣。「好吧，我們繼續前進。」

「哪一條路？」我問。我眞的很想知道希拉說安娜貝斯必須選擇的那一段，到底是什麼意思。這時格羅佛和泰森都很緊張，他們同時站了起來，好像事先排演過一樣。「左邊。」他們一起說。

安娜貝斯皺起眉頭。「你們怎麼確定的？」

「因爲有個東西從右邊跑出來了。」格羅佛說。

「一個大傢伙，」泰森附和道：「而且速度很快。」

「左邊似乎非常好。」我也選了。我們一起沒入黑暗的通道中。

7 惡魔島監獄

好消息是：左邊通道的側面沒有出口，沒有彎來繞去，也沒有岔路；壞消息是：這是條不通的死巷。在全速衝刺九十公尺後，出現在我們面前的是一塊巨大的圓石，完全封住了通道。而我們的後方，慢呑呑的腳步聲和沉重的呼吸聲迴盪在通道間。有個顯然不是人類的東西，尾隨我們而來。

「泰森，」我說：「你可以……」

「可以！」他用肩膀頂著石頭，力道之大，使整個通道爲之震動，灰塵開始從石頭天花板上落下。

「快點啊！」格羅佛說：「小心別撞塌了天花板，可是一定要快啊！」

在一陣恐怖的嘎嘎巨響後，大石頭終於鬆動了。泰森將石頭推進一個小空間裡，我們趕快跑到石頭後面。

「關閉入口！」安娜貝斯說。

我們從石頭的另一邊一起推。當我們將石頭推回原來的位置、封閉了通道時，後面追趕我們的那個東西發出挫敗的哀號聲。

「我們把它關起來了。」我說。

「或許是把我們關起來。」格羅佛說。

我轉過身，發現我們在兩平方公尺的水泥房間裡，石頭對面的牆是一根根的金屬條，原來我們闖進了牢房。

「什麼鬼東西啊？」安娜貝斯用力拉扯金屬條，卻一點也撼動不了。透過金屬條往外望，整排牢房繞著陰森的中庭圍成一圈，至少有三層樓，每一層都是金屬門和狹窄金屬通道構成。

「是監獄。」我說：「也許泰森可以打破……」

「噓！」格羅佛說：「你聽。」

悲傷的啜泣聲從我們上方傳出，在整棟建築裡迴盪著。還有另外一個聲音，正暴躁的抱怨著，我聽不出來內容是什麼，那是種很奇怪的語言，像是在滾筒裡翻滾的石頭發出咕嚕嚕的聲音。

「那是什麼語言？」我低聲問。

泰森瞇起眼睛。「不行。」

「什麼？」我問。

他握住牢房門上的兩根金屬條，將它們彎成一個開口，大到連獨眼巨人都可以溜出去。

「等等！」格羅佛叫他。

泰森沒有停下腳步，我們立刻跟在他後面跑出去。監獄裡一片漆黑，只有一丁點微弱的燈光在上方閃爍。

「我知道這個地方，」安娜貝斯告訴我：「惡魔島[48]監獄。」

「你說的是那個在舊金山附近的島？」

她點點頭。「我的學校到這裡校外教學過，這裡像個博物館。」

不太可能吧，我們從迷宮跳出來的地方竟然是美國的另一岸。可是，安娜貝斯整年都住在舊金山，而且還一直監看海灣對面的塔瑪爾巴斯山，搞不好她真的知道自己在講什麼。

「不要動。」格羅佛警告。

泰森仍然繼續走，格羅佛抓住他的手臂，使盡全身的力氣將他拉回來。「泰森，停下來！」他低聲說：「你沒看到嗎？」

順著他手指的方向看過去，我的胃立刻開始翻攪。在中庭另一頭的二樓陽台上有一隻怪物，比我以前所見過的怪物都來得可怕。

那怪物有點像半人馬，從腰部以上是女人的上半身。不過，下半身並不是馬的身體，而是至少七公尺長的黑龍，身上布滿鱗片，有著巨大的腳爪和帶刺的尾巴。她的腳看起來很像被藤蔓纏繞著，不過我馬上認出那是扭動的蛇，幾百條蛇四處亂撞，不斷的尋找可以一口咬下的對象。女人的頭髮也是蛇，和梅杜莎一樣。最怪異的是，在她的腰部，也就是龍下半身和人上半身交界處的皮膚，上面冒著泡泡而且一直變換形體，有時會冒出動物的頭，有惡狼、熊、獅子等，就像圍了一條能變化生物圖案的腰帶。我覺得我正在看著某個東西的半成品，即使這怪物從遠古至今，已經非常老了，但她到現在還沒有完全定型。

「是她。」泰森嘀咕。

「蹲下！」格羅佛說。

我們蜷縮在陰影裡面，不過怪物完全沒有注意到我們，她似乎在和二樓牢房中的什麼人說話。那裡正是傳出啜泣聲的地方，而龍女用那種古怪的咕嚕嚕語言在說話。

「她在說什麼啊？」我咕噥著：「那是什麼語言？」

「遠古時代的發音。」泰森顫抖著說：「是大地之母對泰坦巨神和其他在天神之前生的孩子說的語言。」

「你聽得懂？」我問：「你能翻譯一下嗎？」

泰森閉上眼睛，開始用一種恐怖刺耳的女聲說話：「你將為主人工作，或是受到懲罰。」安娜貝斯開始發抖：「我討厭他這樣子。」

和所有的獨眼巨人一樣，泰森有易於常人的聽覺，和模仿聲音的神奇能力。當他用別的聲音說話時，活像是被催眠了一樣。

㊽ 惡魔島（Alcatraz），位於美國加州舊金山灣內，由堅硬的礁石構成，四面深崖峭壁，對外交通不易，曾是聯邦監獄所在地，囚禁過許多重刑犯，今已成為觀光勝地。此島亦多次成為好萊塢電影主題。

「我不會為他工作。」泰森用一種深厚的、受傷的聲音說。

他又轉為怪物的聲音：「那麼，我將會享受你的痛楚，布萊爾斯。」泰森說到那個名字時竟然顫抖了一下。我以前從沒聽過他在模仿時會停頓，不過這次他卻像是被勒住脖子一樣哽住了。接著，他繼續用怪物的聲音說話：「假如你覺得第一次監禁已經難以忍受，告訴你，其實你根本還沒嘗到真正苦刑的滋味。在我回來之前，好好想一想。」

龍女踱步往樓梯間走去，眾蛇在她的腿上吐信，像一條草皮裙子。她展開雙翼，之前我沒看到她的翅膀，那是一對蝙蝠翼，原來折疊在龍背上。她從狹窄的通道跳出，飛越過中庭。我們在陰影裡蹲得更低。怪物飛過時，我感到一陣硫磺味的熱風噴到我臉上。接著，她消失在角落。

「好——可怕。」格羅佛說：「我從來沒聞過那麼強大的怪物。」

「獨眼巨人最害怕的夢魘。」泰森自言自語著：「坎佩[49]。」

「那是誰？」我問。

泰森嚥了口口水。「只要是獨眼巨人都知道她。當我們是嬰兒的時候，關於她的故事就讓我們嚇壞了。在那個壞年代中，她是我們的監獄管理員。」

安娜貝斯點點頭。「我記起來了，在泰坦巨神統治的時代，他們監禁了蓋婭和烏拉諾斯在他們之前生的小孩，也就是獨眼巨人和赫卡冬克羅[50]。」

「赫卡什麼？」我問。

「就是百腕巨人，」她說：「他們這個稱號是因爲，嗯，他們有一百隻手。他們是獨眼巨人的哥哥。」

「力量非常強大，」泰森說：「非常厲害！他們和天空一樣高，強壯到可以摧毀整座山！」

「酷。」我說：「只要你不是一座山。」

「坎佩是監獄管理員，」他說：「她爲克羅諾斯工作，將我的哥哥們關在塔耳塔洛斯，不斷的折磨他們，直到宙斯來。他殺掉坎佩，救出獨眼巨人和百腕巨人，他們在大戰中一起對抗泰坦巨神。」

「現在坎佩回來了。」我說。

「不妙。」泰森下了結論。

「這樣的話，牢房裡是誰？」我問：「你剛剛說了一個名字……」

「布萊爾斯！」泰森精神大振，「他是百腕巨人，他們和天空一樣高，而且……」

「對，」我說：「而且他們能摧毀整座山。」

我抬頭望著我們上方的牢房，心想，和天一樣高的巨人要怎麼塞進低窄的牢房中？還

㊾ 坎佩(Kampe)，是克羅諾斯指派在塔耳塔洛斯看守獨眼巨人和赫卡冬克羅的母龍怪物。她腰部以上是女人的身體，腰部以下是布滿鱗片的龍尾，腳上有百條蛇纏繞。後為宙斯所殺。

㊿ 赫卡冬克羅(Hekatonkheires)，天空之父烏拉諾斯與大地之母蓋婭所生，是一個擁有五十個頭和一百隻手臂的巨人，能夠呼喚具強大破壞力的颶風。

有，他爲什麼在哭？

「我們應該去確認一下，」安娜貝斯說：「在坎佩回來之前。」

我們愈靠近牢房，哭泣聲就愈來愈大聲。當我第一眼看到裡面的生物時，我實在無法確定眼前所見的是什麼。他和人類的身高差不多，皮膚像牛奶一樣蒼白，穿著一件像大尿布一樣的腰布。和身體相比，他的腳似乎太大了，每隻腳有八個腳趾頭，腳趾甲很髒而且裂開了。不過，與下半身相比的話，他的上半身更是怪透了，相形之下傑納斯完全變成普通人。他的胸膛爆出好幾排數不清的手臂，手臂的形狀很正常，可是實在太多了，因而全都糾纏在一起，很像有人用叉子將義大利麵條捲成一堆放在他的胸膛上。他正在哭泣，其中幾隻手掩著臉。

「若不是天空沒有以前高了，」我自言自語著：「要不就是他變矮了。」

泰森完全沒聽到，他雙膝跪地。

「布萊爾斯！」他叫著。

哭泣聲停止了。

「偉大的百腕巨人！」泰森說：「幫助我們！」

布萊爾斯抬起頭，表情悲傷。他的臉長長的，鷹勾鼻，一嘴爛牙，眼睛是深褐色的。我的意思是說，整個眼睛都是褐色的，沒有眼白或瞳孔，像是用黏土捏出來的一樣。

「獨眼巨人，盡全力跑。」布萊爾斯痛苦的說：「我自己都幫不了。」

「你是百腕巨人！」泰森堅持著說：「你無所不能！」

布萊爾斯用五到六隻手擦掉鼻涕，其他幾隻手煩躁的撥弄著破床上的金屬和木頭碎片，那樣子就和泰森平常在玩機械零件的時候一樣。眼前的景象真是不可思議，他的每隻手似乎都有自己的意志：用木頭作出玩具船，然後再快速的拆開它；有些手在水泥地板上刮著，看不出來在做什麼。其他的手在玩剪刀、石頭、布，還有幾隻手在玩手影遊戲。

「我辦不到。」布萊爾斯呻吟著：「坎佩回來了！泰坦巨神將上升，然後會把我們丟回塔耳塔洛斯。」

「拿出勇氣來！」泰森說。

布萊爾斯的臉立刻變形成另一副模樣，一樣是褐眼睛，但其他的五官完全不同了。他有朝天鼻、彎眉毛，和古怪的笑容，好像很努力要變勇敢的樣子。可是，只一會兒，他的臉又變回之前的樣子。

「不好。」他說：「我的恐懼之臉又回來了。」

「你怎麼辦到的？」我問。

安娜貝斯用手肘推推我。「沒禮貌，百腕巨人有五十張不同的臉。」

「這樣要選一張登在畢業班刊上的照片，就很難了。」我說。

泰森繼續鼓吹。「布萊爾斯，沒問題的，我們會幫你！我可以跟你要簽名嗎？」

布萊爾斯吸吸鼻子。「你有一百支筆嗎？」

「各位，」格羅佛插嘴道：「我們必須離開這裡，坎佩會回來，她遲早會感覺到我們。」

「破壞金屬條。」安娜貝斯說。

「對！」泰森得意的笑著。「布萊爾斯做得到，他非常強壯，比獨眼巨人強壯多了，看著吧！」

布萊爾斯低聲哭泣著。十幾隻手開始玩擊掌遊戲，可是沒有一隻手想要破壞金屬條。

「假如他真的那麼強壯，」我說：「為什麼會被關在牢裡？」

安娜貝斯又敲了一下我的肋骨。「他很害怕。」她低聲說：「坎佩將他囚禁在塔耳塔洛斯幾千年，要是你，你覺得呢？」

百腕巨人再度掩住臉。

「布萊爾斯？」泰森問：「怎麼了？拿出你強大的力量給我們看啊！」

「泰森，」安娜貝斯說：「我想最好由你來破壞金屬條。」

泰森的笑容慢慢消失了。

「我來破壞金屬條。」他複述著。他抓起牢房的門，扯掉絞鍊，彷彿那是溼黏土做的。

「布萊爾斯，來吧。」安娜貝斯說：「我們帶你離開這裡。」

她伸出手。幾秒鐘後，布萊爾斯的臉變形成充滿希望的模樣，有幾隻手伸了出來，可是隨即有兩倍的手將伸出的手拍下來。

「我辦不到，」他說：「她會懲罰我。」

「沒事的。」安娜貝斯承諾，「你以前和泰坦巨神對戰過，而且你贏了，記得嗎？」

「我記得那場戰爭。」布萊爾斯的臉又變形了，這次是眉頭深鎖、噘起嘴巴，我猜應該是沉思的臉吧。「閃電震動世界，我們投下很多巨石，泰坦巨神和怪物差點贏了。坎佩說，現在他們又變得更強壯了。」

「別聽她的，」我說：「來吧！」

他沒有移動。我知道格羅佛說的沒錯，在坎佩回來之前，我們的時間不多。可是我不能把他丟在這裡，這樣泰森會哭上好幾個星期。

「來玩剪刀、石頭、布。」我脫口而出，「假如我贏了，你跟我們走。我輸了的話，我們就讓你留在牢裡。」

安娜貝斯看著我，好像我瘋了。

布萊爾斯的臉變形成懷疑的樣子。「玩剪刀、石頭、布，我每次都贏。」

「既然這樣，來玩吧！」我用拳頭擊掌心三次。

布萊爾斯用一百隻手做同樣的動作，很像一整支軍隊齊步向前走三步。他準備了像山崩那麼多的石頭、一整間教室的剪刀，和大量的布，多到可以做一整支軍隊的軍服了。

「告訴你，」他難過的說：「我一直……」他的臉變成困惑的樣子。「你出什麼？」

「一把槍。」我對他說，給他看我比的手槍手勢。這是使詐，以前南西．波波菲拿這個來惡整我，不過我不會告訴他這件事。「槍可以打敗所有的東西。」

「不公平。」

「我沒有要跟你談什麼公平，假如我們還在這附近亂晃的話，坎佩不會對我們公平，而且她會責怪你弄彎金屬條。現在，走吧！」

布萊爾斯吸吸鼻子。「半神半人是騙子。」嘴裡雖這樣說，他還是慢慢抬起腳，跟著我們走出牢房。

我開始感到有點希望，現在我們只需要下樓去，找出迷宮的入口就好了。這時，泰森僵住了。

在我們下方的一樓，坎佩正對著我們咆哮。

「走別條路。」我說。

我們衝下窄通道，這次布萊爾斯很高興的緊跟著我們，事實上他在我們前面全速衝刺，一百隻手恐慌的揮舞著。

我們身後傳來巨大翅膀拍動的巨響，坎佩嘶聲吼叫，用遠古的語言咆哮著。此時我不需要翻譯，也知道她想殺掉我們。

我們迅速爬下樓梯，穿過一個通道，經過一個警衛室，又進了另一區的牢房。

「左邊。」安娜貝斯說：「上次校外教學來過，我記得這裡。」

我們衝到外面，原來這裡是監獄的院子，周圍是守衛塔和鐵絲刺網。在陰暗的室內待了這麼久，陽光差點讓我睜不開眼睛。成群的遊客四處閒晃、拍照。暖風將寒冷吹離了海灣。往南方看，舊金山閃耀著白色的光輝，非常漂亮。不過，往北方望去，塔瑪爾巴斯山上方卻有暴風雨前的烏雲在打轉，似乎是從山裡的某個位置往上旋轉、擴大，天空彷彿變成黑色的大頂蓋。那個位置是阿特拉斯被監禁的地方，也是奧特里斯山[51]的泰坦宮殿正在重新升起的地方。實在很難相信，我身旁的遊客竟然都沒看到這場即將到來的超自然暴風雨，不過看他們的樣子，是眞的完全沒有察覺到事情不對勁。

「狀況更糟了。」安娜貝斯凝視著北方說：「暴風雨狀態已經一整年了，不過……」

「繼續跑。」布萊爾斯哀號：「她在我們後面！」

我們跑到院子最尾端，盡可能遠離牢房區。

「坎佩太大，沒辦法穿過門。」我抱著一絲希望。

這時，牆壁爆開了。

當坎佩從碎石和灰塵中現身時，遊客大聲尖叫。她的蝙蝠翼展開來就和院子一樣寬，手

---

[51] 奧特里斯山（Mount Othrys），位在希臘中部，海拔一七二八公尺。傳說泰坦巨神與奧林帕斯天神大戰時，即是以此山為據點，對抗以奧林帕斯山為據點的宙斯、波塞頓和黑帝斯諸神。

上拿著兩把長長的青銅彎刀，刀身發出詭異的淺綠微光，還冒著幾縷水蒸氣，一股酸酸的熱氣瀰漫在院子裡。

「毒藥！」格羅佛大叫：「別讓那些東西碰到你，否則……」

「否則我們會死嗎？」我猜。

「嗯，你會慢慢乾枯，化為塵土而死。」

「避開彎刀。」我決定了。

「布萊爾斯，戰鬥吧！」泰森激勵他說：「變成真正的高度吧！」

布萊爾斯卻好像企圖縮得更小，他換上了完全恐懼的臉。

坎佩的龍腿轟隆隆的朝我們踏過來，幾百條蛇在她身上滑行。

我想要拿出波濤劍對付她，可是我的心臟快要跳出喉嚨了。這時，安娜貝斯說出我正在想的那個字：「跑。」

決定了，沒有戰鬥這回事！我們跑過監獄院子，出了監獄的大門，怪物就在我們後面。凡人尖叫奔跑，逃生警報器開始發出刺耳的聲響。

當我們到達碼頭時，正好有一艘觀光船的遊客在下船。這些觀光客看到我們朝他們衝過去，都嚇呆了，而我們身後還跟著一群驚恐的遊客，還有……其實我不知道他們透過迷霧會看到什麼，不過絕對不是好事。

「搭船？」格羅佛問。

「太慢了。」泰森說：「回到迷宮去，那是唯一的機會。」

「我們要分散她的注意力才行。」安娜貝斯說。

泰森拔起一根街燈柱。「我來轉移坎佩的注意力，你們先跑。」

「我來幫你。」我說。

「不行。」泰森說：「你先走，毒藥會傷害獨眼巨人，很痛，可是害不死我。」

「你確定嗎？」

「快走，哥哥。我會在裡面和你碰面。」

我討厭這個主意，之前我差點失去泰森，所以我絕不想再冒這個險。可是，現在沒有時間爭論了，一時又想不出更好的辦法。於是，安娜貝斯、格羅佛和我，每個人拉起布萊爾斯的一隻手，往攤位區狂奔。這時泰森大吼著，將燈柱平舉朝坎佩衝去，像騎士在進行長槍競技。

坎佩本來怒目瞪著布萊爾斯，不過泰森很快的轉移了她的注意力，因爲泰森用燈柱釘住她的胸膛，將她往後推進牆裡面。她大聲尖叫，揮刀將燈柱劈成碎片。毒藥在她身邊滴下，形成一灘灘小水窪，把水泥地面燒得滋滋作響。

坎佩的頭髮急速揮來，發出嘶嘶聲響，腿上的毒蛇從四面八方吐出舌頭，一隻獅子從她的腰部那些半成形的臉中猛地跳出來，大聲吼叫。泰森急忙往後跳。

當我們全速往監獄衝去時，我看到的最後狀況是：泰森舉起一個冰淇淋攤位往坎佩丟過去。冰淇淋和毒藥灑得到處都是，坎佩的小蛇頭髮沾滿了什錦水果冰淇淋。我們再度衝回監獄的院子。

「我沒辦法的。」布萊爾斯喘著氣。

「泰森冒著生命危險幫你耶！」我對他大吼：「你可以的。」

當我們到達牢房區門口時，我聽到憤怒的吼聲。我回頭看到泰森馬力全開跑向我們，坎佩就緊追在他後面。她身上黏著冰淇淋和幾件T恤，腰帶的一顆熊頭上現在戴上了一支塑膠製、弧型的惡魔島太陽眼鏡。

「快！」安娜貝斯說，好像我真的需要別人告訴我一樣。

我們終於找到進來時的牢房，不過後面的牆卻是完全平滑的，完全看不出一點大石頭的痕跡。

「找出記號！」安娜貝斯說。

「在那裡！」格羅佛碰到一個細微的刮痕，它變成了希臘字母Δ，這個代達羅斯的記號發出藍光，而石牆隨後嘎嘎開啓。

太慢了。泰森正穿過牢房區，而坎佩的刀在後面急速揮舞，將牢房的金屬條和石牆亂砍成碎片。

我將布萊爾斯一把推進迷宮裡，然後是安娜貝斯、格羅佛。

「你辦得到！」我對泰森說，但我隨即發現他辦不到，坎佩舉著刀，快追上了。我需要一個大一點的東西讓她分心。我拍拍腕錶，它往上旋轉，變成一面青銅盾。情急之下，我將盾丟到怪物臉上。

啪！盾打在她的臉上，她搖晃的時間剛好讓泰森衝進迷宮。我馬上跟在他後面進去。

坎佩衝過來，太遲了，石門關閉，門的魔法將我們封閉在裡面。我還能感覺到坎佩撞擊和狂暴的怒吼時整個通道的震動。但我們可沒有心思和她玩敲門遊戲，快速走入了黑暗中。這是第一次（也是最後一次），我很樂意回到迷宮。

8 三G牧場

我們在一個瀑布流洩的房間裡停下腳步。地板是一個大水坑，旁邊圍著一圈用光滑的石頭砌成的步道。四面牆壁上都有水流從大水管流出，往下注入水坑中。我把燈光往水坑裡照，完全看不到底部。

布萊爾斯突然蹲在牆壁前面，用十幾隻手舀起水洗臉。「這個水坑直通塔耳塔洛斯。」他自言自語著：「我應該跳下去，省得你們麻煩。」

「別這樣說。」安娜貝斯對他說：「你可以和我們一起回混血營，你可以幫我們做準備，因為你比任何人都知道和泰坦巨神打仗的事。」

「我沒有什麼可以貢獻的。」布萊爾斯說：「我什麼都沒有了。」

「你的兄弟呢？」泰森問：「其他兩位一定還是和山一樣高！我們可以帶你去找他們。」

布萊爾斯的臉變成更悲傷的模樣。「他們不再是了，他們消失了。」

瀑布發出轟隆隆的巨響。泰森看著水坑，眼淚流了下來。

「你說『他們消失了』，是什麼意思？」我問：「我以為怪物是不會死的，像天神一樣。」

「波西，」格羅佛聲音微弱說：「即使長生不死也還是有限度的，有時候……有時候怪物會忘記，也會失去維持不朽的意志力。」

看著格羅佛的臉，我猜他可能是想到潘了。我記得梅杜莎曾經告訴過我們，關於她的姊妹——也就是其他兩個蛇髮女怪——已經去世，丟下她孤伶伶一個。還有，去年阿波羅[52]說到老天神赫利歐斯[53]消失了，將太陽神的責任留給他。我以前對此沒有想太多，不過，現在看著布萊爾斯，我了解孤獨的活到幾千歲是多麼糟糕的感覺。

「我得走了。」布萊爾斯說。

「克羅諾斯的軍隊將入侵混血營，」泰森說：「我們需要協助。」

布萊爾斯垂下頭。「我做不到，獨眼巨人。」

「你很強壯。」

「不再強壯了。」布萊爾斯站起身。

「嘿。」我抓住他的一隻手，將他拉到一邊，那裡水流的聲音會蓋過我們的說話聲。「布萊爾斯，我們需要你，我要提醒你，你之前應該沒注意到，泰森很相信你，他甘願為你冒生命危險。」

我告訴他所有的事，包括路克的入侵計畫、迷宮在混血營的入口、代達羅斯的工坊、克

[52] 阿波羅（Apollo），太陽神。參《神火之賊》一〇一頁，註[14]。
[53] 赫利歐斯（Helios），希臘神話中另一位太陽神，是泰坦巨神的後代。參《泰坦魔咒》八十五頁，註[17]。

羅諾斯的金棺等。

布萊爾斯還是搖搖頭。「半神半人，我做不到，我沒辦法用一把手指槍贏得這個遊戲。」

爲了證明他的說法，他比了一百個手指槍。

「也許那是怪物消失的原因，」我說，「也許這和凡人相信什麼無關，也許是因爲你放棄了自己。」

他全褐色的眼睛凝視著我，臉變形成羞愧的樣子，我能分辨得出來。接著他轉身，腳步蹣跚的往通道走去，最後消失在黑暗中。

泰森開始啜泣。

「沒事的。」格羅佛遲疑的拍拍他的肩膀，他必定是鼓起了很大的勇氣才伸手的。

泰森打了個噴嚏。「不可能沒事，山羊男孩，他是我的英雄。」

我想讓他好過一點，可是我不知道該說些什麼。

最後，安娜貝斯站起來，將背包上肩。「夥伴們，走吧，這個水坑讓我緊張，今晚我們該去找個好一點的地方紮營。」

我們來到大理石塊砌成的通道中。這裡看起來很像希臘墳墓的一部分，牆壁上釘著放火炬的青銅火盆。這裡肯定是迷宮中比較古老的地方，而安娜貝斯認爲這是一個好現象。

「我們一定很靠近代達羅斯的工坊。」她說：「大家都休息吧，我們明天早上繼續走。」

「我們怎麼知道天亮了沒？」格羅佛問。

「休息就是了。」她堅持。

這句話不必對格羅佛說第二次，他從背包拉出一把麥稈，吃掉一些，其他的拿來當枕頭，隨即開始打鼾。泰森花了比較長的時間才睡著，他用金屬碎片修補建築模型好一會兒，不過不管做什麼，他都不太開心。他持續拆拆補補那些碎片。

「我很抱歉搞丟了盾牌。」我告訴他說：「你這麼努力才修好它的。」

泰森抬起頭，他的眼睛因為哭過而充滿血絲。「別在意那個，是你救了我。假如布萊爾斯幫上忙的話，你根本不需要那樣做。」

「他只是被嚇壞了。」我說：「我確定他能克服的。」

「他不強壯。」泰森說：「他不再重要了。」

他難過的嘆了一大口氣，然後閉上眼睛，開始打鼾。他手中掉出的金屬片散落一地。

我試著讓自己入睡，可是卻睡不著。被一個巨大的龍女追趕，又加上毒藥和刀，這實在讓我很難放鬆。我拉起睡袋，拖到安娜貝斯坐著的地方，她正在守夜。

我坐到她旁邊。

「你該睡了。」她說。

「睡不著，你都好嗎？」

「當然，第一次帶領尋找任務，很棒。」

「我們會到那裡的，」我說：「我們會在路克之前找到工坊。」

她將臉上的頭髮撥開，她的下巴沾了一片髒污。我想她小時候跟著泰麗雅和路克四處流浪時，大概就是這個模樣。她曾經從邪惡獨眼巨人的宅邸中救出他們，當年她只有七歲。即使當時的她像現在一樣，看起來很害怕，我知道她仍然擁有足夠的膽識。

「我希望尋找任務有邏輯性，」她抱怨道：「我的意思是說，我們在旅行，可是卻對哪裡是終點毫無頭緒。怎麼可能在一天之內從紐約走路到加州？」

「迷宮裡的空間是不一樣的。」

「我知道，我知道，只是……」她猶豫的看著我。「波西，我在騙自己，所有的計畫和閱讀，都沒讓我得到該往哪裡走的線索。」

「你做得很棒。而且，之前我們也不知道我們在做什麼，但不是都沒事嗎？你記得賽西54的島吧？」

她哼了一聲。「你變成一隻可愛的天竺鼠。」

「還有水世界，你帶著我甩出去的事？」

「我帶著你甩出去？那完全是你的錯！」

「你看吧，都會沒事的。」

她笑了，我很高興看到她的笑容。不過她的笑意很快就消失了。

「波西，希拉說你知道穿越迷宮的方法，到底是什麼意思？」

「老實說，我不知道。」我坦白的說。

「假如你知道的話，會告訴我嗎？」

「當然會，如果……」

「如果怎麼樣？」

「如果你告訴我預言的最後一段，會有點幫助。」

安娜貝斯開始發抖。「不要在這裡，不要在黑暗中。」

「那麼，傑納斯所說的選擇，你怎麼想呢？希拉說……」

「別說了，」安娜貝斯厲聲打斷我。接著她緊張的吸了一口氣：「波西，對不起，我只是壓力太大了，可是我不是……我必須好好想一想。」

我們沉默的坐著，聽著迷宮裡吱吱嘎嘎的怪聲，那是通道在改變、成長、擴張時，石頭摩擦所產生的回音。黑暗使我想起看到尼克．帝亞傑羅的情景，這時我突然明白了一件事。

「尼克在這裡面的某個角落。」我說：「這是他從混血營消失的原因，因爲他發現了迷宮。然後，他找到一條可以通往更遠方的路——通往冥界。不過，他現在又回到迷宮了，他正跟著我。」

---

54 賽西（Circe），是希臘神話中最著名的女巫，能用魔法和藥草把人變成各種動物。參《妖魔之海》二三九頁，註55。

安娜貝斯沉默了很久。「波西，我希望你是錯的，可是，假如你是對的……」她盯著手電筒光束投射在石牆上的模糊光暈。我認為她正在想著她的預言，我從沒看過她這麼疲憊的樣子。

「我先來守夜，怎麼樣？」我說：「如果發生什麼事，我會叫醒你。」

安娜貝斯看起來想要反對，不過她只是點點頭，倒在睡袋裡閉上眼睛。

輪到我睡覺時，我夢到自己回到老人的迷宮監獄。

這裡現在看起來比較像工坊了，桌上的測量工具亂七八糟的放著，角落有座燒紅的煉鐵爐。上次夢裡見到的男孩正用風箱加熱爐火，他這次長得比較高了，年齡看起來和我差不多。煉鐵爐的煙囪上有一個古怪的漏斗，用來收集煙和熱氣，然後用管子導到地板下，管子旁邊的地上有一個很大的青銅人孔蓋。

現在是白天，上方的天空是藍的，迷宮的牆壁在工坊中投下深深的陰影。在地下通道待了這麼久，我發現一件怪事，原來迷宮有些部分是沒有頂蓋的，往上可以看到天空。這種設計使迷宮成為更加殘酷的地方。

老人看起來滿臉病容，他極端的瘦，雙手因為工作而擦傷紅腫，白髮蓋住了眼睛，羅馬短袍上沾著一塊塊油漬。他彎著腰，處理工作檯上一個長長的金屬作品，看起來像是鎖子甲的帶子。他拿起一片細長而彎曲的青銅片，放進正確的位置。

「好了。」他宣布：「完成了。」

他拿起作品，非常的美麗，使我不由得心跳加快。那是一對金屬翅膀，由數千支相扣的青銅羽毛所構成。翅膀總共有兩組，一組還躺在工作檯上。代達羅斯將骨架張開，翅膀可以伸展到七公尺寬。我有點認爲那東西不可能飛起來，因爲太重了，而且不知道怎麼降落。不過他的手藝眞的令人讚嘆，當金屬羽毛被陽光照射到時，竟變成金色，而且閃爍變化出三十種不同的形狀。

滿身大汗、髒兮兮的男孩將風箱丟下，跑過去看。他咧開嘴開心的笑了：「爸爸，你眞是天才！」

老人微笑。「伊卡魯斯，你該告訴我一些我不知道的事。來，現在你先穿上，至少還得花一小時安裝呢。」

「你先。」伊卡魯斯說。

老人反對，可是伊卡魯斯堅持。「爸爸，這是你製造的，你應該是最先穿上它的人。」

男孩將一條皮吊帶掛在爸爸胸前，帶子從肩膀延伸到手腕，很像登山裝備的安全吊帶。接著，他拿起一支很像放大版的熱熔膠槍，將翅膀接上。

「複合蠟應該可以維持幾個小時，」當兒子工作時，代達羅斯緊張的說：「不過，首先我們要將它安裝完成才行。而且要避免飛得太高或太低，海洋會將蠟弄溼，毀壞蠟的密封效果……」

「還有，太陽的熱力會使它解體。」男孩接口：「是的，爸爸，我們已經說了一百萬次了！」

「小心一點準沒錯。」

「爸爸，我完全信任你的發明！史上從沒有人像你這麼聰明。」

老人的眼睛發亮，很明顯的，他愛兒子勝過世上萬物。「現在，我要來完成你的翅膀，給我的發明一個正確安裝的機會，來吧！」

接下來的動作很緩慢，老人的手笨拙的拿起吊帶。他黏封翅膀時，著實費了好一番功夫，才讓翅膀定位到正確位置，因為他身上的金屬翅膀重壓著他，妨礙到他的工作。

「太慢了。」老人喃喃自語：「我的動作太慢了。」

「爸爸，慢慢來。」男孩說：「守衛還沒來……」

砰！

工坊的門震動著。代達羅斯雖已用木柱將門頂著，不過他們還是用絞鏈猛力撞門。

「快！」伊卡魯斯說。

砰！砰！

有個很重的東西正在用力撞門，木柱還頂著，不過左邊的門開始出現裂縫。

代達羅斯加速工作，一滴熱蠟灑在伊卡魯斯的肩膀上。男孩只是縮了一下，沒有哭出來。代達羅斯將左邊的翅膀用蠟黏在吊帶上之後，緊接著黏右邊翅膀。

「我們還需要多一點時間。」代達羅斯喃喃唸著。「他們來得太早了！我們需要更多時間讓蠟定型。」

「一定沒問題的。」爸爸完成右邊翅膀時，伊卡魯斯說。「幫我用人孔……」

轟！門被撞成碎片，青銅巨杵的尖端已經穿過裂口，一把斧頭清理了殘餘的部分，接著兩個武裝的侍衛進入房間，後面是頭戴金皇冠、留著矛頭型山羊鬍的國王。

「喲喲，」國王露出殘忍的笑容說：「要出門啊？」

代達羅斯和他的兒子僵住了，他們的金屬翅膀在背上閃閃發光。

「米諾斯，我們正要離開。」老人說。

米諾斯國王咯咯的笑了起來。「我很好奇，在我粉碎你的希望之前，我想知道你穿著這個小東西可以飛多遠。我必須說，我眞的很感動。」

國王欣賞著他們的翅膀。「你們的樣子很像一隻金屬雞，」他決定了，「也許我們應該拔掉你們的毛，做成雞湯。」

侍衛像白癡一樣大笑。

「金屬雞。」其中一個人重複著說：「雞湯。」

「閉嘴。」國王說。然後他轉頭面對代達羅斯，「老傢伙，你害我的女兒逃家，害我的妻子發瘋，還殺了我的怪物，讓我成爲地中海的笑話。你永遠無法逃出我的手掌心！」

伊卡魯斯抓起蠟槍向國王發射，國王嚇一跳，往後退。護衛衝上前，兩個人的臉上都被噴了一道熱蠟。

「那個孔！」伊卡魯斯對爸爸大喊。

「抓住他們！」米諾斯國王怒吼。

老人和兒子合力撬起人孔蓋，一陣熱風衝出地板。國王不可置信的看著眼前的景象：發明家和他的兒子藉著上衝的氣流，張開青銅翅膀，衝向天空。

「把他們打下來！」國王大喊，可是他的護衛沒有帶弓箭。其中一個用力扔出青銅劍，不過已經打不到代達羅斯和他兒子了。父子二人在迷宮和國王的宮殿上方盤旋，然後急速上升，穿過克諾索斯市，往外飛越克里特崎嶇的岩岸。

伊卡魯斯笑了。「爸爸，自由了！你辦到了。」

男孩將翅膀張開到極限，乘風翱翔。

「等等！」代達羅斯叫他：「小心啊！」

伊卡魯斯已經飛到外海，朝北飛行，爲他們的好運而興高采烈。他往上高飛，嚇到一隻老鷹，使老鷹偏離了原來的飛行路線。接著，他往海面俯衝，像是生來就會飛行一樣，到最接近海面時才又突然拉起，涼鞋掠過海浪。

「別那樣！」代達羅斯大叫，可是風將他的聲音吹散了，他的兒子沉浸在自由的喜悅中。

老人奮力追趕，笨拙地在他兒子後面滑翔。

他們飛離克里特島已經有幾公里了，正飛翔在外海的上空。這時伊卡魯斯回頭，看到爸爸愁容滿面。

伊卡魯斯微笑著。「別擔心，爸爸，你是天才！我信任你的手藝……」

第一片金屬羽毛從翅膀鬆脫，飄走了；接著是另一片。伊卡魯斯在半空中搖搖晃晃。突然間，他的羽毛大量脫落，在空中旋轉、飄散，像是一群被驚嚇的鳥飄散的羽毛一樣。

「伊卡魯斯！」他的爸爸大喊：「滑翔！張開翅膀，盡可能保持不動！」

可是伊卡魯斯在慌亂之下卻拍著手臂，他想要像之前那樣控制住翅膀。左邊的翅膀先鬆脫了，從吊帶上掉落。

「爸爸！」伊卡魯斯大喊。接著，他掉下去了。沒有了翅膀，他只是個穿著安全吊帶和白色短袍的小男孩，他的手臂張開，擺出不可能有用的滑翔姿勢。

我嚇醒過來，仍然感覺到自己正在往下墜。通道一片漆黑，在迷宮持續不休的嗚咽聲中，我好像聽到代達羅斯在伊卡魯斯墜落到一百公尺下的大海時，極度痛苦的呼喊著愛子的名字。

迷宮中沒有早晨。在大家都醒來，吃過很棒的燕麥棒和果汁早餐後，我們就啓程繼續旅行。我沒有說出我的夢，夢裡面有些東西讓我覺得很不舒服，我想其他人不需要知道。

原來的石頭通道變成有杉木樑柱的土壁，像是金礦礦坑。安娜貝斯開始焦慮起來。

「這樣不對，」她說：「應該是石頭才對。」

我們來到一個洞穴，鐘乳石從天花板垂下，泥地中央有一個長方形的坑，很像墓穴。格羅佛發抖著。「這裡的味道很像冥界。」

我看到坑的邊緣有個東西閃閃發光，是一片鋁箔紙。我打開手電筒往洞裡照，看到一個吃了一半的起士堡，漂在一灘褐色碳酸飲料的水漬上。

「是尼克，」我說：「他又在召喚亡魂了。」

泰森抱怨著。「這裡有鬼，我不喜歡鬼。」

「我們必須找到他。」不知道為什麼，站在這個坑的邊緣我突然感到很急切。我可以感覺到尼克就在附近。我不能讓他迷失在這裡，孤單一人，只有亡魂陪伴。我開始跑。

「波西！」安娜貝斯叫我。

我彎下腰走進一個隧道中，看到前面的光線。安娜貝斯、泰森和格羅佛趕上我的時候，我正凝視著頭上從金屬條的間隙灑下的陽光。我們在金屬管做的不銹鋼格柵下方，而上方竟看得到綠樹和藍天。

「我們在哪裡啊？」我很疑惑。

這時從格柵投下一個陰影，原來是一隻乳牛低頭瞪著我，牠的外表就像普通的乳牛，只不過是鮮紅色的，像櫻桃一樣紅，顏色很怪異。我從不知道乳牛還有這種顏色的。

乳牛哞哞叫，想要將一隻蹄放在金屬條上，但隨即轉身離開了。

「那是牛守衛。」格羅佛說。

「什麼？」我問。

「他們將牛守衛放在牧場大門附近，這樣其他的牛就不會溜出去，因爲那些牛無法越過牛守衛。」

「你怎麼知道？」

格羅佛很火大。「相信我，假如你有偶蹄的話，你就會知道牛守衛的事。他們很討厭！」

我轉向安娜貝斯。「希拉不是有提到牧場嗎？我們得去確認一下，也許尼克在上面。」

她猶豫了一下。「好吧，不過我們要怎麼出去？」

泰森解決了這個問題。他用雙手拍打牛守衛，牠飛也似的跑得不見蹤影。我們聽到鏗鏘一聲，和一陣受到驚嚇的哞哞叫聲。泰森臉紅了。

「乳牛，對不起！」他喊。

接著，他把我們舉高，推出隧道。

沒錯，我們是在牧場裡。起伏的山丘往地平線延伸，山丘上散布著橡樹、仙人掌和大圓石。纏繞著倒刺金屬線的籬笆從大門往兩邊展開，櫻桃色乳牛在四周漫步，低頭吃著草地上的灌木叢。

「紅牛。」安娜貝斯說：「太陽神的牛群。」

「什麼？」我問。

「是奉獻給阿波羅的。」

「聖牛？」

「答對了。可是牠們在做什麼……」

「等等，」格羅佛說：「聽。」

一開始似乎很安靜……不過，我聽到了，遠處有狗吠聲，而且愈來愈大聲。接著，灌木叢沙沙作響，兩隻狗從樹叢跳出。其實並不是兩隻狗啦，是一隻狗有兩個頭。看起來像隻灰狗，身體細細長長的，毛色十分光亮，不同的是，牠的脖子上長出兩個頭。這兩個頭正猛吠著，作勢要咬人，顯然不太高興看到我們。

「傑納斯的壞狗！」泰森大喊。

「汪！」格羅佛對牠說話，舉起一隻手和牠打招呼。

雙頭狗亮出利牙。我猜格羅佛雖然會說動物的話，對牠還是沒輒。這時牠的主人從森林裡緩緩走出，我頓時明白狗只是我們最小的麻煩。

這個人身材高大，滿頭白髮，戴著麥稈編織的牛仔帽，白鬍子還編了小辮子，有點像時光老人[55]的造型，假如時光老人變成壯碩的南方農民，就完全符合了。他穿著牛仔褲，和寫著「別把德州弄髒弄亂[56]」的T恤，外罩斜紋布夾克，夾克的袖子已經扯掉了，所以可以看到他的肌肉。在他右邊的二頭肌上有一個刺青，是呈十字交叉的兩把劍。他手拿一根和核子彈頭差不多大的木棒，棒頭釘滿了約十五公分長的尖釘。

「回來，俄耳托斯[57]。」他對狗說。

狗再次對我們狂吠，清楚表達了牠的態度後，才繞回主人的腳邊。男人來來回回打量著我們，將手上的狼牙棒準備好。

「你們在這裡做什麼？」他問：「偷牛賊？」

「只是過路客。」安娜貝斯說：「我們在進行尋找任務。」

男人的眼睛抽動了一下。「混血人，對吧？」

我開口說話：「你怎麼知道……」

安娜貝斯將手放在我的手臂上。「我是安娜貝斯，雅典娜的女兒。這是波西，波塞頓的兒子。格羅佛是羊男，而泰森是……」

「獨眼巨人。」男人接口說：「我看得出來。」他生氣的瞪著我。「我知道混血人，因爲我本人就是，小伙子！我叫歐律提翁，在這個牧場當牛仔。我是阿瑞斯的兒子。照我看來，你們跟那個人一樣，都是穿過迷宮來的。」

---

55 時光老人 (Father Time)，擬人化的時間，通常以手持長柄大鐮刀和沙漏、身披長袍的禿頂長鬚老人呈現。這個造型可能源自於用鐮刀將父親切成碎片的泰坦巨神克羅諾斯。

56 別把德州弄髒弄亂 (Don't Mess With Texas)，一九八五年，德州高速公路及公共交通運輸部門，因為道路上隨地扔擲垃圾的問題相當嚴重，影響了生活品質，於是展開一項「Don't Mess With Texas」宣導計畫，強烈表達環境保護意識，成效卓著，至今仍在實施中。

57 俄耳托斯 (Orthus)，是怪物之母艾奇娜與怪物之父泰風所生的雙頭犬，尾巴是一條蛇，為泰坦神格律翁所飼養。牠與歐律提翁 (Eurytion) 共同守衛格律翁的牛群，後來被海克力士殺死。

「那個人？」我問：「你是指尼克．帝亞傑羅嗎？」

「從迷宮來的訪客一大堆，」歐律提翁陰沉的說：「很少人離開這裡。」

「哇，」我說：「我有覺得受到歡迎。」

牛仔向後瞥了一眼，好像擔心有人在監視。然後他壓低聲音說：「半神半人，我就說這麼一次，趁現在還來得及，馬上回迷宮去。」

「我們不會離開，」安娜貝斯堅持，「除非讓我們看到那個半神半人，拜託。」

歐律提翁哼了一聲。「小ㄚ頭，你讓我別無選擇，我必須帶你們去見老闆。」

我並沒有感覺到我們是人質。歐律提翁的狼牙棒擱在肩膀上，走在我們旁邊，雙頭狗俄耳托斯一路狂吠，猛聞格羅佛的腳，有時衝進灌木叢裡追捕動物，不過歐律提翁大致上還能控制牠。

我們走上一條似乎沒有盡頭的泥土小徑，現在的氣溫一定接近攝氏三十七、八度，這真是繼舊金山之後的大震撼。高溫使得地面閃閃發光，昆蟲在森林中嗡嗡叫著。沒走多遠，我的汗就狂流不止。一群蒼蠅在我們頭上飛舞著，偶爾會看到圈起來的柵欄裡有紅乳牛和許多更奇怪的動物。我們經過一間用石棉板蓋的畜欄，裡面有一群噴火的馬正在兜圈子，飼料槽裡的乾草著火了。馬腳邊的地板正在冒煙，不過馬兒們似乎非常溫馴。一隻種馬看到我便嘶聲長叫，一束紅色火焰從牠的鼻孔噴出，我在想，這樣不知道會不會傷了牠的鼻竇？

「牠們怎麼了？」我問。

歐律提翁不太高興的回答：「我們為很多客戶飼養動物，像是阿波羅、狄奧墨迪斯[58]，還有……很多其他的人。」

「比如誰？」

「別再問了。」

終於，我們走出了森林，在我們前方的山丘上有一棟農舍，外觀是由純白的石頭、木頭和大窗子構成。

「看起來很法蘭克．洛伊．萊特[59]！」安娜貝斯說。

我猜她在講和建築有關的事。對我來說，那裡只是會讓幾個半神半人惹上大麻煩的地方。我們開始往山坡上爬。

「別破壞規定。」當我們走上門廊時，歐律提翁警告我們說：「不准打鬥，不准亮出武器，還有，別對老闆的外表發表任何評論。」

「為什麼？」我問：「他的長相怎麼了？」

---

[58] 狄奧墨迪斯（Diomedes），希臘城邦阿戈斯的國王，特洛伊戰爭的大英雄。

[59] 法蘭克．洛伊．萊特（Frank Lloyd Wright，一八六七——一九五四），二十世紀最具獨創性的美國建築師、室內設計師，喜歡從不同文化中擷取設計靈感，並發展出自己的獨特風格。著名作品有古根漢美術館、落水山莊等。

歐律提翁還沒來得及回答，一個聲音說：「歡迎來到三G牧場。」

還好，門廊上的男子擁有一顆普通的頭，這讓我們鬆了一口氣。他的臉看起來飽經風霜，在長年日曬下皮膚呈深褐色。他有一頭烏黑光亮的頭髮，留著細長的黑色八字鬍，像是老電影裡的壞蛋。他對我們微笑，不過笑容不是眞的友善，比較像是心中暗爽，就像在說：喔，好小子，又有更多人可以讓我折磨一番囉！

可是我沒有時間細想，因爲這時我看到他的身體……應該說身體們，他有三個身體。你也許認爲，在看過傑納斯和布萊爾斯之後，我現在應該很習慣怪異的身體結構了，可是這傢伙有三個完整的人類胸部耶。他的脖子連到中間的胸部，和普通人一樣，可是他還有另外兩個胸部，一邊一個，和肩膀連在一起，兩個胸部只距離幾公分而已。左手臂從左胸長出來，右胸也長出一隻手臂，所以他有兩隻手臂，卻有四個胳肢窩，這樣說好像比較合理。所有的胸部都連接到一個巨大的腹部，再下去是兩隻正常的、非常粗壯的腿。他穿著我見過最大尺寸的李維牛仔褲，每個胸部都穿著不同顏色的襯衫，有綠黃紅三色，很像紅綠燈。我的疑問是，他要怎麼將衣服穿進中間的胸部，因爲中間沒有手臂。

牛仔歐律提翁用手肘推推我：「向格律翁[60]先生打招呼。」

「嗨！」我說：「很棒的胸部，唔，牧場，你的牧場很棒。」

三體人還沒回答，這時尼克．帝亞傑羅從玻璃門後走出，進到門廊。「格律翁，我不能等……」

看到我們，他僵住了。接著，他拔出劍，劍身和我在夢裡看到的一樣：短而尖銳，午夜般深黑。

格律翁看到劍就開始大吼。「把那東西拿走，帝亞傑羅先生。我不准我的客人們互相殘殺。」

「可是，他是……」

「波西・傑克森。」格律翁接話：「安娜貝斯・雀斯，還有他們的兩個怪物朋友。對，我知道。」

「怪物朋友？」格羅佛很氣憤。

「那個人穿著三件上衣。」泰森說，好像剛剛才突然發現這件事。

「他們害死我的姊姊！」尼克的聲音因憤怒而顫抖。「他們來這裡是爲了要殺我！」

「尼克，我們不是來這裡殺你的。」我舉起手，「發生在碧安卡身上的事情是……」

「不准說她的名字！你不配！」

「等一等。」安娜貝斯指著格律翁說：「你怎麼知道我們的名字？」

三體人眨眨眼。「親愛的，我自有辦法取得資訊。這個牧場不時有人突然出現，每個人都要格律翁給他東西。好了，帝亞傑羅先生，把那支醜陋的劍拿開，省得我叫歐律提翁動手。」

---

⑥⓪ 格律翁（Geryon），有三個身體的怪物，後為海克力士所殺。

歐律提翁嘆了口氣，不過還是舉起他的狼牙棒，他腳邊的俄耳托斯吠了起來。

尼克猶豫著，他的模樣比在伊麗絲訊息中更消瘦蒼白，我懷疑他在過去一個星期以來根本沒吃過東西。因爲在迷宮裡活動，他的黑衣服弄得很髒，而黑眼睛裡則充滿了怨恨。這樣的憤怒不適合這麼年輕的他，我記得當他還是個小小孩的時候，興高采烈的玩著神話魔法遊戲卡的樣子。

他很不情願的將劍放回劍鞘。「波西，假如你靠近我的話，我會叫幫手來。我保證你不會想看到我的幫手。」

「我相信。」我說。

格律翁拍拍尼克的肩膀。「好啦，我們都要做好人。那麼，大家一起來吧，我帶你們來個牧場之旅。」

格律翁有一輛電車，很像動物園的遊園小火車。電車漆成黑白相間的乳牛圖案，車頭頂上伸出一對長長的牛角，當作喇叭，發出的聲音像牛鈴。我想，也許這就是他折磨人的方法，在「哞電車」上兜風，把人整到死。

尼克坐在最後面，大概想要監視我們。歐律提翁帶著狼牙棒慢慢的走到他旁邊坐下，然後將牛仔帽蓋在臉上，像是要小睡一下。俄耳托斯跳到前座格律翁的旁邊，開始用二部和聲開心的汪汪叫。

安娜貝斯、泰森、格羅佛和我，坐在中間兩節車廂。

「我們經營的範圍很廣！」咔電車搖搖晃晃的往前駛時，格律翁得意的誇耀著。「大部分是馬和牛，還有各種奇特的生物。」

我們越過一座山丘，安娜貝斯倒抽了一口氣。「那是半雞半馬嗎？我以爲牠們已經絕種了！」

在山腳下用柵欄圍起來的放牧區裡，有十幾隻我生平所見最怪異的動物。每隻動物都有馬的前半部和公雞的後半部，後腳有巨大的黃色腳爪，身上有羽毛覆蓋的尾巴和紅色的翅膀。正當我看著牠們的時候，有兩隻在一堆種子上打了起來。牠們將前腳抬起，直起身子嘶叫，用翅膀拍打攻擊對方，直到比較小的那隻敗退逃走，勝利者直著身子，用雞腳跳了一段街舞。

「公雞馬，」泰森驚訝的問：「牠們會生蛋嗎？」

「一年一次！」從後視鏡裡看得到格律翁滿臉笑容。「產量很多，用來做蛋捲！」

「好可怕！」安娜貝斯說：「牠們一定是瀕臨絕種的生物！」

格律翁擺擺手。「親愛的，這是我們的金雞母呢，而且你還沒吃過蛋捲哩。」

「這樣不對。」格羅佛喃喃自語，不過格律翁不理他，還是繼續介紹。

「這裡，」他說：「有噴火馬，你們來牧場的路上可能看過了。當然囉，牠們是養來打仗的。」

「哪一場仗？」

格律翁露出神祕的微笑。「喔，不用管是哪一場啦。請看，那邊當然是我們最自豪的紅乳牛了。」

眞的，幾百頭櫻桃色的牛在山坡上吃草。

「好多喔。」格羅佛說。

「是啊，阿波羅太忙了，沒辦法看著牠們。」格律翁解釋，「所以他轉包給我們。我們把牠們養得非常健壯，因爲有這樣的需求。」

「什麼需求？」

格律翁挑起一邊眉毛。「當然是爲了吃肉！軍隊需要食物。」

「你殺掉太陽神的聖牛，是爲了做牛肉漢堡？」格羅佛說：「這違反遠古法律！」

「喔，羊男，別這麼激動，牠們只是動物。」

「只是動物！」

「是的，而且假如阿波羅介意的話，我確定他會告訴我們。」

「假如他知道的話。」我自言自語。

尼克身體往前傾。「格律翁，這些我一點都不在乎。我們該討論正事，不是這個！」

「帝亞傑羅先生，我保證來得及。來，看這裡，這是我的外來獵物。」

接下來這一區用有倒刺的鐵絲網圈起來，裡面滿滿都是緩慢爬行的大蠍子。

「三G牧場。」我突然想起來說：「你的商標出現在混血營的木箱上，昆特斯就是從你這裡取得蠍子。」

「昆特斯……」格律翁努力回想。「灰色短髮、肌肉發達的劍手？」

「對。」

「沒聽過這個人。」格律翁說。「瞧，這裡是我很自傲的馬廄！你們一定要看看。」

不用看，因爲從兩百多公尺以外就能聞到牠們的味道了。在綠色的河岸旁是足球場那麼大的馬場，馬廄成排沿著河岸排列，大約有一百匹馬在堆肥中打轉——我說的堆肥就是馬糞啦。那是我看過最噁心的事，就像颳起一場馬糞暴風雪，一夜之間堆出一公尺高的垃圾，馬匹在那裡面移動非常的困難。馬廄也一樣糟，那裡冒出的臭味是你絕對無法想像的，比紐約東河上的垃圾船還臭。

連尼克都快窒息了。「那是什麼？」

「我的馬廄！」格律翁說：「嗯，其實牠們是愛琴士[61]的馬，我們只是收點月費照顧牠們。牠們很漂亮吧？」

「噁心死了！」安娜貝斯說。

「好多馬糞。」泰森評論。

---

[61] 愛琴士（Aegeas），雅典國王，鐵修斯之父。

「你怎麼能這樣對待動物？」格羅佛大吼。

「你們實在很煩。」格律翁說：「這些是食肉馬，懂嗎？牠們喜歡這樣的環境。」

「補充一下，你太小氣了，不願花錢好好打掃。」歐律提翁在帽子下咕噥著。

「閉嘴！」格律翁厲聲說：「好吧，可能是馬廄不太好清理，也許風向不對時，那味道會讓我覺得噁心。可是那又怎樣！我的客戶一樣付我錢。」

「什麼客戶？」我問。

「喔，你會很驚訝有那麼多人願意爲這些食肉馬付錢。牠們製造了大量的廢物，這是讓你的敵人害怕的好方法呢，在生日派對上最好用了！牠們一直都在出租狀態。」

「你這怪物。」安娜貝斯下了結論。

格律翁將咩電車停下來，轉頭看著她。「這件事是怎麼洩露的？是因爲我有三個身體嗎？」

「你必須讓這些動物離開。」格羅佛說：「這樣做是不對的！」

「還有你一直說什麼客戶。」安娜貝斯說：「你不是爲克羅諾斯工作嗎？你提供他的軍隊馬匹、食物等他們需要的東西。」

格律翁聳聳肩，姿勢很古怪，因爲他有三個肩膀，看起來很像在跳波浪舞。「小姐，我爲任何人工作。我是生意人，只認金幣。既然我將東西賣出去了，就必須將東西給人家。」

他下了咩電車，慢慢往馬廄走去，好像在享受新鮮空氣一樣。撇開馬糞沼澤不論，河流、森林、山丘，風景確實不賴。

尼克從後面的車廂跳下車，往格律翁衝過去。牛仔歐律提翁並沒有看起來那麼睏，他舉起狼牙棒，跟在尼克後面。

「格律翁，我來這裡是爲了談生意。」尼克說：「而你還沒有給我答覆。」

「嗯。」格律翁正在檢查一棵仙人掌，他的左手臂伸過去抓中間的胸膛。「一定會成交的，就這樣吧。」

「我的亡魂告訴我你可以幫上忙，他說你可以指引我們，幫我們找到靈魂。」

「等一下，」我說：「我以爲我是你要的靈魂。」

尼克看著我，一副我是瘋子的表情。「你？我怎麼會想要你？碧安卡的靈魂比你的靈魂貴一千倍！格律翁，你能幫我嗎？還是不行？」

「喔，我想我可以。」牧場主人說：「順便問一下，你的亡魂朋友在哪裡？」

尼克看起來不太自在。「他在光天化日下沒辦法現身，這對他來說太辛苦了，不過他就在附近。」

格律翁微笑。「我想也是，只要事情變得有點……困難，米諾斯就愛搞消失。」

「米諾斯？」我想起來了，這個男人我在夢裡見過，頭戴金王冠，下巴留著一撮鬍子，眼神很兇狠。「你是說那個邪惡的國王嗎？他就是指點你的亡魂嗎？」

「波西，這件事跟你無關！」尼克轉頭繼續和格律翁說話。「你說有點困難是什麼意思？」

三體人嘆口氣。「你聽著，尼克，我可以叫你尼克嗎？」

「不行。」

「尼克，是這樣的，路克．凱司特倫對混血人提出了非常好的價碼，尤其是有力量的混血人。我確定如果他知道你的眞實身分這個小祕密的話，他一定願意付出非常非常好的價錢。」

尼克拔出劍，但歐律提翁將他的劍敲落。我還沒來得及站起來，俄耳托斯往我的胸前衝來，還不停狂吠，牠的臉離我的臉只有兩公分。

「各位，我想待在車裡面比較好喔。」格律翁警告道：「否則俄耳托斯會撕開傑克森先生的喉嚨。好啦，歐律提翁，好心點幫個忙，把尼克關起來。」

歐律提翁跑到草地上。「需要這樣做嗎？」

「對，你這蠢蛋。」

歐律提翁看起來有點困擾的樣子，不過他還是用一隻大手臂抱住尼克，將尼克舉起來，像摔角選手的動作一樣。

「劍也要撿起來。」格律翁厭惡的說：「我最討厭冥河鐵了。」

歐律提翁撿起劍，小心不碰到劍身。

「好啦，」格律翁愉快的說：「我們的旅程告一段落了，現在回到小屋去吃午餐吧，我還要給泰坦軍隊的朋友們寄個伊麗絲訊息呢。」

「你這個惡魔！」安娜貝斯大叫。

格律翁對她微笑。「親愛的，別擔心，只要我將帝亞傑羅先生寄出去，你和你的同伴就可以離開。我沒有要妨礙你們的任務，此外呢，已經有人付給我不錯的費用來確保你們順利通過。不過啊，恐怕不包含帝亞傑羅先生。」

「誰付錢的？」安娜貝斯說：「什麼意思？」

「別放在心上，親愛的。我們走了，好嗎？」

「等一下。」我說。俄耳托斯開始狂吠。我保持不動，所以牠沒有撕開我的喉嚨。「格律翁，你說你是生意人，我們來談個交易吧。」

格律翁瞇起眼睛。「哪一種交易？你有金子嗎？」

「我有更棒的東西，以物易物。」

「可是，傑克森先生，你什麼也沒有。」

「你可以要他清潔馬廄。」歐律提翁提出天眞的建議。

「我做得到！」我說：「如果我失敗了，你可以把我們所有人都抓去，拿我們向路克換金子。」

「前提是，馬沒有吃掉你。」格律翁說。

「這樣你還是可以把我的朋友抓走，」我說：「可是一旦我成功了，你必須讓我們全部的人離開，包括尼克。」

「不要！」尼克大叫：「波西，不准幫我忙，我不要你幫忙！」

格律翁咯咯笑了起來。「波西．傑克森，馬廄已經有一千年沒有清掃了。說得也是啦，如果馬糞都清掉的話，我就有更多的空間養馬了。」

「所以你沒什麼損失吧？」

牧場主人遲疑著。「好吧，我接受，不過你必須在日落前完成。如果你失敗了，我就把你的朋友賣了，我會變得更有錢。」

「成交。」

他點點頭。「我會把你的朋友帶在身邊，先回小屋去。我們在那裡等你。」

歐律提翁對我做了個古怪的表情，可能是表示同情吧。他吹吹口哨，狗從我身上跳下，然後跳上安娜貝斯的膝蓋，她痛得大叫。我知道，只要拿安娜貝斯當人質，泰森和格羅佛就不會輕舉妄動。

我下車，眼睛仍然盯著她。

「希望你知道自己在做什麼。」她平靜的說。

「我也希望如此。」

格律翁回到駕駛座，而歐律提翁將尼克拖到後座。

「日落前完成，」格律翁提醒我說：「不得拖延。」

他再度對我微笑，牛鈴喇叭響起，哞電車朝小徑隆隆駛去。

9 馬糞與貝殼

當我看到馬的牙齒時，我感到無望了。

接近柵欄時，我用上衣塞住鼻子抵擋那股臭味。一匹公馬費力踩過馬糞，生氣的對我嘶聲長叫。牠亮出牙齒，那牙尖得像熊牙一樣。

我試著在心裡對牠說話，我可以和大部分的馬溝通。

「嗨，」我對牠說：「我要來清潔你們的馬廄，這樣是不是很棒？」

「對啊！」馬說：「進來吧！吃掉你！美味的混血人！」

「可是我是波塞頓的兒子，」我抗議道：「我爸爸創造了馬。」

通常這個身分讓我在馬的世界裡擁有ＶＩＰ的待遇，不過這次失效了。

「對啊！」馬熱切的表示同意，「波塞頓也可以進來！我們會把你們兩個都吃掉！海鮮耶！」

「海鮮！」其他的馬在馬場裡一邊吃力的踩著，一邊同聲鳴叫。蒼蠅四處嗡嗡飛舞，陽光的熱力沒能讓味道好一點。要完成這個挑戰，我是有個主意，因爲我記得海克力士是怎麼辦到的。他開鑿一條水道將河水引入馬廄，成功清潔了馬廄。也許我能控制水來完成任務。可是如果我無法接近馬群而不被吃掉，這就成問題了。還有，河流是在馬廄下方的山腳下，大約有八百公尺遠，比我原先想像的遠多了。近看之後，馬糞更顯得高聳龐大。我拿起一把生鏽的鏟子，在柵欄旁邊試鏟了一下。好極了，只要鏟四十億次。

太陽快要下山了，我的時間沒剩幾個小時。我決定將河水當成唯一的希望，至少到河邊去想辦法也比在這裡好多了。我動身往下坡走。

抵達河邊時，有個女孩在等我。她穿著牛仔褲和綠色T恤，長長的棕髮和綠草混編成辮子。她的表情十分嚴厲，雙手交叉在胸前。

「不行，你不能這樣做。」她說。

我看著她。「你是水精靈？」

她轉轉眼珠：「是啊！」

「可是你說的是英文，而且你離開了水。」

「拜託，只要我們願意，我們就可以像人類一樣四處活動，你不知道啊？」

我真的從沒想過，真糗。我的確常常在營隊裡看到水精靈，不過她們只是嘻嘻輕笑，在獨木舟湖中對我招手而已。

「嘿，」我說：「我只是想請問……」

「我知道你是誰，」她說：「我也知道你想做什麼。告訴你，答案是『不行』！我不會讓我的河再去清理那個骯髒的馬廄。」

「可是……」

「喔，海小子，你省省吧。你們海神這一型的總是認爲自己比小小的河偉大，不是嗎？告訴你，我這個水精靈可不會因爲你爸爸是波塞頓就聽你的。先生，這裡是淡水的世界。最後一個要求我答應他這樣做的人——順便提一下，他比你帥多了——他說服了我，這是我有生以來犯下最大的錯誤！你能想像那堆馬糞對我的生態系統影響多大嗎？難道我像是個污水處理場嗎？我的魚都會死掉，我沒辦法幫我的植物清除掉那些污泥，而我自己也會病上好幾年。謝了，絕不！」

她說話的方式讓我想起一個凡人朋友：瑞秋．伊莉莎白．戴爾，像她攻擊型的講話方式。一想到如果有人倒四百萬噸的馬糞到我家裡，我就沒辦法怪水精靈不幫我。可是……

「我的朋友有危險。」我告訴她。

「哇，眞慘啊！可是那不是我的問題吧？你不可以破壞我的河。」

她的樣子像是準備好要和我一決勝負了。她的拳頭緊握著，我卻聽出她聲音裡的一絲顫抖。我突然明白，儘管她在發怒，可是她其實很怕我。她可能認爲我會和她戰鬥，奪取河流的控制權，而且她擔心自己會輸掉。

這個念頭讓我感到難過，我像個惡霸一樣，仗著波塞頓之子的名號四處欺負人。

我坐到樹樁上。「好吧，你贏了。」

水精靈滿臉驚訝。「眞的？」

「我不會和你打，這是你的河。」

她的肩膀放鬆了。「喔，喔，很好。我是說，你做了好事！」

「可是，假如我沒有在日落前完成馬廄的清潔工作，我的朋友和我會被賣到泰坦巨神那邊。我現在完全不知道該怎麼辦。」

河水與高采烈的汩汩流過，一條蛇游過，迅速將頭潛入水面下。這時，水精靈嘆了一口氣。

「海神的兒子，我要告訴你一個祕密。鏟起一些土。」

「什麼？」

「你聽到了。」

我彎腰鏟起一小把德州的泥土，土塊黑黑乾乾的，夾雜著小小的白石頭……不是，那不是石頭。

「那是貝殼，」水精靈說：「石化的海貝。幾百萬年前，可能遠在天神時代之前，蓋婭和烏拉諾斯62統治的時候，這片土地是在水裡面，是海的一部分。」

我突然看出來她所說的，在我手中的是遠古海膽的碎片、軟體動物的外殼，就連石灰岩裡也有海貝鑲嵌其中。

「那麼，」我說：「這對我有什麼好處？」

「半神半人，你和我沒有太大的不同。即使我離開了水，水還是在我身體裡，水是我的生命泉源。」她向後退，讓腳浸在河水裡，微笑著說：「希望你能找到救你朋友的方法。」

說這句話的同時，她化為液體，溶進河水中。

當我走回馬廄時，太陽已經碰到山丘頂端。一定有人來餵過馬，因為馬群正在撕開一隻巨大的動物屍體。我認不出來是什麼動物，而且我真的也不想知道。要說有什麼可以讓馬廄變得更噁心，五十匹馬一起撕咬生肉的景象就是了。

「海鮮！」這是一匹馬看到我的時候產生的想法。「進來吧！我們還是很餓。」

我該怎麼做？我不能使用河水，而這個地方一百萬年前曾經在水下的事實，現在不一定能幫上忙。我看著手心的小小鈣化海貝，再抬頭望著像山一樣高的馬糞。

我心灰意冷，將海貝丟進馬糞中。當我正想轉身離開時，突然出現了一個聲音。

「咻——」像氣球漏氣的聲音。

我低頭看剛剛丟掉的貝殼，一束小水柱從馬糞中噴射而出。

「不會吧？」我喃喃自語。

---

62 蓋婭和烏拉諾斯（Gaea and Ouranos），在希臘神話中，蓋婭是大地之母，是眾神和萬物的起源；烏拉諾斯則是天空之父。參《泰坦魔咒》三二九頁，註69。

我遲疑了一下，走向柵欄。「大一點。」我對水柱說。

滋！

水柱增高爲一公尺，往空中射出，而且還持續不斷的冒出來。不可能吧，可是眞的發生了。兩匹馬來這裡查看，其中一匹馬用嘴沾了沾湧泉，然後馬上縮回去。

「噁！」馬說：「是鹹的！」

這是位在德州中心的牧場中的海水。我鏟起另外一把土，將貝殼化石挑出來。我也不太確定自己在做什麼，我只是沿著成排的馬廄奔跑，將貝殼丟進馬糞堆裡。每個貝殼丟下去的地方，都噴出海水噴泉。

「住手！」馬群大喊：「肉很好！洗澡很壞！」

接著，海水並沒有像一般的水一樣溢出馬廄或流下山丘，只是從每個噴泉噴發而出，再帶著馬糞沉進地裡。馬糞溶解在海水中，留下普通的溼泥土。

「還要更多！」我大喊。

我的身體裡似乎有強大的拉力，而此時水柱齊發，簡直就像世界上最大的洗車機，噴出的海水柱足足有六公尺高。當水柱從四面八方向馬群噴去時，牠們瘋狂的來回奔跑閃躲。山一般高的馬糞開始像冰塊般溶解消失。

拉力愈來愈劇烈，甚至有些疼痛，還帶著看到海水的興奮。我做到了，我竟然成功的將海水引到山坡上。

「主人，停止啊！」一匹馬大喊：「拜託，請停止！」

水四處飛濺，馬匹都溼透了，有些馬因爲驚慌跌進爛泥中。幾噸的馬糞溶進土地中，完全消失無蹤。馬廄開始積水，出現一灘灘的小水窪，然後流出馬廄，形成一百條小水流，往河的方向流去。

「停下來。」我對水說。

沒有用。我身體中的疼痛正在加劇，如果我沒辦法趕快關掉水柱，鹹水會流進河裡面，害死河中的魚和植物。

「停止！」我集中所有的能量，將海的力量關閉。

瞬間，水柱停止了。我筋疲力盡的跪倒在地。眼前是乾淨閃亮的馬廄、一大片溼溼的鹽泥地，還有五十匹徹底清洗乾淨的馬，皮毛閃閃發亮，連卡在牠們牙縫的碎肉都被沖掉了。

「我們不會吃你！」馬匹們哀號：「主人，求你別再給我們洗鹽水澡了！」

「只有一個條件，」我說：「從現在起，你們只能吃飼主給你們的食物，不准吃人。一旦違反，我會帶更多海貝回來！」

馬群長嘶，爭先恐後的向我保證牠們從此以後會做一匹好的食肉馬。我不能留在這裡閒聊，太陽快下山了，我轉身全速跑向小屋。

快到小屋的時候，我聞到烤肉的味道，害我差點抓狂，因爲我眞的超愛烤肉。

小屋的露台已經準備好要開場派對了，欄杆上裝飾著氣球和緞帶。格律翁把一片漢堡肉丟到上了油的滾筒烤肉機上，歐律提翁懶洋洋的倚著野餐桌，用小刀剔著指甲。雙頭狗正嗅著烤架上的肋排和漢堡肉。接著，我看到我的朋友泰森、格羅佛、安娜貝斯和尼克，他們被丟在角落，手腕和腳踝被綁在一起，嘴巴還被塞住，像家畜一樣。

「放他們走！」我大喊，因爲跑上階梯而上氣不接下氣：「我把馬廄清乾淨了！」

格律翁轉頭，他的三個胸膛各穿著一件圍裙，每件上面各有一個字，拼起來就是：吻—主—廚。「你嗎？現在嗎？你怎麼弄的？」

我很不耐煩，不過還是告訴他了。

他讚賞的點著頭：「非常巧妙，如果你毒死那個討厭的水精靈會更好一點，不過，沒關係啦。」

「放走我的朋友，」我說：「這是我們的交易。」

「噢，我正在想這件事呢，問題是，假如我放走他們，就拿不到錢了。」

「你答應我的！」

格律翁發出嘖嘖的聲音：「可是你有叫我以冥河之名發誓嗎？噢，你沒有。所以沒有什麼約束力。孩子啊，做生意的時候，要取得有約束力的誓言才行哪。」

我拔出劍，俄耳托斯狂吠，一個頭伸到格羅佛耳邊，亮出尖牙。

「歐律提翁，」格律翁說：「這小子開始讓我覺得討厭了，殺了他。」

歐律提翁仔細打量我，我不想估量和他對打的勝算，也不喜歡他那根棒子。

「你自己動手。」歐律提翁說。

格律翁驚訝的挑眉：「什麼？」

「你聽到了。」歐律提翁開始發牢騷，「你一直派我去做下流齷齪的工作，而且你找別人麻煩的理由都很差，我已經厭倦爲你而死。你想和這個小孩打架的話，就自己動手吧。」

在阿瑞斯的小孩所說的話中，這是我聽過最不阿瑞斯的話了。

格律翁放下手中的奶油抹刀。「你竟敢反抗我？我應該立刻射死你！」

「誰在乎你的牛啊？俄耳托斯，來。」

狗立刻停止對格羅佛狂吠，過去坐在牛仔腳邊。

「很好！」格律翁咆哮：「等這小子死了之後，我再來處理你！」

他拿起兩支切肉餐刀朝我丟過來。我用劍打偏其中一支，另一支刺入野餐桌中，離歐律提翁的手只有兩公分。

我持續發動攻擊，格律翁用火紅的鉗子擋開第一擊，然後用烤肉叉朝我的臉刺過來。趁著他第二刺的空檔，我閃身向前，舉劍刺入他中間的胸膛。

「啊！」他雙膝跪倒，我等著看他像其他怪物一樣瓦解爆炸，可是他卻只是扮了個鬼臉，又站起身來。寫著「主」字的圍裙裂口開始癒合。

「孩子，不錯嘛。」他說：「其實啊，我有三顆心臟，完美的備用系統啦。」

他翻倒烤肉架，裡面的煤炭四處飛落，其中一塊掉到安娜貝斯的臉旁邊，她發出含糊不清的尖叫聲。泰森拼命掙脫綑綁，可是強壯如他仍然無法掙脫。在我的朋友受傷之前，我必須趕快結束這場格鬥。

我刺向格律翁的左胸，他只是笑笑；再刺向他的腹部，不妙，他的反應像是我正對著泰迪熊猛刺一樣，表情完全沒變化。

三顆心臟，完美的備用系統，一次只刺一顆沒有用……

我跑進屋子裡。

「膽小鬼！」他喊：「回來受死吧！」

客廳的牆壁上裝飾著一排陰森的打獵戰利品：鹿頭和龍頭標本、槍套、成排的劍、帶箭袋的弓。

格律翁丟出烤肉叉，叉子砰的一聲插入牆中，位置剛好在我的頭旁邊。我拔出牆上陳列的兩支劍。「傑克森，你的頭即將擺在那裡，就在灰熊旁邊！」

我有個瘋狂的想法。我丟下波濤劍，將弓從牆上取下。

我是全世界最糟的射箭手，營隊裡比牛眼小一點的靶都射不中，可是我現在別無選擇，我沒辦法用劍在這場格鬥中取得勝利。我向雙胞胎弓箭手阿蒂蜜絲和阿波羅祈禱，希望他們這次能夠憐憫我。拜託，只要一次就好，求求你們。

我拉起一支箭。

格律翁笑了。「你這笨蛋，一支箭絕對好不過一把劍。」

他舉起劍衝過來，我側身閃過。在他轉身之前，我將箭射進他的右胸。我聽到「咚，咚，咚」三聲，這時箭已經穿過他的每個胸部，從他的左胸飛了出來，射進灰熊的額頭。

格律翁的劍落下，轉身瞪著我。「你不會射箭，他們說你不會……」

他的臉變成慘綠色，雙膝跪地，開始粉碎成沙。最後，只剩下三件圍裙和一雙特大號的牛仔靴。

我過去幫朋友們鬆綁，歐律提翁沒有阻止我。接著，我在烤肉架裡添加煤炭，將食物丟進火中，作爲獻給阿蒂蜜絲和阿波羅的祭品。

「謝謝你們，」我說：「我欠你們一次。」

遠方的天空開始打雷。咦，我猜可能他們比較喜歡漢堡的味道吧。

「波西太棒啦！」泰森說。

「我們可以把這個牛仔綁起來嗎？」尼克問。

「好耶！」格羅佛贊成。「還有那隻狗差點殺了我！」

我看著歐律提翁，他仍然輕鬆的坐在野餐桌旁，俄耳托斯將兩個頭都放在他的膝蓋上。

「格律翁多久之後會再成形？」我問他。

歐律提翁聳聳肩。「幾百年嗎？感謝天神，他不屬於那種快速成形的怪物，你幫了我一次。」

「你說你以前爲他而死。」我記起來了：「怎麼說？」

「我爲那個小人工作幾千年了。一開始我是以普通混血人的身分工作，可是在我爸爸提議時，我犯下此生最嚴重的錯誤，因爲我選擇成爲不死之身。現在我只能待在這個牧場裡，無法離開，也無法結束。我只能照料牛隻，爲格律翁打仗。可以說，我們被綁在一起了。」

「也許你可以改變。」我說。

歐律提翁瞇起眼睛。「怎麼做？」

「好好照顧動物，不要再把牠們當成食物販賣。還有，停止和泰坦巨神交易。」

歐律提翁沉思著：「這樣或許不錯。」

「讓動物站在你這邊，牠們就會幫你。等格律翁回來時，搞不好換他爲你工作。」

歐律提翁笑了。「這樣的話，我才願意跟他住在一起。」

「你不會阻止我們離開吧？」

「喔，不會。」

安娜貝斯撫著瘀血的手腕，懷疑的看著歐律提翁。「你的老闆說有人付費要讓我們安全通過，是誰？」

牛仔聳聳肩：「他這些話也許只是要你們而已。」

「泰坦巨神那邊呢？」我問：「你有寄送女神訊息給他們，告訴他們尼克的事嗎？」

「沒，格律翁想等烤肉結束之後再寄，他們還不知道尼克的事。」

尼克生氣的瞪著我，我不太知道該怎麼做。我猜尼克不會答應和我們在一起，可是，我又不能放他自己到處流浪。

「你可以在這裡待到我們完成尋找任務，」我對他說：「這裡很安全。」

「安全？」尼克說：「你在意我安不安全？你害我姊姊被殺耶！」

「尼克，」安娜貝斯說：「那不是波西的錯，而且格律翁說克羅諾斯想抓你的事並不是亂說的。如果他知道你是誰，他會千方百計讓你站在他那邊。」

「我不站在任何一邊，而且我不怕！」

「你的確不怕，」安娜貝斯說：「你的姊姊不會希望你……」

「如果你在乎我的姊姊，你就應該幫我帶她回來！」

「一條靈魂換一條靈魂？」我說。

「沒錯！」

「可是，如果你不要我的靈魂……」

「我不用跟你解釋！」他流下眼淚，「我會帶她回來。」

「碧安卡不會想要用這種方式回來。」我說。

「你不了解她！」他咆哮道：「你怎麼會知道她想要怎麼樣？」

我凝視著烤肉架裡的火焰，想起安娜貝斯的預言：你將藉由亡魂國王之手升起或墜落。

國王一定是指米諾斯，我必須說服尼克不要聽他的話。「我們來問碧安卡。」

瞬間，天空忽然變暗。

「我試過了，」尼克痛苦的說：「她沒有回應。」

「再試一次，我有個感覺，她會在這裡回應我。」

「她怎麼會回應你？」

「因爲她寄給我伊麗絲女神訊息，」我突然明白了。「她試著警告我，你正在計畫這樣做，好讓我保護你。」

尼克搖搖頭。「不可能。」

「只有一個方法可以確定，你說過你不怕。」我轉向歐律提翁說：「我們需要一個坑，比方洞窟之類的，還有食物和飲料。」

「波西，」安娜貝斯警告說：「我不認爲這是個好……」

「好吧，」尼克說：「我試試。」

歐律提翁搔搔鬍子。「有一個挖好的坑，本來是要做化糞池的。我們可以使用那個坑。獨眼男孩，到廚房去拿我的冷藏箱來，我希望死人喜歡沙士。」

10 召喚亡魂

我們在天黑後進行召喚，地點在化糞池前面的一個六公尺長的坑洞。化糞池是鮮黃色的，上面有張笑臉，側面漆著字：快樂注滿清理公司。這和召喚死者的心情實在很不搭調。

今晚是滿月，銀色的雲飄過夜空。

「米諾斯之前應該在這裡，」尼克皺眉說：「那時是全黑的。」

「也許他走丟了。」希望是這樣。

尼克將沙士和烤肉丟到坑裡去，接著開始以古希臘語吟誦。森林裡的蟲子驟然停止鳴唱，而我口袋中的冥河冰犬笛開始變冷，使我大腿的一側變得很冰。

「叫他停下來。」泰森低聲對我說。

一部分的我贊成。這樣做違反自然，夜晚的空氣變得陰冷逼人。可是我還沒來得及開口，第一個幽魂就出現了。硫磺霧冒出地面，黑影逐漸變濃，化為人形，一個飄忽的藍色鬼影跪在坑洞的邊緣喝飲料。

「阻止他！」尼克暫時停止吟誦。「只有碧安卡可以喝！」

我拔出波濤劍。鬼魂們看到我的天國青銅劍身，發出嘶嘶聲，同時撤退。不過卻來不及阻止第一個飲用的亡魂，他已經凝結成一個留著鬍子的男子，身著白袍，頭上戴著金飾環，即使已經死了，他的眼神仍然充滿惡意。

「米諾斯！」尼克說：「你在做什麼？」

「主人，我道歉，」亡魂說，不過他的聲音聽起來沒有什麼歉意。「祭品聞起來很棒，我無法抗拒。」他查看自己的手，笑了。「再次看到自己的感覺眞不賴，已經接近堅固的身體了……」

「你弄亂了儀式！」尼克抗議道：「快……」

亡魂們開始閃爍著危險的眩目亮光，尼克必須再次吟誦，才能控制住他們。

「是的，主人，非常正確。」米諾斯消遣的說：「你繼續吟誦，我只是來保護你不被這些騙子蒙蔽。」

他轉向我，一副我是蟑螂的樣子。「波西．傑克森……嘖，嘖。波塞頓的孩子這幾個世紀以來沒什麼進步嘛，是吧？」

我想揍他，可是我知道我的拳頭只會穿透他的臉。「我們在找碧安卡．帝亞傑羅，」我說：「你離開吧。」

亡魂咯咯的笑起來。「我知道你曾經徒手殺死我的彌諾陶，可是更糟的事在迷宮裡等著你哪。你眞的相信代達羅斯會幫你？」

其他的亡魂不安的鼓譟著。安那貝斯拔出匕首，幫我將他們趕離坑洞。格羅佛緊張的緊靠著泰森的肩膀。

「混血人，代達羅斯一點都不在乎你，」米諾斯警告說：「你不能相信他，他精於算計，奸詐狡猾。他爲謀殺的罪惡感受苦，而且被天神詛咒。」

「謀殺的罪惡感？」我問：「他殺了誰？」

「不要轉移話題！」亡魂咆哮：「你妨礙了尼克，你想說服他放棄目標。我會讓他成爲王者！」

「米諾斯，夠了。」尼克下令。

亡魂冷笑。「主人，這些人是你的敵人，你不應該聽他們的！我來保護你吧，我能令他們發瘋，就像我對別人做的一樣。」

「別人？」安娜貝斯倒抽了一口氣。「你是說克里斯．羅德里格茲？是你做的？」

「迷宮是我的財產，」亡魂說：「不是代達羅斯的！闖入者活該發瘋。」

「米諾斯，離開！」尼克命令他說：「我想見我的姊姊！」

亡魂吞下怒火。「主人，如你所願。不過，我要警告你，別相信這幾個英雄。」

他邊說邊消失在霧中。

其他的亡魂往前衝，安娜貝斯和我負責擋住他們。

「碧安卡，現身！」尼克吟誦著，隨著他愈唸愈快，亡魂焦躁不安的移動著。

「隨時都會來。」格羅佛嘀咕。

這時，銀色的光在樹林間閃爍，有一個靈魂似乎比其他的更明亮、更強壯。它愈來愈接近，有個東西告訴我要讓它通過。它在坑洞上跪下喝水。當它再度站起，變成了碧安卡・帝亞傑羅的亡魂形體。

尼克的吟誦聲開始顫抖，我將劍垂下，其他的亡魂開始往前擠，碧安卡舉起手，亡魂們隨即退到森林中。

「哈囉，波西。」她說。

她看起來和活著時一樣：一頂綠帽子斜斜的戴在濃密的黑色髮絲上，深色的眼睛和橄欖色的皮膚和她的弟弟很像。她穿著牛仔褲和銀色的夾克，全套阿蒂蜜絲的獵人裝備，一把弓背在她的肩膀上。她淡淡的微笑，身體閃爍不定。

「碧安卡。」我的聲音濁濁的。對於她的死，我一直有罪惡感，親眼看到她出現在我面前更是五倍的糟糕，彷彿她的死才剛發生。我記起當時找遍巨大青銅戰士的殘骸——那是她犧牲生命的地方——卻沒有發現她的任何蹤跡。

「很抱歉。」我說。

「波西，沒什麼好抱歉的，是我自己的選擇，我並不後悔。」

「碧安卡！」尼克搖搖晃晃的往前，好像才剛從暈眩中醒過來一樣。

碧安卡轉向弟弟，表情很悲傷，好像很害怕這一刻的到來。「哈囉，尼克，你長高了。」

「你爲什麼不早點回應我？」他大喊：「我已經試了好幾個月了！」

「我希望你放棄。」

「放棄？」他的聲音聽起來很傷心。「你怎麼能這麼說？我想要救你！」

「尼克，不可以，別這樣做，波西是對的。」

「不！他讓你死掉！他不是你的朋友。」

碧安卡伸出一隻手，好像想摸弟弟的臉，可是她是由霧構成的，當她的手碰到活人皮膚的時候，手就蒸發了。

「你必須聽我說，」她說：「心懷怨恨對黑帝斯的小孩來說是危險的，這是我們致命的缺點。你必須原諒，答應我。」

「我不能，永遠不能。」

「尼克，波西一直很擔心你，他會幫你。我讓他看到你想進行的事，希望他能找到你。」

「所以眞的是你，」我說：「你寄給我伊麗絲女神訊息？」

碧安卡點點頭。

「爲什麼你幫他，卻不幫我？」尼克大喊：「不公平！」

「你現在接近眞相了，」碧安卡對他說：「你該氣的人不是波西，尼克，是我。」

「不。」

「你生氣是因爲我離開了你，變成阿蒂蜜絲的獵人。你會生氣是因爲我死了，留下你孤單一人。尼克，我很抱歉，眞的很抱歉。可是，你一定要克服你的憤怒，不要因爲我的選擇而怪罪波西，這會毀了你。」

「她說得對，」安娜貝斯插嘴說：「尼克，克羅諾斯正在復活，他會盡可能扭曲所有的人，去加入他的事業。」

「我不在乎克羅諾斯，」尼克說：「我只想要我的姊姊回來。」

「尼克，你不能這樣做。」碧安卡溫柔的說。

「我是黑帝斯的兒子，我可以。」

「別這樣做，」她說：「如果你愛我，不要……」

她的聲音減弱，亡魂再度包圍了我們。它們似乎很激動，黑影移動、低語著：危險！

「塔耳塔洛斯在干擾，」碧安卡說：「你的力量引起克羅諾斯的注意，亡魂必須回冥界去，繼續留在這裡對我們不安全。」

「等等，」尼克說，「求求你……」

「尼克，別了，」碧安卡說：「我愛你，記住我說的話。」

她的形體抖動著，接著，所有的亡魂都消失了，只留下我們、坑洞、快樂注滿化糞池，還有冷冷的滿月。

我們沒有人想要在那一晚動身出發，大家決定要等到早上。格羅佛和我倒在格律翁客廳的長沙發上，這裡比迷宮裡的睡袋舒服多了。不過，對減少我的惡夢卻沒什麼幫助。

我夢到我和路克一起走過塔瑪爾巴斯山頂的黑暗宮殿，現在那是一棟真正的建築了，不像去年冬天還是半完成的幻象。牆上的火盆裡冒出青色的火焰，地板是磨光的黑色大理石。冷風吹過門廳，我們頭上的天花板是空的，天空的暴風雨烏雲正在滾動。

路克穿著戰鬥服：迷彩褲、白T恤，和青銅護胸甲，可是他那把暗劍卻不在身邊，只有劍鞘而已。我們走進一個大院子，幾十個戰士和母龍正在準備作戰。當他們看到他時，半神半人都起身立正。他們正用劍和盾對打。

「主人，時間到了嗎？」一隻母龍問。

「快了。」路克保證道：「繼續進行你的工作。」

「我的主人，」他的後面傳來一個聲音，是凱莉，也就是恩普莎，正對他微笑。她今晚穿著藍色洋裝，看起來非常美麗，眼睛閃著光，有時是深褐色，有時是鮮紅色。她的頭髮編成辮子垂在背上，似乎抓住了火炬的亮光，馬上就要變回純火焰的感覺。

我的心怦怦跳，等著凱莉看到我，像上次一樣把我趕出夢境。可是這次她似乎沒看到。

「你有客人。」她對路克說完後走開了。路克似乎對眼前所見大吃一驚。

怪物坎佩聳立在他的上方，腳上的蛇正在嘶嘶吐信，動物的頭在她的腰間咆哮。她的刀已出鞘，閃耀著毒藥的光澤。她的蝙蝠翼完全張開，占據了整條走廊。

「你……」路克的聲音有點緊張。「我說過你要待在惡魔島。」

坎佩像爬蟲類動物一樣斜斜的瞇起眼睛，用古怪的咕嚕嚕語言說話，不過這回我後腦中的某個地方聽懂了，她說：「我要出動，讓我報仇。」

「你是監獄管理員，」路克說：「你的工作是……」

「我會讓他們死，沒有人能夠從我手中脫逃。」

路克遲疑著，一道汗水從他的側臉流下。「很好，」他說：「你跟我們一起來，由你拿著亞莉阿德妮的線，這是最光榮的偉大職務。」

坎佩朝星空嘶吼，將劍放入劍鞘，然後轉身用她的大龍腿走出門廳。

「我們應該把那個傢伙留在塔耳塔洛斯，」路克嘀咕：「她太亂來，又太強大了。」

凱莉輕聲笑著。「路克，你不應該害怕力量，要利用它！」

「我們愈早離開愈好，」路克說：「我想要了結這件事。」

「噢，」凱莉同情的說，伸出一隻手指在他手臂上滑動。「破壞昔日營隊讓你覺得不開心嗎？」

「我不是說那個。」

「你對自己該做的事不猶疑吧，嗯？」

路克的臉轉爲冷酷。「我知道自己的責任。」

「很好，」惡魔說：「我們的攻擊武力足夠了吧，你認爲呢？還是我們應該找黑卡蒂之母來幫忙？」

「已經很夠了，」路克冷酷的說：「交易接近完成，我現在只需要去談判出安全的通道，好穿過競技場。」

「嗯，」凱莉說：「那應該會很有趣，我討厭看到你英俊的臉因爲失敗而被釘上大釘子。」

「我不會失敗，而你這惡魔難道沒別的事要處理嗎？」

「喔，有的。」凱莉微笑說：「我正要讓偷聽我們說話的敵人絕望呢，馬上辦。」

她轉過臉，眼睛正對著我，露出尖爪，撕開我的夢。

瞬間，我到了另一個地方。

我站在石塔頂端，俯視著岩石懸崖和海洋。老人代達羅斯在工作桌前弓著背，專注在某種航海儀器上，像是個巨大的羅盤。他比起上次我看到他時又老了幾歲，駝著背，一雙手看來飽經風霜。他用古希臘語咒罵著，瞇起眼睛，好像看不清他的作品一樣，其實現在是光線充足的大晴天。

「叔叔！」一個聲音叫他。

一個和尼克差不多年齡的男孩，邊笑邊蹦蹦跳跳的跑出來，手中拿著木盒。

「哈囉，柏底斯。」老人冰冷的說：「你的工作完成了？」

「是的，叔叔，很簡單！」

代達羅斯繃起臉。「簡單？如何不使用馬達而將水往山上送，這個問題很簡單？」

「喔，是的！你看！」

男孩將盒子裡的雜物倒出來，翻出一小張紙莎草紙，給老發明家看幾張圖表和筆記。那些東西我完全看不懂，只見代達羅斯勉強點點頭。「我知道了，還不錯。」

「國王很喜歡！」柏底斯說：「他說我可能比你聰明！」

「他是現在說的嗎？」

「可是我不相信，我很高興天神派我來這裡向你學習！我想要了解你做的每一樣東西。」

「對，」代達羅斯嘀咕：「所以我死了以後，你就可以取代我的位置，對吧？」

小男孩張大眼睛。「喔，叔叔，不是這樣！不過，我有想過……爲什麼一個人無論如何都必須死？」

發明家沉下臉。「小子，事情就是這樣。萬物都會死，天神除外。」

「可是，爲什麼？」男孩繼續追問：「如果你能奪得意志，也就是靈魂的另一種形式……嗯，叔叔，你已經教我怎麼做自動機械裝置，有青銅機器公牛、老鷹、龍、馬，爲什麼不能做一個青銅機器人呢？」

「不行，孩子。」代達羅斯嚴厲的說：「你太幼稚了，那種東西是不可能的。」

「我不覺得，」柏底斯堅持他的看法：「只要加一點小小的魔法……」

「魔法？呸！」

「對啦，叔叔！魔法和機械的結合——只要加一點點工，就可以讓身體看起來像是眞的人類，而且還會更好。我做了一些筆記。」

他拿給老人一個厚厚的卷軸。代達羅斯打開來，看了許久。他瞇起眼睛，看了男孩一眼，然後闔上卷軸，清了清喉嚨。「孩子，這方法行不通，你長大一點就會明白。」

「叔叔，那我可以修理那個星盤嗎？你的關節又腫起來了嗎？」

老人收緊下巴。「沒有，謝謝你，你怎麼不到前面去呢？」

柏底斯似乎沒注意到老人的怒火，他從一堆東西裡面抓出青銅甲蟲，跑到塔的邊緣。邊緣圍著一圈低矮的圍欄，只到男孩膝蓋的高度。風很強勁。

「往後退。」我想告訴他，不過我的聲音傳不過去。

柏底斯上緊甲蟲的發條，將它往天空丟。甲蟲打開翅膀，嗡嗡的飛走了。柏底斯開心的笑著。

「比我聰明。」代達羅斯含糊的說著，聲音很輕，小男孩聽不到。

「叔叔，你兒子眞的死於飛行途中嗎？我聽說你爲他做了一個大翅膀，可是失敗了。」

代達羅斯的手緊握著。「取代我的位置。」他嘀咕著。

風拍打男孩，拉扯他的衣服，將他的頭髮吹得飄揚起來。

「我想要飛，」柏底斯說：「我要做出屬於我的翅膀，不會失敗的。你認爲我做得到嗎？」

也許這是我的夢中之夢。我突然看到雙面天神傑納斯在代達羅斯的身邊閃爍著，他面帶笑容，銀鑰匙在他的兩手間丟來丟去。「選吧。」他低聲對老發明家說，「選吧。」

代達羅斯撿起小男孩的另一隻金屬蟲，發明家的老眼因憤怒而充血發紅。

「柏底斯，」他喊著：「抓住。」

他將青銅甲蟲丟向男孩。柏底斯開心的伸手抓蟲，可是這一丟太遠了，甲蟲飛進遼闊的天空中，柏底斯伸手去接時衝過頭了，風將他帶走。

當他將墜落時，他設法用手指頭緊抓著塔的邊緣。「叔叔！」他大喊：「救我！」

老人的臉彷彿戴上一張面具，他沒有動。

「柏底斯，繼續。」代達羅斯輕聲的說：「去做屬於你的翅膀，要快點。」

「叔叔！」男孩的手指鬆脫時大喊著，他往海中墜落。

片刻後，四周一片死寂。天神傑納斯閃爍、消失。接著，閃電搖撼天空。一個嚴厲的女子聲音從上方傳來：代達羅斯，你將爲此付出代價。

我以前聽過那個聲音，是安娜貝斯的媽媽，雅典娜。

代達羅斯怒氣沖沖的對天堂說：「神啊，我一直很尊敬你，我獻出所有東西追隨你。」

「這個孩子也得到我的祝福。而你殺了他，你必須爲此付出代價。」

「我不斷的付出再付出！」代達羅斯咆哮：「我失去了一切，無疑的，我身處冥界，可是，在這段期間內……」

他撿起男孩的卷軸，研讀了一會兒，將卷軸塞進袖子裡。

「你還是不明白，」雅典娜冷酷的說：「從現在開始，你會一直付出代價，直到永遠。」

代德羅斯痛苦倒地，我感覺到他的感覺。我的脖子感受到灼燒的痛楚，像是燒熔的熱衣領切斷了我的呼吸，我眼前一片黑。

我在黑暗中醒來，我的手正抓著喉嚨。

「波西？」格羅佛在另一個沙發叫我。「你沒事吧？」

我穩住呼吸，不知道該怎麼回答他。我剛才看到我們在找的人——代達羅斯——謀殺了他的親侄子。我怎能說沒事？電視仍然開著，藍色的光在房間裡閃爍。

「幾……幾點了？」我的聲音沙啞。

「凌晨兩點。」格羅佛說：「我睡不著，我在看大自然頻道。」他吸著鼻子：「我想念朱妮珀。」

我用力搓揉眼睛，將睡意趕出去。「嗯，很快的，你就會再見到她。」

格羅佛悲傷的搖搖頭。「波西，你知道今天是幾月幾日嗎？我剛才在電視上看到，今天是六月十三日。我們已經離開混血營七天了。」

「什麼？」我說：「搞錯了吧！」

「迷宮裡的時間比較快。」格羅佛提醒我說：「你和安娜貝斯第一次下來時，你說你們只進來幾分鐘，對吧？可是卻是一小時。」

「喔。」我說：「對。」我頓時明白了他的意思，我的喉嚨因而再度感到灼燒。「羊男長老會給你的最後期限。」

格羅佛將電視遙控器放進嘴裡，嘎吱嘎吱的吃掉尾端。「我的期限過了。」他滿嘴塑膠的說：「一旦我回去，他們會拿走我的探查者執照，此後我再也不會被允許外出。」

「我們會跟他們講，」我保證說：「要他們多給你一點時間。」

格羅佛吞了一口口水。「他們永遠不會想放膽一試。波西，這個世界正邁向毀滅，情況一天比一天糟。野地，我感覺得到它正在枯萎。我必須找到潘。」

「你會找到的，一定會。」

格羅佛用悲傷的羊眼看著我。「波西，你一直是我的好朋友。你今天從格律翁手中拯救了牧場動物，眞的太棒了。我……我希望可以像你一樣。」

「嘿，」我說：「別這樣說，你也是個英雄啊……」

「不，我不是。我有努力，可是……」他嘆口氣。「波西，我沒辦法在沒找到潘的情況下回到混血營，我眞的做不到，你應該了解吧？如果我失敗，我沒辦法面對朱妮珀，甚至我自己。」

他的語氣很不快樂，讓我很不忍心。我們一起經歷了那麼多事，我從沒見過他的情緒這麼低落的時刻。

「我們會想出辦法，」我說：「你沒有失敗，你是冠軍羊男孩，沒錯，朱妮珀知道，我也知道。」

格羅佛閉上眼睛。「冠軍羊男孩。」他沮喪的喃喃唸著。

他睡著了好一陣子，我仍然清醒，看著大自然頻道的藍光打在牆上那些格律翁的戰利品上。

第二天早上，我們下山走到牛守衛那裡，互相道別。

「尼克，你可以和我們一起來。」我衝口說出。我想到我的夢，夢裡的小男孩柏底斯一直讓我想到尼克。

他搖搖頭。大家在惡魔小屋中一定都沒睡好，不過尼克看起來比所有人的氣色更差。他的眼睛紅紅的，臉色慘白，身上披著一件黑色長袍，一定是格律翁的，因爲即使對成人來說，那件衣服都還大上三號。

「我需要時間想一想。」他沒有看我，不過從他的聲調，我知道他仍然在生氣。從冥界來的姊姊站在我這邊而不是他那邊，這件事對他來說，似乎太沉重。

「尼克，」安娜貝斯說：「碧安卡希望你沒事。」

她把手放在他的肩膀上，可是尼克推開她的手，吃力的往上跑向牧場小屋。也許只是我的想像而已，在他移動的時候，晨霧似乎追著他不放。

「我很擔心他。」安娜貝斯對我說：「如果他又開始和亡魂米諾斯說話……」

「他會沒事的，」歐律提翁保證。牛仔今天穿得很整齊，新的牛仔褲、乾淨的上衣，連鬍子都修剪得整整齊齊。他穿上格律翁的靴子。「這孩子可以待在這裡好好整理思緒，想待多久就待多久。我保證他安全。」

「你有什麼打算？」我問。

歐律提翁搔搔俄耳托斯的兩個下巴。「從現在開始，牧場會有一些小小的改變。不再提供祭品牛肉，我想開發黃豆餡餅。我會和那些食肉馬成為朋友，也許會報名下次的馬術競賽。」

這想法讓我顫抖。「嗯，祝你好運。」

「好。」歐律提翁往草地上吐了口口水。「我猜你們現在要去找代達羅斯的工坊？」

安娜貝斯的眼睛發亮。「你能幫我們嗎？」

歐律提翁仔細的看著牛守衛，我覺得代達羅斯工坊的話題讓他很不安。「我不知道工坊在哪裡，不過赫菲斯托斯可能知道。」

「希拉也是這麼說，」安娜貝斯贊同。「可是我們要到哪裡去找赫菲斯托斯？」

歐律提翁從衣領下面拉出個東西，是一條銀製的項鍊，上面連著一個銀製的小圓盤。圓盤中心微微下凹，像個指紋。他將項鍊交給安娜貝斯。

「赫菲斯托斯不時會來這裡，」歐律提翁說：「來研究動物，他想做出青銅機器動物。上一次，我，嗯，幫了他一個忙，那次他想對我爸爸阿瑞斯和阿芙蘿黛蒂使一點小詭計，便給了我這條項鍊作為謝禮。他說，如果我要找他的話，這個圓盤會引導我到他的打鐵爐。不過，只能用一次。」

「你要把項鍊給我？」安娜貝斯問。

歐律提翁臉紅了。「小姐，我不需要去看打鐵爐，這裡的事夠多了。只要按下按鈕，你們就能找到路了。」

安娜貝斯按下按鈕，圓盤彈起來，開始長出八隻金屬腳。安娜貝斯大聲尖叫，圓盤掉了下去。歐律提翁顯得很困惑。

「蜘蛛！」她尖叫著。

「她，嗯，有點怕蜘蛛。」格羅佛解釋：「雅典娜和阿拉克妮[63]間的古老仇恨。」

「喔。」歐律提翁很糗，「小姐，對不起。」

蜘蛛往牛守衛那邊爬去，爬過欄杆，消失了。

「快。」我說：「那東西不會等我們。」

安娜貝斯一點都不想跟，可是我們沒有別的選擇。我們和歐律提翁道別，泰森將牛守衛推離洞口，然後，我們全部往下跳，回到迷宮。

我真希望能在機器蜘蛛身上拴條鍊子。它沿著隧道狂奔，大部分的時候我甚至連看都看不到它。如果不是靠泰森和格羅佛絕佳的聽力，我們絕對不知道該往哪裡走。

[63] 阿拉克妮(Arachne)，希臘神話中的女神，善織繡，敢與雅典娜女神比賽。雅典娜對阿拉克妮的完美技藝大為惱怒，把織物撕成碎片，阿拉克妮在絕望中自縊身亡。女神出於憐憫鬆開繩子，繩子變成了蜘蛛網，而阿拉克妮則變成了蜘蛛。

我們跑進一條大理石通道，接著往左邊衝進去，差點掉進一個深淵。泰森及時抓住我，將我拉回來，不然我就掉下去了。我們的前面仍然有通道，可是大約有三十公尺沒有路面，而是無邊的深淵，天花板則是連續的橫向鐵條。機器蜘蛛已經爬到半路，它往下一根鐵條射出金屬蜘蛛絲，擺盪著前進。

「攀鐵條，」安娜貝斯說：「這個我很厲害。」

她一躍而起，攀上第一根鐵條，開始擺盪通過。雖然她很怕小蜘蛛，不過她更害怕從鐵條上掉落摔死，事情的輕重她應該很清楚吧。

安娜貝斯攀著鐵條緊跟在蜘蛛後面，我則是跟在她後面。我通過之後，回頭看到泰森將格羅佛扛在背上。這大傢伙可以一次越過三根鐵條，這樣很好，因為就在他順利落地時，最後一根鐵條因為他的體重而脫落。

我們繼續往前移動，途中經過一具倒下的骷髏，穿著男裝的正式襯衫、寬鬆的長褲和領帶。蜘蛛的速度沒有變慢。接著，我匆忙穿過一堆廢棄的木頭，用手電筒一照，才發現原來是一堆鉛筆，大約有幾百枝，全都斷成兩半。

隧道開展成一個大房間，強光迎面而來。等我的眼睛適應了光線之後，第一個映入我眼簾的是——骷髏。幾十具骷髏亂七八糟的散布在我們四周，有一些已經乾枯褪色，有些比較新而且光亮。他們的味道沒有格律翁的馬廄那麼難聞，不過也相去不遠了。

接下來，我看到一個怪物站在房間另一頭閃亮的高台上，她有獅子的身體、女人的頭。

她長得應該是蠻漂亮的，可是她的頭髮卻在後面緊緊的盤成老氣的圓髻，而且妝又畫得太濃了，讓我想到三年級的合唱團老師。她身上披著一條藍色綵帶，我花了點時間才解讀出上面的字：此怪物被冊封為模範生！

泰森用哭音說：「斯芬克斯[64]。」

我知道他為什麼害怕。泰森小時候在紐約被斯芬克斯攻擊過，他身上還留著疤痕，可以證明這件事。

聚光燈的強光從兩側打在怪物身上，唯一的出口是高台後面的隧道。機器蜘蛛迅速的從斯芬克斯的腳掌間爬過，消失無蹤。

安娜貝斯往前走，斯芬克斯開始大吼，從人臉上閃出不屬於人類的尖牙，而我們身後和面前的兩個隧道口降下了鐵柵欄。

怪物的咆哮立刻轉為燦爛的笑容。「歡迎，幸運的參賽者！」她宣布：「準備好，猜謎遊戲開始囉……請回答！」

從天花板爆出一陣罐頭掌聲，好像那裡裝了隱藏的擴音器一樣。聚光燈在房間內掃射，從高台反射出迪斯可的燈光，一閃一閃的照著地上的骷髏。

「超棒的獎品！」斯芬克斯說：「通過測驗者，前進！失敗者，被我吃掉！誰是下一個參

---

[64] 斯芬克斯（Sphinx），獅身人面怪。她常守在路口，要每個路過的人猜謎語，猜不出來的人就會被吃掉。

賽者啊？」

安娜貝斯緊抓著我的手臂。「我來，」她輕聲說：「我知道她要問什麼。」

我沒怎麼爭辯，我不想讓安娜貝斯被怪物吃下肚，可是我明白如果怪物要玩猜謎，安娜貝斯是我們當中的最佳人選。

她走向參賽者的講台，一個穿制服的骷髏馱著背坐在那裡。她把骷髏推出去，骷髏噹啷一聲倒在地板上。

「抱歉。」安娜貝斯對它說。

「歡迎安娜貝斯·雀斯！」怪物大喊，其實安娜貝斯並沒有說出自己的名字。「準備好參加測驗了嗎？」

「好了，」安娜貝斯說：「出題吧。」

「一共有二十道謎題！」斯芬克斯興高采烈的說。

「什麼？可是遠古時代……」

「喔，我們提昇了等級！要通過測驗，你必須在二十道題目中展現機智。很棒吧？」

掌聲忽響忽停，好像有人在轉音量旋鈕一樣。

安娜貝斯緊張的看著我，我對她點點頭，鼓勵她。

「好了，」安娜貝斯對斯芬克斯說：「我準備好了。」

天花板又傳來一串急促的擊鼓聲。斯芬克斯的眼裡閃耀著興奮的光芒。「保加利亞的首都是？」

安娜貝斯皺眉。這可怕的瞬間，我以為她被問倒了。

「索菲亞。」她說：「可是……」

「答對了！」罐頭掌聲熱烈響起。斯芬克斯咧開嘴笑著，連尖牙都露出來了。「請用二號鉛筆，在考卷上清楚畫出你的答案。」

「什麼？」安娜貝斯看起來很困惑。接著，一本測驗小冊子出現在她面前的台子上，還有一枝削尖的鉛筆。

「要確定你已經清楚圈選了答案，而且要畫在圈圈裡面。」斯芬克斯說：「如果想要擦掉，就要擦乾淨，否則機器讀不到你的答案。」

「什麼機器？」安娜貝斯問。

斯芬克斯指著她的腳爪旁邊。在聚光燈的照射下，可以看到一個青銅盒子，上面有一大堆齒輪和槓桿，側面還有一個希臘字母Êta，是赫菲斯托斯的標記。

「那麼，」斯芬克斯說：「下一題……」

「等一下，」安娜貝斯抗議道：「『什麼在早上用四隻腳走路？』怎麼樣了？」

「你再說一次。」很顯然斯芬克斯生氣了。

「關於男人的謎題，他早上像嬰兒一樣用四隻腳走路，下午像大人一樣用兩隻腳走路，傍晚像拄著拐杖的老人一樣用三隻腳走路。這是你以前問的謎題。」

「這正是我們換題目的原因！」斯芬克斯大聲叫嚷：「你已經知道答案了。現在，第二題，十六的平方根是？」

「四。」安娜貝斯說：「可是……」

「答對了！哪一個美國總統簽署了解放宣言？」

「林肯總統，可是……」

「答對了！第四題，需要多少……」

「停！」安娜貝斯大喊。

我想叫她停止抱怨，她答得太好了！她應該繼續回答問題，這樣我們就能離開了。

「這不是謎題。」安娜貝斯說。

「什麼意思？」斯芬克斯厲聲說：「當然是謎題，這個測驗的題材是特別設計……」

「這些題目笨透了，只是隨便選一些事實而已。」安娜貝斯堅持看法。「謎題必須讓你思考。」

「思考？」斯芬克斯皺起眉頭說：「我怎麼知道你有沒有思考呢？這太荒謬了！繼續，需要多少力才能……」

「停！」安娜貝斯堅持。「這是個愚蠢的測驗。」

「喂，安娜貝斯，」格羅佛緊張的插嘴：「或許你應該，你知道嘛，先完成，晚一點再抱怨？」

「我是雅典娜的小孩，」她仍然堅持道：「這種題目侮辱了我的智慧，我拒絕回答。」

一部分的我因為她如此正直而感動，可是另一部分的我認為她的驕傲會害我們被殺。

聚光燈刺目的照射著，斯芬克斯的眼睛閃耀著全黑的光輝。

「親愛的，這又為什麼呢？」怪物平靜的說：「如果你沒有通過，就是失敗了，而且我們不允許小孩棄權。你將被吃掉！」

斯芬克斯亮出閃著不鏽鋼光澤的腳爪，朝講台猛撲過去。

「不！」泰森衝出去。他痛恨別人威脅安娜貝斯，可是我真不敢相信他竟然這麼勇敢，尤其他以前曾經有過被斯芬克斯狂咬的恐怖經驗。

他在半空中抓住斯芬克斯，接著他們一起摔進骨頭堆裡。這剛好給安娜貝斯恢復神智的時間，她拔出匕首。泰森起身，他的上衣被爪子撕成碎片。斯芬克斯怒吼，找機會下手。

我拔出波濤劍，走到安娜貝斯前面。

「變隱形。」我對她說。

「我打得贏！」

「不行！」我大喊：「斯芬克斯會跟在你後面！我們要合力戰鬥。」

好像要證明我的看法一樣，斯芬克斯將泰森打到一邊，然後想要衝過我。格羅佛用腿骨戳中她的眼睛，她痛得大聲尖叫。安娜貝斯將帽子戴上，接著，斯芬克斯衝到她原來站著的地方，伸出的腳爪撲了個空。

「不公平！」斯芬克斯哀號：「騙子！」

因爲看不到安娜貝斯，所以她轉身對著我。我舉起劍，不過在我還沒發動攻擊前，泰森就從地上扯下怪物的計分器，往斯芬克斯頭上扔去，毀掉了她的圓髮髻，機器碎片散落在她的四周。

「我的計分器！」她大吼：「沒有計分器，我就當不成模範生了！」

金屬條從出口升起，我們全都衝進遠端的隧道中，我只希望安娜貝斯也來了。

斯芬克斯隨即跟過來。格羅佛拿起他的蘆笛開始吹，突然間，鉛筆記起它們曾經是森林的一部分，於是它們圍繞著斯芬克斯的腳爪，長出樹根和枝幹，纏住怪物的腳。斯芬克斯忙著將它們扯下來，這已經讓我們爭取到足夠的時間。

泰森將格羅佛推進隧道，金屬條在我們身後啪的一聲關上了。

「安娜貝斯！」我大喊。

「在這裡！」她說，她就在我旁邊。「繼續跑！」

我們在隧道裡狂奔，後方傳來斯芬克斯的吼聲，她正在抱怨以後得用人工計分了。

11 水火咆哮

本來我以爲我們一定和蜘蛛走丟了，還好，泰森聽到微弱的砰砰聲。我們轉了幾個彎，回頭走了幾次，終於找到正在用頭敲金屬門的蜘蛛。

這扇門看起來很像老式潛水艇的艙門：橢圓形，門的外緣有鉚釘，門把像一個方向盤。門片則是一個巨型的黃銅徽章，因爲年代久遠而轉爲銅綠色，徽章中心刻著希臘字母Êta。

我們互相對望著。

「準備好和赫菲斯托斯相見了嗎？」格羅佛緊張的說。

「還沒。」我承認。

「我準備好啦！」泰森開心的說，同時動手轉門把。

門一開啓，蜘蛛立刻爬進去，泰森跟在後面，我們其他人不太情願的跟了進去。

房間非常大，看起來像是一個機械修理廠，廠裡配備有幾台液壓的吊車。有些吊車上很明顯是車子，其他吊車上的東西就怪多了：青銅半雞馬沒有馬頭，還有一堆線從雞尾伸出來；一隻金屬獅子似乎被卡在一個電池充電器上；另有一整台都是由火焰構成的希臘雙輪戰車。

許多小件的機械作品放在十幾個工作檯上，工具則是掛在牆壁上。每個工具都有輪廓符合的木栓板，不過似乎沒有一件放在該放的地方：榔頭放在螺絲起子的位置，釘槍則擺在應該放弓形鋸的地方。

離我們最近的液壓吊車放著一台一九九八年份的豐田冠樂拉轎車，吊車下伸出一雙腳。從下半身可以判斷這是一個身材高大的人，他穿著骯髒的灰色長褲，鞋子甚至比泰森的還大，其中一隻腳穿著金屬支架。

蜘蛛直直往前爬到車子下面，然後砰砰聲停住了。

「喲，喲！」一個渾厚的聲音從冠樂拉底下傳出。「看看是誰來了？」

躺在後推台車上的修理技師滑出車底，然後坐直了身體。在奧林帕斯時我曾經短暫見過赫菲斯托斯一面，所以我認爲我已經有心理準備，可是當面看到他的樣子，仍然讓我忍不住倒吸了一口氣。

我猜，他在奧林帕斯時一定有打理過，或是施了什麼魔法，讓自己的樣子稍稍沒那麼可怕。這裡是他的工坊，他顯然不在意自己的模樣。他穿著一件沾滿油漬和髒汙的連身褲，胸前的口袋繡著「赫菲斯托斯」。當他站起身時，腳上的金屬支架咯吱咯吱的響著。他的左肩比右肩低，因此即使站直身子，看起來仍然歪了一邊。他的頭很畸形而且有很多腫塊，像是永遠戴上一張陰沉發怒的面具；黑鬍子嘶嘶的冒著煙，有時鬢角會出現幾點火花，又隨即熄滅。他的手有棒球捕手的手套那麼粗大，卻擁有處理微小蜘蛛的精巧技術。他花了兩秒鐘就拆開蜘蛛，然後又迅速將它組合完成。

「就是這裡。」他自言自語：「這樣好多了。」

蜘蛛在他掌中開心的彈跳，往天花板射出金屬蜘蛛絲，然後晃了出去。

赫菲斯托斯怒視我們。「我沒有製造你們吧，我有嗎？」

「嗯，」安娜貝斯說：「長官，沒有。」

「很好。」天神發牢騷說：「作工很差。」

他打量安娜貝斯和我。「混血人，」他嘀咕著：「當然可以做成機器人，也可能不行。」

「長官，我們見過。」我對他說。

「有嗎？」天神心不在焉。我覺得不管怎麼做，他都不在意我們。他正想了解我的下巴是怎麼運作的，是用鉸鍊還是槓桿，還是別的？「喂，假如我們第一次見面時，我沒有把你打成肉泥的話，我想以後也不需要這樣做。」

他看著格羅佛，皺起眉頭。「羊男。」接著他看著泰森，眼睛發亮了。「喔，獨眼巨人，很好，好極了。你爲什麼要帶著這些傢伙出來旅行？」

「唔……」泰森疑惑的看著天神。

「說得好。」赫菲斯托斯贊同。「所以，你來打擾我最好有個好理由，你明知道將冠樂拉吊起來可不是個小工程。」

「長官，」安娜貝斯猶豫的說：「我們在找代達羅斯，我們想……」

「代達羅斯？」天神大吼：「你要找那個老壞蛋？你膽敢去把他找出來！」

他的鬍子開始冒火，黑眼珠射出白光。

「唔，是的，長官，請幫助我們。」安娜貝斯說。

「嗯，你只是浪費時間罷了。」他皺著眉頭看著工作檯上的某個東西，然後一拐一拐的走過去。他拿起一堆彈簧和金屬板，將它們焊接在一起，沒幾秒鐘時間，他的手上就出現一隻青銅和銀打造的獵鷹。獵鷹張開金屬翅膀，眨著黑曜石眼珠，展翅盤旋在房間上空。

泰森大笑，拍著手。鳥降落在泰森的肩膀上，輕咬著他的耳朵。

赫菲斯托斯看著他。天神的怒容沒有變化，不過我看到他的眼神比較柔和了。「獨眼巨人，我覺得你應該有什麼事要告訴我。」

泰森收起笑容。「是……是的，閣下，我們遇到一個百腕巨人。」

赫菲斯托斯點點頭，一點都不驚訝。「布萊爾斯嗎？」

「是的，他……他很害怕，他不願意幫我們。」

「這讓你很煩惱？」

「是的！」泰森的聲音顫抖。「布萊爾斯應該很強壯！他比獨眼巨人年長而且偉大，可是他卻逃跑了。」

赫菲斯托斯咕噥著。「有一段時間我很崇拜百腕巨人，就是第一次大戰的時期。可是，小獨眼巨人啊，人類、怪物，甚至連天神都在變。你不能相信他們，看看我親愛的媽媽希拉吧，你遇到她，對吧？她會在你們面前微笑，說著家庭有多重要，是不？可是，在她看到我這張醜臉時，她還是把我從奥林帕斯山丟了下去。」

「可是，我以爲那是宙斯做的。」我說。

赫菲斯托斯清清喉嚨，吐了口痰到痰盂裡。他彈彈手指，機器獵鷹便飛回工作檯。

「媽媽喜歡說那個版本的故事。」他抱怨：「讓她顯得可愛些，不是嗎？把錯都怪在爸爸頭上。眞相是，我的媽媽的確很愛家人，不過她愛的是某一種家庭，完美的家人。她瞥了我一眼，而……嗯，我不符合那個畫面，是吧？」

他從獵鷹的背上拉出一支羽毛，機器立刻解體。

「小獨眼巨人啊，相信我，」赫菲斯托斯說：「你不能相信別人，你唯一能相信的只有自己親手做的作品。」

這樣子活著似乎寂寞了些。補充一點，我也沒那麼相信赫菲斯托斯的作品。在丹佛那一次，他的機器蜘蛛差點殺了安娜貝斯和我。還有去年，殘缺的塔洛斯的雕像讓碧安卡賠上性命，那也是赫菲斯托斯的另一個小作品。

他瞇起眼睛注視著我，像在讀取我的心思。「喔，這傢伙不喜歡我。」他若有所思的說：「不煩惱，我習慣了。你想問我什麼，半神半人？」

「我們已經告訴你了。」我說：「我們必須找出代達羅斯才行。有一個叫路克的人，他爲克羅諾斯工作。他想找出操控迷宮的方法，好讓他入侵混血營。如果我們沒有先找到代達羅斯的話……」

「小子，我告訴你，想找代達羅斯只是浪費時間而已，他幫不了你。」

「爲什麼？」

赫菲斯托斯聳聳肩。「我們之中有些人被丟下山，有些人……學習不要相信別人的過程非常痛苦。向我要金幣吧，或是火焰劍，或是魔法駿馬，這些東西我都可以輕易答應你。可是，說到找代達羅斯的方法啊，那可是個昂貴的賜與。」

「所以，你知道他在哪裡？」安娜貝斯逼著他。

「探究是不智的，女孩。」

「我的媽媽說，探究是智慧的本質。」

赫菲斯托斯瞇起眼睛。「這樣啊，你的媽媽是誰？」

「雅典娜。」

「很合理。」他嘆口氣說：「雅典娜是個好女神，遺憾的是她發誓永不結婚。好吧，混血人，我可以告訴你你想知道的事。不過，這是有代價的，我要你們爲我做一件事。」

「說吧。」安娜貝斯說。

赫菲斯托斯這次眞的笑了，笑聲轟轟作響，像是對著爐火猛吹的風箱。「你們英雄啊，」他說，「總是魯莽的做出承諾。眞讓人耳目一新啊！」

他按下長椅的按鈕，牆上的金屬百葉窗隨之拉起。後面不是一扇大窗戶，也不是大電視螢幕，我分辨不出那是什麼。呈現在我們眼前的，是一座灰色的山，周圍環繞著森林，那一定是火山，因爲山頂正在冒煙。

「我的打鐵爐之一，」赫菲斯托斯說：「我有很多座爐子，以前這是我最愛的一座。」

「那是聖海倫斯山㊎，」格羅佛說：「周圍有很棒的森林。」

「你去過那裡？」我問。

「去找……你知道嘛，找潘。」

「等一下，」安娜貝斯看著赫菲斯托斯說：「你說『以前』是你最愛的，發生了什麼事？」

赫菲斯托斯抓抓悶燒中的鬍子。「這個嘛，你們也知道，怪物泰風㊏被關在那裡。以前他被關在埃特納火山㊐下面，可是我們搬到美國以後，他的力量就被改壓在聖海倫斯山下了。那裡有很棒的火源，不過有點危險。只要一有機會，泰風就會脫逃。這段時間火山噴發過很多次，幾乎總是在悶燒，我想它是因爲泰坦的造反而躁動不安。」

㊎ 聖海倫斯山（Mount St. Helens），是位在美國華盛頓州西雅圖南方的一座活火山，屬環太平洋火山帶的一部分。一九八〇年五月十八日曾發生美國史上規模最大、死傷人數最多的一次火山爆發。

㊏ 泰風 (Typhon)，希臘神話中長有一百個龍頭且威力強大的怪物，曾和怪物之母艾奇娜 (Echidna) 生下許多恐怖的怪物。參《泰坦魔咒》一四三頁，註㉟。

㊐ 埃特納火山 (Mount Etna)，是位在義大利西西里島東岸的活火山，其名稱來自希臘語 Atine（意為「我燃燒了」）。海拔三千兩百公尺，為歐洲最高活火山，也是世界上爆發次數最多的一座火山。

「你要我們做什麼？」我問：「打敗他？」

赫菲斯托斯不屑的哼了一聲。「不是，那是自殺行為，泰風自由的時候，連天神看到他都要趕快跑。你們要祈禱自己千萬不要遇到他，更不用說和他對打了。是這樣的，最近我感覺到我的山裡有入侵者，有人或東西正在使用我的打鐵爐。每次我去那裡的時候，都發現打鐵爐已經被使用過了，可是卻沒看到人。他們一定是感覺到我的接近，溜走了。我派出我的機器去調查，可是它們都沒有回來。有個……古老的邪惡東西在那裡，我想知道是誰膽敢侵入我的地盤，還有，他們是不是放走了泰風？」

「你要我們找出那個人是誰？」我問。

「對。」赫菲斯托斯說：「到那裡去，他們可能感覺不到你的出現，因為你們不是天神。」

「很高興你注意到這件事。」我嘀咕著。

「去吧，盡量使出你們的能耐找出來吧，」赫菲斯托斯說：「回來向我報告，我就會告訴你們有關代達羅斯的事。」

「好，」安娜貝斯說：「我們要怎麼去那裡？」

赫菲斯托斯拍拍手，蜘蛛從屋頂的椽子盪下來，降落在安娜貝斯腳上時，她縮了一下。

「我的小創作會帶你們走。」赫菲斯托斯說：「從迷宮出去沒多遠就到了。要努力活下來，人類比機器容易損壞多了。」

我們在撞到樹根之前走得蠻順利的。蜘蛛迅速爬行，我們也持續前進，直到發現通道側面出現一個被層層樹根纏繞著的隧道，壁面則是沒有加工過的天然土層。格羅佛頓時停下腳步。

「那是什麼？」我說。

他一動也不動，張大嘴盯著黑暗的隧道，卷髮在微風中窸窣作響。

「來吧！」安娜貝斯說：「我們必須繼續走。」

「是這條路。」格羅佛敬畏的說：「就是它。」

「什麼路？」我問：「你是指……潘？」

格羅佛看著泰森。「你沒聞到嗎？」

「泥土，」泰森說：「還有植物。」

「沒錯！是這條路，我確定！」

往前面石頭通道繼續爬行的蜘蛛愈走愈遠了，再過幾秒，我們就會看不到它。

「我們會回來這裡。」安娜貝斯保證道：「在我們回去找赫菲斯托斯的時候。」

「到那時隧道就不見了，」格羅佛說：「我必須進去，這一扇門不會永遠開啓！」

「可是我們不能進去，」安娜貝斯說：「我們得去打鐵爐！」

格羅佛悲傷的看著她。「安娜貝斯，我一定得去，難道你不明白嗎？」

她看起來很著急，好像完全不明白的樣子。蜘蛛已經快要看不到了，這時我想到昨晚和格羅佛的談話，我知道該怎麼做了。

「我們分頭走。」我說。

「不行！」安娜貝斯說：「這樣太危險了，到時候我們要怎麼碰面呢？而且不能讓格羅佛一個人走。」

泰森將手放在格羅佛的肩膀上：「我……我跟他一起走。」

眞不敢相信我聽到的。「泰森，你確定？」

大個兒點點頭。「山羊男孩需要幫助，我們會找到那個天神。我不像赫菲斯托斯，我相信朋友。」

格羅佛深深吸了一口氣。「波西，我們會再碰面的，我們有共感連結。我眞的……非去不可。」

我沒有怪他，這是他的人生目標。如果他在這次的旅程中沒有找到潘，長老會絕不會再給他機會。

「希望你是對的。」我說。

「我確定我是對的。」我從沒聽過他這麼自信的聲音，也許除了他說到起士玉米捲餅比雞肉玉米捲餅好吃時是例外。

「小心點。」我對他說。接著我轉頭看泰森，他強忍住嗚咽，給了我一個緊緊的大擁抱，緊到差點把我的眼珠子給擠出來。接著，他和格羅佛走進樹根隧道，消失在黑暗中。

「這樣很糟，」安娜貝斯說：「分頭走真的是很糟的爛主意。」

「我們會再見到他們的，」我努力讓聲音顯得有信心些。「該走了，蜘蛛快要不見了！」

沒走多遠，隧道開始變熱。

石牆閃閃發亮，溫度的感覺很像正走在烤箱裡。隧道變成下坡路，然後我聽到巨大的響聲，很像一條金屬河流。蜘蛛仍然迅速爬著，安娜貝斯就跟在後面。

「嘿，等一等。」我叫她。

她回頭看我。「怎麼了？」

「赫菲斯托斯那時說的……關於雅典娜。」

「她發誓不結婚。」安娜貝斯說：「和阿蒂蜜絲和荷絲提雅[68]一樣，她是處女之身的女神之一。」

我眨眨眼，以前我不知道雅典娜的這件事。「那麼……」

「為什麼她會有半神半人小孩？」

我點點頭。我可能臉紅了，還好這裡很熱，希望安娜貝斯沒有注意到。

「波西，你知道雅典娜是怎麼生出來的？」

---

[68] 荷絲提雅（Hestia），爐灶女神，是宙斯的姊姊，宙斯曾賜予她掌管一切祭典儀式的權力。

「她從宙斯的頭上跳出來，全身穿著戰鬥盔甲。」

「沒錯，她的出生和一般方式不同，正確的說，她是由思想生出來的。她的孩子也都是以同樣的方式出生。當雅典娜和凡人男子戀愛時，那完全是心靈的邂逅，像遠古時她和奧德修斯[69]相戀的故事一樣。她會告訴你，那是最純粹的愛。」

「所以你的爸爸和雅典娜……所以你不是……」

「我是大腦的孩子，」安娜貝斯說：「精確的說，雅典娜的孩子都是來自於天神媽媽的思考和凡人爸爸心靈的結合。應該說，我們是禮物，是來自雅典娜的祝福，賜給她所愛的男人。」

「可是……」

「波西，蜘蛛快不見了。你眞的要我解釋我怎麼出生的細節嗎？」

「嗯……不是，這樣可以了。」

她的笑容不太自然，「才怪。」然後她領頭往前跑，我跟在她後面。我不太確定是不是能像以前一樣看待安娜貝斯。我確定有些事最好永遠都是祕密。

聲響愈來愈大，往前走了大約八百公尺後，我們面對一個大凹洞，大概有超級盃橄欖球場那麼大。蜘蛛捲成一團球，它護送我們到此爲止。我們已經到達赫菲斯托斯的打鐵爐。

凹洞沒有地板，只有幾百公尺深的冒泡岩漿。我們站在岩石脊線上，脊線圍繞著凹洞。交錯橫跨凹洞的金屬橋，形成網狀通道。凹洞中央是一個大平台，上面有各種機器、大汽鍋、熔鐵爐，還有我所見過最巨大的鐵砧——一塊有一棟房子那麼大的鐵塊。幾個動物在平台四周走動，是陌生的深色輪廓，因爲距離太遠，看不清細節。

「我們沒辦法偷偷溜過去。」我說。

安娜貝斯撿起金屬蜘蛛，讓它滑進口袋。「我可以，在這裡等我。」

「等等！」我說，來不及反對，她已經戴上洋基帽變隱形了。

我不敢從後面追過去叫她，可是我眞的不喜歡她獨自接近打鐵爐的主意。假如那些東西能感覺到天神的到來，這樣安娜貝斯會安全嗎？

回頭看著迷宮的隧道，我已經開始想念格羅佛和泰森了。我終於決定不要再待在原地不動。我躡手躡腳的沿著岩漿湖的外圍前進，希望能找到比較好的角度來觀察中心發生的事。

這種熱度非常可怕，相較之下，格律翁的牧場眞是宜人的冬日仙境。沒一會兒，我已汗如雨下，全身溼透，眼睛也被煙燻的非常刺痛。我繼續移動，想要離開邊緣往中心靠近，結果我的路被一台貨車擋住了。貨車是金屬輪胎，很像在礦坑裡用的那一種。我掀起車上的防水布，車上載著半滿的金屬廢料。就在我想設法擠過去時，我聽到頭上傳來說話聲，也可能是從旁邊的通道傳來的。

---

69 奧德修斯（Odysseus），希臘神話中的英雄人物，荷馬長篇史詩《奧德賽》即是以他為主角。參《妖魔之海》六十七頁。註7。

「要載進去了嗎？」一個人問。

「好，」另一個人說：「電影快要播完了。」

我慌了，我沒時間回頭，而且這裡沒有地方可以躲，除了……貨車。我爬進裡面，將防水布拉過來蓋在我身上，希望沒人看到我。我的手指繞著波濤劍，以防必須打鬥。

貨車晃動著，開始前進。

「喂，」一個粗魯的聲音說：「這東西有一公噸重。」

「這是天界青銅，」另一個說：「不然你覺得應該怎樣？」

我的身體往前倒。我們轉了個彎，從輪子和牆壁間的回音判斷，我猜我們已經通過隧道，進入一個比較小的房間。希望接下來我不會被倒進熔煉的坩鍋中，一旦他們準備把我翻出來，我必須迅速打出一條生路。我聽到很多說話的聲音，還有一種吱吱喳喳的聲音，不太像人類，是介於海豹和狗的叫聲之間的聲音。還有其他的聲音，像是老式電影放映機，和尖尖細細的電影旁白聲。

「東西放後面。」新出現的聲音從房間對面下令。「好了，年輕人，請注意看影片。結束後會留時間讓大家問問題。」

房間裡的聲音靜了下來，這時我聽得到影片的聲音。

「當年輕的惡魔成熟後，」旁白說：「怪物的身體會發生變化。也許你會注意到尖牙變長了，也許突然會出現想大口吃掉人類的慾望。這些改變對年輕怪物而言，是完全正常的。」

興奮的嗥叫聲充滿整個房間。老師（我猜那一定是老師）要年輕人安靜下來，然後影片又開始放映。我沒辦法了解大部分的狀況，而且不敢往外看。影片繼續說明快速的成長和在打鐵爐工作產生的粉刺問題，還有如何保持腳蹼的衛生，然後影片結束了。

「年輕人，」指導老師說：「我們這個種族叫什麼名字？」

「海惡魔！」其中一個大喊。

「不對，還有沒有人要回答？」

「鐵勒金！」另一個怪物大吼。

「很棒。」指導老師說：「那麼，我們爲什麼會在這裡？」

「報仇！」幾個怪物同聲齊喊。

「對。我們爲什麼要報仇？」

「宙斯很邪惡！」一個怪物說：「他將我們丟進塔耳塔洛斯，只因爲我們使用魔法！」

「確實如此，」指導老師說：「尤其是我們還爲天神製造出這麼多精巧的武器，像海神波塞頓的三叉戟。我們當然要爲泰坦巨神製造出最棒的武器！正因爲宙斯拋棄我們，而去相信笨獨眼巨人，所以我們要接管篡位者赫菲斯托斯的打鐵爐。不久之後，我們就會控制海底火爐——我們祖先的家！」

我抓住我的筆劍。這些鬼叫的傢伙製造了波塞頓的三叉戟？他們在鬼扯什麼？我從來沒聽過什麼鐵勒金。

「所以，年輕人，」指導老師繼續說：「我們為誰工作？」

「克羅諾斯！」他們大喊。

「那麼，當你們長大變成大鐵勒金後，你們會為他的軍隊製造武器嗎？」

「會！」

「好極了，我們帶了一些金屬廢料來給你們練習，好好展現你們精巧的技術吧。」

爭先恐後的腳步聲和興奮的交談聲往貨車蜂擁而來，我準備好要將波濤劍的筆蓋拿下來。防水布被拉下，我一躍而起，青銅劍從手中冒出，我發現自己面對的是一群──狗。

嗯，怎麼說呢，他們有一張狗臉，黑色的口鼻、棕色的眼睛和尖尖的耳朵；黑色的身體像海裡的哺乳動物一樣光滑；粗短的腳一半是腳蹼，一半是人類的腳；像人類一樣的手上卻有銳利的爪子。如果你將人類小孩、杜賓狗、海獅混合在一起，就能稍微想像我現在看到的景象。

「半神半人！」一個怪物咆哮。

「吃掉他！」另一個大喊。

這兩句話是在我揮出波濤劍，將前面一整排的怪物粉碎之前說的。

「後退！」我努力發出兇惡的聲音，對其他的怪物大喊著。站在他們後面的指導老師是一個約兩公尺高的鐵勒金，正亮出杜賓狗的尖牙對我狂吠。我用力回瞪他。

「同學們，新課程。」我宣布說：「被天國青銅劍砍到的怪物，大部分都會粉碎消失。這種改變是完全正常的，而且即將發生在你們身上，就是現在！如果你們還不後退的話！」

我吃了一驚，因爲這段話奏效了。怪物向後退，可是他們的數量至少有二十隻，我散播的恐嚇效果恐怕沒辦法維持太久。

我跳出貨車，大喊：「下課！」然後跑向出口。

怪物在後面追我，有的狂吠，有的嗥叫。我很希望他們粗短的小腳和腳蹼跑不快，可是，他們雖然是搖搖擺擺的前進，卻一點都不慢。感謝天神，隧道裡有個門通往主要的凹洞。我通過後猛力關上門，轉動方向盤門把上鎖，不過我懷疑這個能撐多久。

我不知道該怎麼做，安娜貝斯不在這裡，她在某處隱形著。我們原先想要悄悄偵查的機會已經告吹，我跑向岩漿湖中心的平台。

「安娜貝斯！」我大喊。

「噓！」一隻隱形手蓋住我的嘴，把我拖到一個大青銅坩鍋後面。「你想害我們都被殺啊？」

我找到她的頭，脫掉她的洋基帽。她閃著光出現在我面前，滿臉怒容，臉上都是灰塵和髒污。「波西，你有什麼問題？」

「我們快要有同伴了！」我快速說明怪物新生訓練課程的事，她瞇起眼睛。

「所以，他們就是鐵勒金。」她說：「我早該想到，而且他們正在製造……哦，你看！」

我們從坩鍋這裡往四周看，在平台中央有四個完全長大的海惡魔，至少有兩公尺半那麼高。當他們工作時，黑皮膚在火光的照射下閃閃發亮。他們輪流錘打著一片長長的、正在發光發熱的金屬，火星四射。

「劍身幾乎完成了，」第一個說：「需要再用血冷卻一次，使金屬熔合。」

「嗯，」第二個說：「這把會比之前的銳利。」

「那是什麼？」我輕聲問。

安娜貝斯搖頭。「他們一直說熔合金屬的事，我懷疑……」

「他們有提到最棒的泰坦武器，」我說：「而且他們……他們說，是他們製造出我爸爸的三叉戟。」

「鐵勒金背叛天神，」安娜貝斯說：「他們施黑魔法，我不太清楚那是什麼，只知道宙斯將他們流放到塔耳塔洛斯。」

「和克羅諾斯關在一起？」

她點點頭。「我們必須出去……」

話一說完，通往教室的門就爆開來，小鐵勒金湧出來。他們互相絆倒，跌成一堆，大家都在努力找往前衝的方向。

「把帽子戴回去。」我說：「出去！」

「什麼！」安娜貝斯尖叫道：「不要！我不要離開你。」

「我已經計畫好了，我來引開他們，你可以用金屬蜘蛛帶你回去赫菲斯托斯那邊，你必須告訴他這裡正在進行的事。」

「可是你會被殺掉！」

「我會沒事的，此外，我們沒有選擇了。」

安娜貝斯生氣的瞪著我，好像要來揍我一頓。接著，她做了一件讓我超驚訝的事。她親吻我。

「小心一點，海藻腦袋。」她戴上帽子，消失了。

今天接下來的時間，我大概都會坐在那裡盯著岩漿看，努力回想我叫什麼名字。可是，海惡魔刺耳的聲音將我拉回現實。

「在那裡！」一個怪物大叫。鐵勒金全班同學都從橋的另一邊朝我衝過來。我跑到平台中央，嚇了四個老海惡魔一大跳，以致於手上火紅的劍身掉到地上。劍身有兩公尺長，像新月一樣彎曲。我看過不少恐怖的東西，可是這個未完成的不知名的東西，卻使我感到前所未有的恐懼。

年長的惡魔迅速從驚嚇中恢復過來。平台上共有四個斜坡道可以離開，可是在我還來不及衝到任何一個斜坡之前，每個怪物已經各擋住了一個出口。

最高的那個咆哮：「看看是誰來了？波塞頓的兒子耶。」

「對啊。」另一個大吼：「我嗅得出他血液中的海水味。」

我舉起波濤劍，心狂跳。

「半神半人，就算你擊倒我們之中的一個，」第三個惡魔說：「其他的也會把你撕成碎片。你的爸爸背叛我們，他拿走我們的禮物，可是當我們被丟進深淵時，卻沒有爲我們講半句話。我們即將看到他被砍成碎片，他和其他的奧林帕斯天神都一樣。」

我希望我眞的有計畫，眞希望剛剛對安娜貝斯說的不是謊話。我想要她安全離開，希望她的聰明能讓她完成任務。可是，現在我面臨的情況是：我會死在這個地方。我沒有預言的指引，在這火山的中心，我會和一堆狗臉海獅人一直對打，打到我累垮。小鐵勒金也都到了平台中心、嗥叫著，等著看他們的四個長者把我解決掉。

我覺得有個東西讓我大腿的一側有點灼痛，是口袋裡的冰犬笛變冰了。如果我眞的需要什麼幫忙的話，想必正是現在。可是我遲疑了，我不相信昆特斯的禮物。

在我下定決心之前，最高的鐵勒金說：「我們來看看他有多強壯，看看要花多少時間才能燒了他！」

他從最近的熔爐裡舀起一些岩漿，這讓他的手指著火了，可是卻完全沒有妨礙到他，其他的鐵勒金也照做。第一個朝我丟出一團黏呼呼的岩漿，讓我的褲子著了火，接著有兩團丟中我的胸部。因爲極度的驚駭，我丟掉手中的劍，用力拍打我的衣服。火燄正在吞噬我，奇怪的是，一開始只感覺到溫溫的，然後才迅速變熱。

「你爸爸的本質在保護你，」其中一個鐵勒金說：「讓你很難著火。不過不是不可能，年輕人啊，不是不可能。」

他們朝我丟出更多岩漿，我記得我在大叫。我全身著火，痛楚遠超過以往所經歷的。我感到自己正在被燒毀中。我倒在金屬地板上，聽到小海惡魔開心的嗥叫。

這時，我記起牧場裡的水精靈所說的：水還是在我身體裡。

我需要大海。我感到身體中的拉力，可是此時我的四周完全沒有可以幫我的東西，沒有水龍頭、河流，這次也沒有石化的海貝了。此外，上次在馬廄釋放力量之後，那種讓人驚恐的力量似乎已經離開了我。

我別無選擇。我呼喚大海，探究內心深處，回想海浪和海流，擁有無邊的力量的大海啊，接著，我集中所有力量，灌注在一聲可怕的尖叫聲。

在這之後，我沒辦法描述發生了什麼事。一場爆炸、一道海嘯、一道旋風的力量，同時將我舉起，然後將我拋進岩漿。火和水相撞產生過熱的水蒸氣，一次大型的爆炸又將我從火山中心往上噴射。在一百萬噸的推力下，只有我這一片殘骸被拋出去。在失去知覺前，我記得的最後一件事是飛行，飛得如此之高，宙斯一定不會原諒我。然後，我開始往下墜，煙、火、水從我身上流出。我是個猛力衝向地球的彗星。

12 愛情長假

我醒來時覺得自己仍然身處火海中，皮膚刺痛，喉嚨乾得像沙地一樣。

我看到上方是藍天和綠樹，聽到噴泉水汩汩流著，聞到杜松和雪松等香氣濃郁的植物，也聽到浪濤拍打著岩岸。我開始懷疑自己是不是死了？不過我想情況應該比死好一點。我曾經去過死亡之島，那裡沒有藍天。

我想要坐起身，感覺上肌肉好像正在溶解。

「別動，」是一個女孩的聲音。「你太虛弱了，起不來。」

她把一塊涼涼的布放在我的額頭上。一支青銅湯匙停在我臉上，然後有液體滴進我的嘴巴裡。這種飲料減輕了喉嚨的痛楚，而且留下溫暖的巧克力餘味，是天神的神飲。這時，我的上方出現一個女孩的臉。

她的眼睛像杏仁一樣細細長長的，焦糖色的頭髮編成辮子垂在一邊肩膀上。她……十五、六歲吧，看不太出來年齡，她的臉看起來像是長生不老的那一類。她開始唱起歌來，我的疼痛旋即消失。她正在施魔法，我感覺到歌聲浸潤我的皮膚，治療並修補著我的灼傷。

「你是誰？」我的聲音沙啞。

「噓，勇士。」她說：「好好休息療養，這裡不會有人傷害你。我是卡呂普索[70]。」

下一次醒來的時候，我在一個洞穴裡。和以往到過的洞穴相比，這個洞穴實在太讚了：天花板是華麗的各色水晶組成，有白色、紫色、綠色的，很像在藝品店裡賣的那種水晶洞裡的感覺。我躺在一張舒適的床上，有羽毛枕和白色的棉布床單。洞穴用白色絲簾隔間。一面牆邊放著織布機和豎琴，另一面牆的架子上整齊排放著一罐罐的果醬。乾燥的香草掛在天花板下，有迷迭香、百里香等，還有些不知是什麼，因爲媽媽沒有告訴我香草的名字。

洞穴的牆上有壁爐，爐火上有個鍋子正冒著泡泡，聞起來棒極了，像是燉牛肉的味道。

我坐起身，試著不理會頭裡面傳來的一陣陣抽痛。我看著手臂，以爲一定會是可怕的傷疤，不過看起來沒事，只是顏色比較粉紅一點，不算太糟。我穿著白色純棉T恤和棉質運動褲，這不是我的衣服。我還光著腳丫。突然一陣恐慌襲來，波濤劍該不會不見了吧？摸摸口袋，還好，我的筆還在口袋裡，就在它每次重新出現的位置。

不只是波濤劍，連冥河冰犬笛也在口袋裡，不知道它是怎麼跟來的，不過這並沒有消除我對它的疑慮。

---

[70] 卡呂普索(Calypso)是擎天神阿特拉斯(Atlas)的女兒，住在海洋邊緣的奧吉吉亞島(Ogygia)上。參《妖魔之海》二三九頁，註[54]。

我辛苦地站起來，腳下的石板地很冰。我轉身，發現自己正對著一面光亮的青銅鏡。

「哇，我的波塞頓啊。」我喃喃自語。鏡中的自己好像瘦了十公斤，可是我沒有那麼多肉可以瘦。我的頭髮像老鼠窩一樣亂，邊緣燒焦了，很像赫菲斯托斯的鬍子。如果我在十字路口時，看到這張臉過來跟我要錢，我一定會鎖上車門。

我轉身背對鏡子，洞穴的入口在我的左邊，我朝著陽光的方向走去。出了洞穴，外面是一片綠草地。左邊是雪松林，右邊是一座大花園。草地上四座噴泉水汩汩流著，每座噴泉都是從羊男石雕像噴出水柱。往正前方看，草地往下傾斜，連接到崎嶇的岩岸，湖水拍擊著石頭。我知道那是湖泊，是因爲……嗯，就是知道啦，那是淡水，不是鹹水。水面波光粼粼，天空湛藍，彷彿天堂般……這個念頭使我瞬間緊張了起來：你和神話的事周旋已經有幾年的時間了，你已經學到，天堂通常是你會被殺的地方。

焦糖色辮子女孩，自稱是卡呂普索的那個，正站在岸邊和某個人說話。在炫目水光的干擾下，我看不清楚那個人，不過還是可以看出他們正在爭吵。我努力回想卡呂普索在希臘神話中的角色，我以前聽過這個名字，可是……我記不起來。她是怪物嗎？她將英雄關起來殺掉嗎？可是如果她很邪惡的話，爲什麼我還活著？

我慢慢的走向她，腳還是很僵硬。草地變成碎石路後，我必須看著地上好保持平衡，當我再次抬起頭時，前面只剩女孩一個人了。她穿著白色無袖的希臘式洋裝，低圓領領口滾著金邊。她擦擦眼睛，好像剛剛哭過。

「喔。」她努力擠出微笑。「睡人終於醒了。」

「你在跟誰說話？」我的聲音像是在微波爐裡待了一段時間的青蛙。

「喔……只是郵差。」她說：「你覺得怎麼樣？」

「我出來多久了？」

「時間，」卡呂普索若有所思的說：「在這裡，時間很難算。波西，說眞的，我不知道。」

「你知道我的名字？」

「你在夢中說的。」

我臉紅了。「喔，有……唔，以前有人也這樣說。」

「誰是安娜貝斯？」

「喔，嗯，一個朋友，我們一起……等等，我怎麼到這裡來的？我在哪裡啊？」

卡呂普索伸出手，用手指撫平我的一頭亂髮，我緊張的往後退。

「對不起，」她說：「我只是有點習慣照顧你。至於你是怎麼來這裡的，你是從天上掉下來的，掉進水裡面，就在那裡。」她指著水面。「我不知道你是怎麼活下來的，水似乎緩和了掉下來的衝力。至於你在哪裡呢，你在奧吉吉亞。」

「是在聖海倫斯山附近嗎？」我問，因爲我的地理超爛。

卡呂普索笑了，是那種輕輕的、有克制的笑，很像她覺得我眞的很可笑，卻不想讓我太糗。她笑起來很可愛。

「勇士，這裡沒有在哪裡附近，」她說：「奧吉吉亞是我的幻覺之島。它獨立存在，既是在任何地方，也可說不在任何地方。你在這裡養病很安全，永遠都不用害怕。」

「可是我的朋友……」

「安娜貝斯，」她說：「還有格羅佛和泰森嗎？」

「對！」我說：「我必須回去找他們，他們有危險。」

她伸手摸我的臉，這次我沒有後退。「先休息吧，在你恢復健康之前，對你的朋友來說，你也算是個負擔吧。」

當她這樣說的時候，我才發現自己非常疲倦。「你不是……你不是邪惡的女魔法師吧？」

她羞怯的微笑著。「爲什麼你會這樣想？」

「唔，我曾經遇到賽西，她也擁有一座美麗的島嶼，可是她喜歡把男人變成天竺鼠。」

卡呂普索再次羞怯的微笑。「我保證不會把你變成天竺鼠。」

「也不會變成別的東西？」

「我不是邪惡的女魔法師，」卡呂普索說：「而且我不是你的敵人啊，勇士。現在好好休息吧，你的眼睛快要閉上了。」

她說得沒錯。我雙膝一軟，如果不是卡呂普索抓住我，我就會臉朝下撞到碎石地面了。她的頭髮聞起來很像肉桂。她很強壯，還是我眞的太虛弱、瘦小？她扶我走回噴泉邊一個有座墊的長椅上，讓我躺上去。

「好好休息。」她下令，我在噴泉聲、肉桂和杜松的香氣中沉沉睡去。

下一次我醒來時已經是晚上了，我不知道是同一天的晚上，還是很多天後的晚上。我躺在洞穴的床上，這次我下床後在身上披了件袍子，步行到外面。星光燦爛，應該有數千顆星星之多，只有在鄉村才看得到這樣的夜空。我能辨認出所有安娜貝斯教過我的星座，有摩羯座、飛馬座、射手座，還有接近南方地平線的新星座：女獵戶座，那是一個去年冬天死去的朋友。

「波西，你在看什麼？」

我將視線轉回地球，縱使星光令人讚嘆，卡呂普索更加倍燦爛。我曾經看過深愛自己的女神阿芙蘿黛蒂，我絕不會說出這件事，否則她會把我炸成灰；依我看來，卡呂普索比她漂亮多了，因爲她比較自然，好像沒有努力想辦法變漂亮，甚至根本不在乎。她就是她自己。她綁著辮子，身穿白洋裝，月光下的她似乎正在發光。她手中拿著一株小小的植物，正開著纖細的銀色花朵。

「我正在看……」我察覺自己正盯著她的臉。「唔……我忘了。」

她溫柔的笑著。「既然你起床了，那就可以幫忙我種花。」

她拿給我一株植物，底部帶著根和一團泥土。我用手捧著，花朵閃閃發光。卡呂普索拿起鏟子，指引我走到花園邊緣，她在那裡開始挖土。

「那是月蕾絲，」卡呂普索解釋道：「只能在夜晚種。」

我看著花瓣間閃爍的銀色光芒。「做什麼用的？」

「用？」卡呂普索想了一下。「我想，應該沒有用來做什麼。它活著，發出光芒，貢獻美麗。還需要做什麼用嗎？」

「我想不用。」我說。

她從我手中接過植物時，我們的手指相碰，她的手指很溫暖。她種下月蕾絲，接著後退幾步欣賞她的作品。「我愛我的花園。」

「很棒。」我贊同。我不是很懂園藝啦，不過看得出來卡呂普索的花架上有六種不同顏色的玫瑰，格柵上爬滿忍冬藤，成排的葡萄藤上，紅色和紫色的葡萄結實纍纍，足夠讓戴歐尼修斯甘拜下風了。

「在我家，」我說：「我媽媽一直想要一座花園。」

「那她為什麼不做一個呢？」

「因為我們住在曼哈頓，是在一個公寓裡面。」

「曼哈頓？公寓？」

我看著她。「你不知道我在說什麼，是吧？」

「恐怕是吧，我沒有離開奧吉吉亞……很久了。」

「喔，曼哈頓是個大都市，沒有很多可以種花的空間。」

卡呂普索皺起眉頭。「這是件令人難過的事。荷米斯不時會來這裡，他告訴我外面的世界變化很大，可是我不知道竟然變成連擁有花園都沒辦法了。」

「爲什麼你都沒有離開你的島呢？」

她低下頭。「這是我受到的懲罰。」

「爲什麼？你做了什麼？」

「我？我沒做什麼，恐怕是我的爸爸做了太多，他的名字是阿特拉斯[71]。」

光是聽到他的名字，我的背上立刻起了一陣寒意。去年冬天我遇到泰坦巨神阿特拉斯，那段日子不是很好過，他想殺掉很多我關心的人。

「儘管如此，」我猶豫的說：「因爲你爸爸所做的事情而懲罰你是不公平的。我認識阿特拉斯的另一個女兒，她叫做柔伊，她是我所見過最勇敢的人。」

卡呂普索端詳我許久，眼神充滿悲傷。

「怎麼了？」我問。

「我的勇士，你……你已經恢復健康了嗎？你覺得你已經準備好要在短時間內離開了嗎？」

[71] 阿特拉斯（Atlas），希臘神話中的擎天神，是泰坦巨神之一。泰坦巨神被奧林帕斯天神打敗後，他被宙斯懲罰必須永遠扛著天空。

「什麼？」我問：「我不知道。」我移動雙腳，仍然很僵硬，站了這麼久讓我頭暈。「你希望我離開嗎？」

「我……」她停了一下。「明天早上我會來看你，好好睡。」

她往湖邊跑去。我感到很迷惑，呆住不動，只是看著她消失在黑暗中。

我不知道到底過了多久時間，就像卡呂普索說的，在這個島上很難計算時間。我知道我應該離開，再怎麼說，我的朋友們都會擔心。最糟的情況是，他們還可能身陷險境，我甚至不知道安娜貝斯有沒有跑出火山。好幾次，我想連接和格羅佛的共感連結，可是卻接不上。我討厭不知道他們是否平安的感覺。

另一方面，我眞的很虛弱，我沒辦法站著超過短短幾小時。不論我在聖海倫斯山做了什麼，那件事都耗盡我的體力，我以前從不曾如此。

我不覺得自己像個囚犯。我想起拉斯維加斯的蓮花賭場，我被超炫的電玩世界誘惑，差點忘記我在乎的每件事情，可是奧吉吉亞島完全不是這樣。我一直記得安娜貝斯、格羅佛，還有泰森，也記得我必須離開的理由。我只是……做不到，還有，因爲卡呂普索。

她很少說自己的事，可是反而讓我更想多認識她一些。我會坐在草地上吸著神飲，試著專心觀賞花朵、雲彩或是湖面的倒影，可是其實我是在看卡呂普索，看她工作時的樣子，她將頭髮撥到肩膀上的動作，還有她跪在花園裡挖土時，一小撮髮絲飄落在她臉上的樣子。有時候，她會伸出手，鳥兒從森林飛出停在她的手臂上，有澳洲小鸚鵡、鸚鵡、鴿子。她對鳥兒說早安，問牠們在鳥巢裡過得怎麼樣啊，鳥兒會吱吱喳喳好一會兒，然後開心的飛走。卡呂普索的眼睛裡微光閃動，她會看著我，然後我們彼此微笑。可是她幾乎每次都立刻轉爲悲傷的表情，然後轉身離開。我不知道她的困擾到底是什麼。

有一晚，我們在湖邊共進晚餐。隱形僕人擺好一張桌子，上面有燉牛肉和蘋果汁，你可能覺得這沒什麼嘛，可是那是因爲你沒有吃過。我剛到這座島來的時候，完全沒有注意到隱形僕人，不過，過了一陣子之後，我發現床會自動鋪好，餐點自動煮好，還有看不見的手在洗衣服和摺衣服。

話說回來，卡呂普索和我坐下來吃晚餐，燭光下的她顯得十分美麗。我告訴她紐約和混血營的事，又說到玩踢球遊戲時格羅佛吃掉蘋果的事。她笑了，動人的微笑，然後，我們眼神相遇，她又低下頭避開。

「又一次。」我說。

「什麼？」

「你一直避開，好像不想讓自己開心一樣。」

她盯著她的蘋果汁。「波西，就像我告訴你的，我正在接受懲罰。依你的說法，可能是詛咒吧。」

「什麼懲罰？告訴我，我想幫你。」

「別這樣說，請別這樣說。」

「告訴我懲罰是什麼。」

她用餐巾蓋住吃了一半的燉牛肉，隱形僕人立刻上前將碗收走。「波西，這個島，奧吉吉亞，是我的家，我出生的地方。可是，它也是我的監獄，我……我被限制住居，我猜你會這樣講。我永遠不能去看看你說的曼哈頓，或是別的地方。我一個人孤單的住在這裡。」

「因爲你的爸爸是阿特拉斯？」

她點點頭。「天神不相信敵人，這是對的，我不該抱怨，很多監獄都沒有我這裡好。」

「可是這不公平，」我說：「只因爲你和他有血緣關係，又不表示你支持他。我認識他另一個女兒柔伊．奈施德，她就和他對抗，她沒有被關起來。」

「可是，波西，」卡呂普索溫柔的說：「在第一次戰爭時，我的確支持他，他是我的爸爸。」

「什麼？可是泰坦巨神很邪惡！」

「是嗎？全部都是嗎？所有時代都是嗎？」她噘起嘴。「波西，告訴我，我沒有想和你爭吵，可是，你支持天神是因爲他們很好，還是因爲他們是你的家人？」

我沒有回答，她說到重點了。去年冬天，在安娜貝斯和我解救奧林帕斯之後，天神們爭論著是不是應該殺掉我，那種感覺眞的很不好。可是，我還是支持他們，因爲波塞頓是我的爸爸。

「也許我在那場戰爭中是錯的。」卡呂普索說：「而且說句公道話，天神對我不錯，他們不時會來看我，告訴我外面的世界是什麼樣子，可是他們可以離開，而我不能。」

「你沒有朋友嗎？」我問：「我是說，沒有別人和你住在一起嗎？這是個好地方。」

一行眼淚從她的臉頰滴落。「我……我對自己承諾過，不會將這件事說出來，可是……」

一陣轟隆隆聲打斷了她，聲音是從湖面上某個地方傳來的。地平線上出現一道光，光點愈來愈亮，直到變成一個火柱在水面上移動，直衝我們而來。

我站起來，握住劍。「那是什麼？」

卡呂普索嘆氣。「一位訪客。」

當火柱到達岸邊時，卡呂普索起身，很有禮貌的彎腰鞠躬。火柱消失，站在我們面前的是個身材高大的男人，穿著灰色工作服，腳上有金屬支架，鬍子和頭髮正起火悶燒中。

「赫菲斯托斯閣下，」卡呂普索說：「您的來訪是我的榮幸。」

赫菲斯托斯哼了一聲。「卡呂普索，你和往常一樣美麗。親愛的，抱歉打擾，我需要和波西．傑克森這小子談一談。」

赫菲斯托斯笨拙的坐在野餐桌前，點了一杯百事可樂。隱形僕人送來一罐，因爲開得太急了，汽水全噴到天神的工作服上面。赫菲斯托斯大吼大叫，怒聲咒罵，將罐子用力丟開。

「愚蠢的僕人，」他嘀咕著：「她需要好的機器人，機器人從不出問題！」

「赫菲斯托斯，」我說：「怎麼了？是安娜貝斯……」

「她很好，」他說：「她是個機智的女孩，順利找到回來的路，告訴我全部的故事。她擔心到快生病了，你知道為什麼。」

「你沒告訴她我沒事？」

「這不是我該說的，」赫菲斯托斯說：「每個人都認為你死了，在我告訴大家你在哪裡之前，我必須確定你會回來。」

「你這話是什麼意思？」我說：「我當然會回去！」

赫菲斯托斯懷疑的打量著我，他從口袋裡撈出一個東西，是 iPod 大小的金屬圓盤。他按了一個按鈕，圓盤展開成小型青銅電視，螢幕上播放聖海倫斯山的新聞，畫面是大火和煙塵衝向天空。

「還沒辦法確定未來火山會不會持續爆發，」新聞播報員正在報導：「當局已經下令撤離近五十萬個居民，以預防災變發生。同一時間，火山灰落塵的範圍已經遠到塔荷湖和溫哥華。整個聖海倫斯山地區的半徑一百六十公里內已經封閉交通。目前沒有傳出死亡的消息，包括較輕微的受傷和生病……」

赫菲斯托斯關掉電視。「你引發了一場很大的爆炸。」

我盯著空白的青銅螢幕。撤離了五十萬居民?受傷、生病，我做了什麼?

「鐵勒金潰散了，」天神告訴我：「有些蒸發了，毫無疑問，有些是逃走了。我想他們不會很快就回來使用我的打鐵爐，另一方面，我也不會去使用。這場爆炸使睡夢中的泰風翻了個身，我們必須等待，看……」

「我沒有辦法放走他，不是嗎?我的力量沒有那麼大!」

天神哼了一聲。「沒有那麼大嗎?對啦，你騙倒我了。小子，你是地震製造者的兒子，你不明白你所擁有的力量。」

這是我最不想從他嘴裡聽到的事。在那座山裡，我沒有好好控制住自己，我釋放太多能量，幾乎蒸發了自己，耗盡我所有的生命力。現在，我又知道自己幾乎毀掉美國西北部，還差點搖醒遭到天神拘禁的史上最可怕怪物。也許我太危險了，也許讓朋友們以為我死了，會讓他們比較安全些。

「格羅佛和泰森呢?」我問。

赫菲斯托斯搖搖頭。「恐怕是下落不明，我認為他們還在迷宮裡。」

「那我該怎麼辦?」

赫菲斯托斯臉上的肌肉抽搐。「小子，千萬不要向老跛腳請求指點，不過我以後會告訴你的。你見過我的妻子嗎?」

「阿芙蘿黛蒂?」

「就是她，小子，她很狡猾。小心愛情，那會扭曲你的大腦，讓你把上面想成下面，顚倒對錯。」

我想到和阿芙蘿黛蒂見面那次，是去年冬天在沙漠中，一台白色凱迪拉克後面。她對我說，她對我特別有興趣，而正因爲她喜歡我，她會讓我在戀愛的路上走得很辛苦。

「這是她的計畫嗎？」我問。「是她將我降落在這裡的？」

「有可能，很難說，可是假如你決定離開這裡，我可沒說是對還是錯喔，我保證告訴你尋找任務的答案，保證告訴你找出代達羅斯的方法。好吧，這麼說吧，和亞莉阿德妮的線無關；也不能這麼說，當然，線有用，而且泰坦軍隊未來將跟著線移動，可是穿過迷宮最好的方法……鐵修斯得到公主的協助，而公主是一個凡人，體內沒留著半滴天神的血。可是小子，她很聰明，她看得出來，她能夠看得非常清楚。所以，我要說的是——我想你已經知道如何操縱迷宮了。」

我終於會意過來，爲什麼我以前沒想到呢？希拉是對的，答案一直都在那裡。

「嗯，」我說：「對，我明白了。」

「接下來，你必須決定是否要離開。」

「我……」我想說是，我當然想離開，可是話卻堵在我的喉嚨出不了口。我發現自己正望著湖水，這瞬間，離開的決定似乎變得十分艱難。

「還不要做決定，」赫菲斯托斯勸我說：「等到黎明時再說，黎明是決定的好時刻。」

「連代達羅斯也會幫我們嗎？」我問：「假如他告訴路克操縱迷宮的方法，我們就死定了。我夢見……代達羅斯殺了他的姪子。他變得很不滿、易怒，還有……」

「做一個傑出的發明家不容易，」赫菲斯托斯用低沉的聲音說：「永遠孤單，永遠不解，很容易變得不滿，因此犯下可怕的錯誤。人類比機器難相處，而且當你弄壞一個人，就修不好了。」

赫菲斯托斯拍掉工作服上最後一滴百事可樂。「代達羅斯一開始就夠好了，他幫助亞莉阿德妮公主和鐵修斯，是因為他覺得對他們有所虧欠。他努力做好人，可是卻因此一生不幸。這樣公平嗎？」天神聳聳肩。「我不知道代達羅斯會不會幫助你，小子，除非你站在他的火爐邊，用他的榔頭工作，否則不要輕易評斷某個人，是吧？」

「我……我盡量。」

赫菲斯托斯站起來。「小子，再見，你做得很好，毀掉了鐵勒金，因為這件事，我會一直記得你。」

他的再見聽起來很堅決，然後他噴發成一束火焰。火焰在水面上移動，回到這個世界的外面去。

我沿著湖邊走了幾個小時，最後再回到草地時，時間已經非常晚了，也許是清晨五點或六點。卡呂普索仍然在她的花園裡，藉著星光照料花朵，她的月蕾絲銀光點點，其他植物也回應她的魔法，閃爍著紅、黃、藍色的光。

「他命令你回去？」卡呂普索猜。

「不是命令，他給我一個選擇。」

我們眼神相遇。「我保證，我不會提。」

「提什麼？」

「要你留下來。」

「留下來，」我說：「你是說……永遠嗎？」

「留在這個島上，你會變成不死之身，」她輕輕的說：「你不會變老，也不會死去。波西．傑克森，你可以把這場戰爭留給別人打，避開你的預言。」

我驚訝的看著她。「就像現在這樣？」

她點點頭。「就像現在這樣。」

「可是……我的朋友……」

卡呂普索站起身，抓住了我的手，她的手送出一陣溫暖的電流傳遍我的全身。「波西，你之前問到我的詛咒，我實在不想告訴你。事實上，天神不時送給我友誼，大約每幾千年一次，他們允許一個英雄出現在我的湖岸，一個需要我幫助的人。我照顧他，和他成爲朋友，可是這個人不是隨意挑選的。命中注定，他們送來的英雄……」

她的聲音顫抖，使她不得不停下來。

我將她的手握得更緊。「怎麼了？我做了什麼讓你傷心的事嗎？」

「他們送來一個絕對不會留下來的人，」她低聲說：「一個對於我提出的友誼邀請，連一點點都不會考慮接受的人。他們送給我一個英雄，是那種我……我忍不住會愛上的人。」

夜晚十分寧靜，只有噴泉的潺潺水聲和拍打湖岸的浪濤聲。我花了很長的時間去理解她說的話。

「是我？」我問。

「如果你可以看到你的臉。」她忍住微笑，但眼睛仍然淚汪汪的。「當然是你。」

「這是你這段時間一直避開我的原因？」

「我很努力了，可是還是忍不住。命運女神如此殘酷，他們將你送來給我，我的勇士，他們明知你會敲碎我的心。」

「可是……我只是……我只是我啊。」

「這就夠了，」卡呂普索說：「我告訴自己不要說出這件事，我要讓你走，不要提出邀請，可是我辦不到，我想命運女神也知道。波西，你可以留下來和我在一起，你想幫助我的話，這恐怕是唯一的方法。」

我凝視著地平線，第一道曙光染紅了天空。我可以永遠待在這裡，從地球上消失。我可以和卡呂普索一起生活，隱形僕人會照料我所有的生活所需。我們可以在花園種花，和唱歌的鳥兒說話，漫步在藍天下的湖水邊。沒有戰爭，沒有預言，不用再選邊。

「我做不到。」我告訴她。

她難過的垂下頭。

「我從不想做任何傷害你的事，」我說：「可是我的朋友需要我，現在，我知道怎麼幫助他們了，我必須回去。」

她從花園裡拿起一朵花，一枝銀色的月蕾絲。太陽升起時，它的光芒褪去了。「黎明是決定的好時刻。」赫菲斯托斯這麼說。卡呂普索把花塞進我的T恤口袋。

她踮起腳親吻我的額頭，像是個祝福。「我的英雄，到湖岸去吧，我會送你上路。」

筏子的面積大約一平方公尺，是用原木綁在一起構成的，上面有一根船桅，還有簡單的白尼龍布船帆，看起來不太禁得起風浪。

「它會帶你到任何你想去的地方，」卡呂普索保證道：「十分安全。」

我握住她的手，可是她輕輕掙脫。

「也許我可以來找你。」我說。

她搖搖頭。「沒有人可以找到奧吉吉亞第二次，波西，一旦你離開，我就再也見不到你了，永遠。」

「可是……」

「請走吧。」她的聲音停頓。「命運女神很殘忍，波西，只要記得我就夠了。」這時她臉上恢復了一點點笑容。「爲我在曼哈頓作一個花園，好嗎？」

「我答應你。」我走上木筏，它慢慢駛離岸邊。

當我航行在湖上時，我明白了命運女神的殘忍。她們送給卡呂普索一個忍不住會愛上的人，可是，這是兩面刃，在往後的日子裡，我都會想起她，她永遠都是我心裡最大的「假如……，會怎麼樣……」。

幾分鐘後，奧吉吉亞島消失在霧中，我獨自在水上航行，往太陽的方向而去。

接著，我告訴木筏該去哪裡，我說了唯一想到的地點，因爲此刻，我需要朋友和安慰。

「混血營，」我說：「帶我回家。」

13 新聘導遊

幾小時後，木筏在混血營靠岸。我完全不知道自己是怎麼回來的，在某個地方，湖水變成了海水，熟悉的長島海岸線在前方出現，一對友善的大白鯊浮出海面，引導我航向岸邊。

登陸之後，我發現混血營似乎荒廢了。明明是傍晚，射箭場卻空無一人。攀岩場流下岩漿，兀自轟隆隆的運轉。涼亭，沒人。小屋，全空。這時，我看到圓形競技場有一道煙升起，說是營火太早了，也不會是在烤棉花糖夾心餅，我跑了過去。

還沒跑到那裡，就聽到奇戎在宣布什麼的聲音，在聽清楚他說的內容後，我停下腳步。

「……假定他死了，」奇戎說：「在這麼長一段時間的沉寂後，我們的祈禱不太可能得到回應，我要求生還回來的、他最好的朋友，進行這項最後的榮譽儀式。」

我走到圓形競技場最後面，沒有人注意到我，他們全都向前看著安娜貝斯。她拿著一件長長的綠色絲質喪服，上面繡了一支三叉戟，她將喪服丟進火中。他們正在燒我的喪服。

安娜貝斯轉過身面對觀眾，她的模樣很憔悴，眼睛因爲哭過而腫腫的，可是她還是勉強發出聲音。「他可能是我的朋友中最勇敢的一個，他……」這時她看到我，臉迅速脹紅。「他在那裡！」

所有的頭轉過來，大家同時倒抽了一口氣。

「波西！」貝肯朵夫咧開嘴笑了。大家擠到我旁邊，拍我的背。我聽到阿瑞斯小屋那邊傳來幾句咒罵聲，不過克蕾莎只是轉轉眼珠子，好像她不相信我竟然有臉活下來。奇戎慢跑過來，大家爲他讓出一條路。

「呼，」他鬆了一大口氣。「我不相信以前看到學員回來時，有像現在這麼開心過。你必須告訴我……」

「你去哪裡了啊？」安娜貝斯打斷他，把其他學員都擠開。我想她會過來打我，可是她卻猛力抱住我，快把我的肋骨壓斷了。其他的學員突然安靜下來。安娜貝斯好像突然發現她正當著眾人的面，隨即推開我。「我……我們以爲你死了，海藻腦袋！」

「對不起，」我說：「我迷路了。」

「迷路？」她大喊：「波西，兩個星期耶，世界上哪裡……」

「安娜貝斯，」奇戎打斷她說：「也許我們應該在比較私下的場合討論吧！其他的人，回去繼續平時的活動吧！」

沒等我們反對，他把安娜貝斯和我像小貓一樣輕輕提起來丟到背上，飛快往主屋奔去。

我沒有告訴他們全部的故事，卡呂普索的事我就是說不出口。我解釋了我是怎麼引發聖海倫斯山的大爆炸，然後被爆炸的衝力彈出火山。我告訴他們我被放逐到無人島，後來赫菲斯托斯找到我，告訴我其實我可以離開，於是魔法木筏載我回到混血營。

以上都是眞的，可是我在說的時候，手心卻一直冒汗。

「你已經不見兩個星期了。」安娜貝斯的聲音鎭靜多了，不過她的表情仍然很震驚。「當我聽到爆炸聲時，我以爲……」

「我明白，」我說：「對不起，但我已經知道操縱迷宮的方法，我和赫菲斯托斯談過。」

「他告訴你答案？」

「有點像是他告訴我原來我已經知道的事，而我明白了，我現在完全明白了。」

我告訴他們我的想法。

安娜貝斯的嘴巴張得大大的。「波西，這太瘋狂了！」

奇戎坐回輪椅，摸著鬍子。「不過，這的確有前例，鐵修斯得到亞莉阿德妮的幫助。荷米斯的女兒海麗特．塔布曼[72]，在她的『地下鐵路計畫』中用了很多凡人，也是這個理由。」

「可是，這是我的尋找任務，」安娜貝斯說：「我必須領導任務。」

奇戎有點不安。「親愛的，這的確是你的任務，可是你需要協助。」

「這算是協助嗎？拜託！這是錯的，這是膽小鬼，這是……」

「很難承認我們需要凡人的協助，」我說：「可是這就是事實。」

安娜貝斯生氣的瞪我。「你是我所認識的人裡面最討厭的討厭鬼！」然後她衝出房間。

我看著門廊，感覺好像撞到什麼東西。「這樣對待她最勇敢的朋友，太過分了喔。」

「她會冷靜下來，」奇戎保證。「她在嫉妒，孩子。」

「太愚蠢了吧，她不是……不像……」

奇戎咯咯笑了起來。「沒關係啦，安娜貝斯很保護朋友，你之前可能沒注意到這件事，她很擔心你。現在你回來了，我想，她懷疑你到底被放逐到哪裡去。」

我和他眼神相遇，我知道奇戎猜到卡呂普索的事。在一個訓練英雄三千年的人面前，很難隱藏任何事情。他已經看遍所有的事。

「我們不會老是掛念你的選擇，」奇戎說：「你回來了，這才重要。」

「你該跟安娜貝斯說。」

奇戎微笑。「明天早上我會請阿古士帶你們兩個去曼哈頓，波西，你可能得去一下你媽媽家。她……可以想像，擔心到快發瘋了。」

我的心怦怦跳。在卡呂普索的島上那段時間，我甚至從來沒有想到媽媽的感覺，她以為我死了的話會崩潰的。我是怎麼了，竟然沒想到媽媽？

「奇戎，」我說：「格羅佛和泰森怎麼樣了？你認為……」

「孩子，我不知道。」奇戎凝視著空壁爐。「朱妮珀很痛苦，她的枝葉正在枯黃。在格羅

---

72 海麗特．塔布曼(Harriet Tubman，一八二二—一九一三)，為美國傑出的黑人廢奴主義運動家。她本人也是來自馬里蘭州的逃跑奴隸。她曾冒著極大風險，透過密布美國各處的祕密網狀系統，幫助三千多名奴隸奔向自由（即「地下鐵路計畫」），被譽為「摩西祖母」。

佛缺席的情況下，羊男長老會撤銷了格羅佛的探查者執照。即使他活著回來，他們也會流放他。」他嘆口氣。「不過，格羅佛和泰森都很機智，我們仍然抱著希望。」

「我不應該讓他們分開走。」

「格羅佛有自己的命運，而泰森勇敢的跟著他。如果格羅佛陷入致命的危險，你會知道的，不是嗎？」

「我想是，因爲我們有共感連結，可是……」

「波西，我還要告訴你一件事，」他說：「事實上，是兩件不愉快的事。」

「太好了。」

「克里斯．羅德里格茲，我們的客人……」

我記起在地下室看到的景象，他模糊不清的唸著迷宮，而克蕾莎努力和他說話。「他死了嗎？」

「還沒，」奇戎陰沉的說：「可是他變得更嚴重了，他現在在醫務室，已經虛弱到無法移動的地步。我必須命令克蕾莎回到常態的工作去，因爲她幾乎都待在他的床邊。他對所有事情都沒有反應，也吃不下食物或飲料，我的藥完全無效。他完全失去活下去的意志。」

我在顫抖。儘管我一天到晚和克蕾莎吵架，我仍然爲她感到難過，畢竟她是這麼努力在幫助他。我已經去過迷宮，我能了解爲什麼米諾斯的亡魂可以輕易讓克里斯發瘋。如果我在那裡面一個人孤單徘徊，沒有朋友幫忙，我絕對走不出來。

「很遺憾，我還必須說，」奇戎繼續說：「另一個消息還是不太愉快，昆特斯消失了。」

「消失？怎麼消失的？」

「三天前的晚上，他溜進迷宮，朱妮珀看到他進去。這顯示你說到他的事是對的。」

「他是路克的間諜。」我告訴奇戎三G牧場的事，昆特斯在那裡買蠍子，還有格律翁支持克羅諾斯的軍隊。「這不會是巧合。」

奇戎沉重的嘆了一口氣。「背叛者如此之多，我原來希望昆特斯會被證實是朋友，我的判斷力似乎很糟。」

「歐萊麗女士呢？」我問。

「地獄犬還在競技場裡面，她不讓別人靠近，我沒有要強迫她進籠子……或殺了她。」

「昆特斯不會丟下她。」

「波西，就像我說的，我們似乎看錯他了。現在，你應該去準備明天早上的事，你和安娜貝斯還有很多事要做。」

我留他一個人在輪椅上悲傷的看著壁爐。我在想，不知道他坐在那裡等待未歸的英雄有多少次了。

晚餐前我在劍術競技場停下來。沒有意外，歐萊麗女士在競技場中央蜷曲成一個巨大的黑毛小山，懶懶的嚼著假人戰士的頭。

她一看到我就汪汪大叫，一躍而起，朝我這邊衝來，我快變成一塊死肉了。我只來得及發出「哇！」的一聲，然後就被她撲倒，她開始舔我的臉。通常，身爲波塞頓的兒子，我只會在自己想要溼的時候才會變溼，可是顯然我的力量沒有包括狗的口水，因爲我已經徹底的洗了個口水澡。

「哇，女孩！」我大喊：「沒辦法呼吸了，讓我起來！」

我使盡各種辦法，終於讓她放開我。我搔搔她的耳朵，找了一片超大狗餅乾給她。

「你的主人呢？」我問她。「他怎麼能把你留在這裡？」

她發出嗚嗚聲，很像也想知道答案。我已經準備好要認定昆特斯是敵人，可是即使如此，我還是搞不懂他爲什麼要把歐萊麗女士留在這裡。要說有什麼是我有把握的，那一定是：他很在乎他的愛犬。

我一邊想著，一邊用毛巾擦掉狗留在我臉上的口水，這時一個女生的聲音說：「你很幸運，她沒有把你的頭咬下來。」

克蕾莎站在競技場的另一頭，手上拿著劍和盾牌。「昨天來練習的時候，」她抱怨：「狗想要把我咬碎。」

「她是一隻聰明的狗。」我說。

「很好笑。」

她走向我們，歐萊麗女士開始吠。我拍拍她的頭，讓她冷靜下來。

「蠢地獄犬，」克蕾莎說：「別再妨礙我練習了。」

「我聽說了克里斯的事，」我說：「我很遺憾。」

克蕾莎沿著競技場慢慢的走了一圈，對著離她最近的假人發動猛烈的攻擊，只一揮就將它的頭劈下來，然後用劍刺穿內臟。她拉出劍，繼續散步。

「對，嗯，有時候，事情都不對勁了。」她的聲音顫抖。「英雄會受傷，他們……他們死了，而怪物卻一直會回來。」

她拿起一支標槍，將它丟過競技場，直直刺入假人頭的兩眼中間。

她叫克里斯英雄，好像他不曾加入泰坦那邊似的，這讓我想起安娜貝斯說到路克時的口氣，我決定不要想這件事。

「克里斯很勇敢，」我說：「我希望他好起來。」

她瞪著我，好像我是她下一個靶，歐萊麗女士開始吠。

「幫我一個忙。」克蕾莎說。

「喔，好啊。」

「如果你找到代達羅斯，別相信他，別請求他幫忙。殺了他。」

「克蕾莎……」

「波西，因爲可以製造出迷宮那種東西的人，一定是邪惡的，徹底的邪惡。」

這一刻，她讓我想起牛仔歐律提翁，比她年紀大很多的同父異母哥哥。她擁有和他同樣的神情，彷彿也經歷了兩千年歲月滄桑，逐漸感到疲倦。她將劍入鞘。「練習時間結束，從現在開始，要來真的。」

這一晚我睡在自己的床上，從卡呂普索的島回來以後，今晚第一次做夢。

我在國王的朝政廳裡，這是一間寬闊的白色會議廳，有大理石欄杆和一個木製王座。坐在王座上的是一個紅卷髮胖子，頭戴月桂冠。旁邊站著三個女孩，看起來像是他的女兒，她們都穿著藍色長袍，和他一樣是紅頭髮。

門吱吱嘎嘎的打開，傳令官宣布：「克里特國王，米諾斯！」

我頓時緊張起來，王座上的人卻只是對他的女兒微笑。「我等不及要看他的表情。」

米諾斯這個可憎的國王威風的走進來，他高大而有威嚴，讓其他國王看起來都像蠢蛋。米諾斯下巴的那撮鬍子已經灰白，似乎比上次夢裡還瘦，涼鞋上有泥巴飛濺的髒污。不變的是依然殘酷的眼神。

他僵硬的對王座上的人鞠躬。「科卡洛斯國王[73]，我想你已經解出我的小謎題了吧？」

科卡洛斯微笑。「米諾斯，解出來了。你向全世界懸賞，說你願意付出一千條金條給解出來的人，這是真的嗎？」

米諾斯拍拍手，兩個穿著黃皮軍裝的侍衛走進來，費力的搬著一個大木箱。他們將箱子放在科卡洛斯腳邊，打開它。金條閃閃發光，這一定價值可觀。

科卡洛斯讚賞的吹了聲口哨。「老友，你必定爲了這樣的賞金搜盡整個王國。」

「這你不用管。」

科卡洛斯聳聳肩。「謎題眞的很簡單，我的家臣解出來了。」

「爸爸，」其中一個女孩警告他。她看起來像是老大，比兩個妹妹高一點。

科卡洛斯沒理會她。他從長袍的褶層裡取出一個螺旋形的海貝，一條銀色的線穿過海貝，像是一條墜著巨大珠子的項鍊。

米諾斯往前走，拿起貝殼。「你說是你的家臣？他如何在不打破貝殼的情形下將線穿過去？」

「不管你信不信，他用的是螞蟻。在這小小的生物身上綁一條絲線，然後在另一端放蜂蜜，引誘牠穿過貝殼。」

「聰明的人！」米諾斯說。

「喔，確實，他是我女兒的家教老師，她們都很喜歡他。」

米諾斯的眼神變得冰冷。「要是我，我會謹愼考慮家教的人選。」

我想要警告科卡洛斯：「別相信這傢伙！把他丟進地牢，和會吃人的獅子關在一起！」

㊸ 科卡洛斯國王(King Cocalus)，為希臘神話中的西西里國王。代達羅斯被克里特國王米諾斯囚禁後，脫逃到西西里，受到科卡洛斯國王的庇護。米諾斯到西西里向科卡洛斯索人，被科卡洛斯之女設計殺死。

可是紅髮國王只是咯咯的笑。「米諾斯，別擔心，我的女兒很聰明，比她們的實際年齡更早熟。那麼，關於我的金……」

「是的，」米諾斯說：「可是你知道黃金是要給解開謎題的人，而且解得出來的人只有一個。你藏匿了代達羅斯。」

王座上的科卡洛斯不安的變換姿勢。「你怎麼知道他的名字？」

「他是一個小偷，」米諾斯說：「科卡洛斯，他曾經爲我的朝廷工作，他害我的女兒反抗我，還幫助入侵者在我的宮殿裡愚弄我，然後逃過審判。我已經追捕他十年了。」

「我對這件事一無所知，不過我的確對這個人提供庇護，他眞是一個非常有用……」

「我提供你一個選擇，」米諾斯說：「把逃犯交給我，金條就是你的，否則我就是你的敵人。你不會希望克里特與你爲敵的。」

科卡洛斯臉色蒼白。我覺得他在自己的王座上露出這麼恐懼的樣子，眞的太蠢了，他應該召喚士兵前來才對，米諾斯也不過只有兩個侍衛而已。可是，科卡洛斯卻只是坐在王座上焦躁不安。

「父親，」最年長的女兒說：「你不能……」

「艾莉雅，安靜。」科卡洛斯絞著鬍子，又望向閃閃發光的金條。「米諾斯，這使我痛苦。天神不會喜愛破壞誓言的人。」

「天神也不會喜愛藏匿罪犯的人。」

科卡洛斯點點頭。「很好，你想要的人，我會將他套上枷鎖交給你。」

「父親！」艾莉雅又開口說。她停頓了一下，換上更甜美的聲音說：「至少讓我們先用盛宴款待客人。在長途旅程後，他理應接受熱水澡的招待，換上新衣服後，享用一頓豐盛的餐宴。我願意親自爲客人放洗澡水。」

她對米諾斯露出美麗的笑容，老國王嘀咕著：「我想洗個澡不會出什麼大差錯。」他看著科卡洛斯說：「陛下，晚餐時見，到時請帶著囚犯來。」

「陛下，請往這裡走。」艾莉雅說，她和妹妹們引導米諾斯出了會議廳。

我跟著他們進入一間用馬賽克磁磚裝飾的浴池，空氣中瀰漫著水蒸氣，一個水龍頭正流出熱水，注入浴缸裡面。艾莉雅和妹妹在水中放滿玫瑰花瓣，還有一種東西，那一定是古希臘的泡泡先生[74]，因爲一放下去，水上就覆蓋了各色泡泡。女孩們轉身退到旁邊，米諾斯脫掉長袍，滑進浴缸中。

「嗯。」他微笑。「泡澡眞的很棒，親愛的，謝謝你們。這趟旅程確實很遙遠。」

「陛下，你已經追捕獵物十年了嗎？」艾莉雅問著，眨了眨眼。「你一定意志很堅決。」

「我從不會忘記追討債務。」米諾斯咧嘴笑了。「你父親同意我的要求，是非常明智的。」

「喔，陛下，確實如此！」艾莉雅說。我覺得她諂媚奉承的方式很拙，可是老傢伙很吃這

[74] 泡泡先生（Mr. Bubble），美國知名沐浴洗滌劑品牌。

一套。艾莉雅的妹妹滴了一點香精在國王頭上。

「陛下，是這樣的，」艾莉雅說：「代達羅斯認爲你會來，他認爲謎題可能是陷阱，可是他忍不住要解出來。」

米諾斯皺眉。「代達羅斯有跟你提到我？」

「是的，陛下。」

「公主，他是壞人，我的女兒就被他迷住了，別聽他的。」

「他是天才，」艾莉雅說：「而且他相信女人和男人一樣聰明，他是第一個把我們當作擁有才智的人來教導的老師，也許你的女兒也有同感。」

米諾斯努力直起身子，可是艾莉雅的妹妹們將他推回水中。艾莉雅走到他後面，手心握著三顆小珠子。一開始，我以爲那是沐浴珠。她將珠子丟進水裡，珠子隨即噴出青銅線，綑綁住國王的腳踝，將他的手綁在身體兩邊，然後圈住他的脖子。雖然我很討厭米諾斯，但這景象仍然讓我感到很可怕。他扭動掙扎，大喊大叫，可是女孩們強壯多了。一會兒，他已無力反抗，躺在浴缸裡，下巴剛好在水面上。青銅線仍然纏繞著，像繭一樣緊緊包住他全身。

「你們想要什麼？」米諾斯問：「爲什麼要這樣做？」

艾莉雅微笑。「陛下，代達羅斯對我們很好，而且我不喜歡你威脅我們的父親。」

「你去告訴代達羅斯，」米諾斯咆哮：「你告訴他，就算我死了，我還是會緊追著他！如果冥界有點正義的話，我的亡魂會永無止盡的糾纏著他！」

「陛下，你眞勇敢啊！」艾莉雅說：「我希望你在冥界裡能找到你的正義，祝好運。」

同一時間，青銅線包住米諾斯的臉，把他變成青銅木乃伊。

浴池的門開了，代達羅斯走進來，手裡拿著一個旅行背包。

他剪短了頭髮，鬍子已經全白，看起來虛弱而憂傷。他低頭摸摸木乃伊的額頭，銅線隨之解開，沉到浴缸底部，線裡面沒有任何東西，好像米諾斯國王溶解了一樣。

「無痛死亡，」代達羅斯若有所思的說：「比他該得到的還好。我的公主，謝謝你們。」

艾莉雅抱住他。「老師，你不能待在這裡，如果爸爸發現……」

「是的，」代達羅斯說：「恐怕會帶給你們麻煩。」

「喔，別爲我們擔心，爸爸拿到那個老傢伙的金條就夠開心了，而且克里特又離我們那麼遠。可是，他會因爲米諾斯的死而怪罪你，你必須逃去安全的地方。」

「安全的地方？」老人重複道：「這些年來，我一直從一個王國逃亡到另一個王國，總是在尋找安全的地方。恐怕米諾斯說的是實話，死亡不會阻止他糾纏我。一旦這次犯罪的事傳出去，陽光下恐怕沒有地方能再供我躲藏。」

「這樣的話，你要去哪裡？」艾莉雅問。

「一個我曾發誓絕對不再進去的地方，」代達羅斯說：「我的監獄也許是我唯一的庇護所。」

「我不明白。」艾莉雅說。

「你最好不要明白。」

「可是，到冥界去的話呢？」她的妹妹問：「可怕的審判在等著你！每個人都會死。」

「也許吧。」代達羅斯說。接著，他從背包裡拿出一個卷軸，是我在上一個夢裡看到的卷軸，裡面是他姪子的筆記。「也許不是。」

他拍拍艾莉雅的肩膀，祝福她和她的妹妹。他再一次低頭看著浴缸底部閃閃發光的銅線。「有膽的話來找我，國王的亡魂！」

他轉向馬賽克牆，碰觸一個磁磚。一個發光的記號出現，是希臘字母Δ，然後牆壁滑向一邊。公主們驚訝的倒吸了一口氣。

「你從沒告訴我們通道的祕密！」艾莉雅說：「你一直都很忙。」

「是迷宮一直都很忙，」代達羅斯更正說：「親愛的、聰明的你們，別跟過來。」

我的夢變換了場景。我在地底的石頭大廳內，路克和另一個混血人戰士正拿著手電筒研究一張地圖。

路克咒罵。「應該已經是最後一個轉彎了。」他揉皺地圖，丟到一邊去。

「長官！」他的同伴反對。

「在這裡，地圖沒有用。」路克說：「別擔心，我會找到它。」

「長官，那件事是真的嗎，一起走的人愈多的話……」

「就愈可能迷路？對，是眞的。不然我們爲什麼一開始會派出單獨的探勘者？別擔心，只要我們一拿到線，就可以帶領先鋒部隊穿越迷宮。」

「可是，我們要怎麼樣拿到線呢？」

路克站起來，彎起手指。「喔，昆特斯會處理的。我們要做的事情只有一件——到競技場去。它在交會點，不管要去哪裡都一定會經過它，這是我們必須和它的主人簽訂休戰協定的原因。我們必須活到……」

「長官！」一個新的聲音從走道傳來，另一個穿著希臘盔甲的人拿著火炬往前跑。「母龍發現一個混血人！」

路克沉下臉。「一個人嗎？在迷宮裡徘徊？」

「是的，長官！你最好快點來，他們在隔壁的大廳，已經將他困住了。」

「他是誰？」

「長官，以前沒見過他。」

路克點點頭。「這是克羅諾斯的祝福，也許我們能利用這個混血人。走吧！」

他們跑進走道。我突然驚醒，眼前一片漆黑。單獨一個混血人，在迷宮中徘徊。我花了很久的時間才又睡著。

第二天早上，我給歐萊麗女士夠多的狗餅乾。我要貝肯朵夫照顧她，不過他不是很願意。然後，我爬上混血之丘，和安娜貝斯、阿古士在馬路邊會合。

在廂型車裡，安娜貝斯和我沒有太多交談。阿古士從不說半個字，大概是因爲他全身上下布滿了眼睛，聽說啦，連他的舌尖都有，而他不喜歡炫耀這件事。

安娜貝斯看起來有點憔悴，好像昨晚睡得比我還不好。

「做惡夢？」我終於問出口。

她搖搖頭。「歐律提翁送來了伊麗絲訊息。」

「歐律提翁！尼克出了什麼事嗎？」

「他昨晚離開牧場，回到迷宮裡去。」

「什麼？歐律提翁沒有阻止他嗎？」

「尼克在他醒來前就走了，俄耳托斯追蹤他的氣味到牛守衛那邊。歐律提翁說，前幾個晚上，他聽到尼克在自言自語，現在回想起來才覺得尼克應該又在和米諾斯的亡魂交談。」

「他有危險了。」我說。

「這不是開玩笑的，米諾斯是亡者的判官，卻又非常邪惡。我不知道他要尼克作什麼，可是……」

「我不是那個意思，」我說：「昨晚我做了個夢……」我告訴她關於路克的事，他提到昆特斯，還有他的手下發現迷宮裡有一個混血人。

安娜貝斯縮緊下巴。「眞的很糟，糟透了。」

「所以，我們該怎麼做？」

她挑起一邊眉毛。「咦，你不是有個好計畫可以指引我們，不是嗎？」

今天是星期六，往市區的交通很塞，我們到達媽媽的公寓大約是下午了。她出來開門，用力抱住我，力氣只比地獄犬撲過來時小一點點。

「我告訴過他們你一定沒事。」媽媽說著，聲音聽起來很像整個天空的重量才剛從她的肩膀上移開，相信我，我完完全全能體會這種感覺。

她要我們坐在餐桌旁，當我們告訴她尋找任務的過程時，她堅持要我們吃掉她特製的藍色巧克力片餅乾。像平常一樣，我試著淡化可怕的部分（幾乎每件事都得淡化），可是卻讓事情聽起來更危險。

當我們說到格律翁和馬廄的事，媽媽假裝要來勒死我。「我叫不動他打掃房間，他卻清掃了怪物馬廄裡的一百噸馬糞？」

安娜貝斯笑了，這麼長一段時間以來，今天是我第一次聽到她的笑聲，感覺很好。

「所以，」在我說完故事之後，媽媽說：「你毀了惡魔島，炸掉聖海倫斯山，還讓五十萬人撤離？不過，至少你平安無事。」這是我的媽媽，永遠往光明面看。

「對啊。」我贊成說：「這樣就夠了。」

「真希望保羅也在，」她有點自言自語的說：「他想和你談談。」

「喔，對，學校。」

從那次之後又發生了這麼多事，我幾乎忘記古迪高中新生訓練的麻煩事了：我離開陷入火海的樂團室，而媽媽的男友看到我像逃犯一樣跳出窗外。

「你告訴他什麼了嗎？」我問。

媽媽搖搖頭。「我能說什麼？波西，他知道你有點不同，他是個聰明人，而且相信你不是壞人。他不知道發生了什麼事，可是學校正在逼問他。還有，是他讓你入學的，所以他必須說服他們，那場火不是你的錯；但你又逃走了，使事情看起來很糟。」

安娜貝斯打量著我，看起來很同情我。我知道她的情況和我類似，混血人要活在凡人的世界中很不容易。

「我會和他談談，」我答應媽媽。「在尋找任務完成之後，如果你願意的話，我也可以告訴他眞相。」

媽媽將手放在我的肩上。「你願意這樣做嗎？」

「唔，好啊，不過他會以爲我們瘋了。」

「他已經這樣想了。」

「這樣就沒什麼好損失的。」

「波西，謝謝你，我會告訴他你會回家……」她皺起眉頭。「什麼時候？你們現在要做什麼？」

安娜貝斯將餅乾掰成兩半。「波西有個計畫。」

我很不情願的告訴媽媽。

她緩緩點頭。「聽起來十分危險，不過也許有用。」

「你有同樣的能力，對吧？」我問：「你能看穿迷霧。」

媽媽嘆氣。「現在不太行了，年輕時比較辦得到。沒錯，我一直都看得到，這也是我和你爸爸第一次相遇時，你爸爸會注意到我的原因之一。要小心，答應我你們都會平安無事。」

「傑克森太太，我們會盡力，」安娜貝斯說：「可是，要讓你的兒子安全可是個大工程。」她將手臂抱在胸前，往廚房窗外看去。我咬咬餐巾，努力不回嘴。

媽媽皺起眉頭。「你們兩個怎麼了？」

我們兩個都沒出聲。

「我懂了。」媽媽說。我很懷疑她是不是能看穿迷霧以外的事。聽起來她似乎了解我和安娜貝斯間發生了什麼事，可是我確定她並不了解。「嗯，記住喔，」她說：「格羅佛和泰森要靠你們兩個了。」

「我知道。」安娜貝斯和我同時說，這使我覺得更糗。

媽媽微笑。「波西，你最好在客廳使用電話。祝你好運。」

走出廚房讓我放鬆了些，但對於接下來要做的事，我還是很緊張。我走到電話邊，開始撥電話。手上的電話號碼很早以前就被洗掉了，不過這不成問題，雖然不是特意去記，可是我的確記得號碼。

我們約好在時代廣場見面。我們在馬里爾特伯爵飯店前找到瑞秋．伊莉莎白．戴爾，她整個人漆成金色。

她的臉、頭髮、衣服，全身都是金色的，看起來很像被米達斯國王[75]碰了一下。她和其他五個小孩都像雕像一樣站在一塊防水布上，其他小孩也都漆成金屬的顏色——紅銅、青銅、銀色。每當有行人經過或停下觀看時，他們就會用不同的姿勢靜止不動。有些行人將錢丟到防水布上。

瑞秋腳邊的標語寫著：兒童城市藝術，感謝捐款。

安娜貝斯和我站在那裡看了瑞秋五分鐘左右，就算她看到我們，她也沒有表現出來。她沒有移動，在我看來，她甚至連眼睛都沒眨一下。身為一個過動兒，我完全沒辦法做到，站立不動那麼久會讓我抓狂。瑞秋全身金色實在很古怪，她看起來像是某個名人的雕像，好像是女明星吧，她全身只有眼睛仍然露出正常的綠色。

「我們來推她試試看。」安娜貝斯提議。

我覺得那樣做有一點卑鄙，可是瑞秋還是沒反應。又過了幾分鐘，一個銀色的小孩從飯店計程車候車區走上來，他剛剛在那裡休息。他走到瑞秋旁邊，擺出正在向群眾演講的姿勢。瑞秋開始走動，離開防水布。

「嘿，波西。」她開心的笑著。「時間正好！我們一起去喝咖啡。」

我們走到西四十三街的爪哇麋鹿咖啡廳。瑞秋點了一杯特濃濃縮咖啡，格羅佛也很愛這個，安娜貝斯和我點的是水果凍飲。我們坐的位子就在麋鹿標本下面，根本沒有人多看金瑞秋一眼。

「所以，」她說：「你是安娜貝爾，對吧？」

「安娜貝斯，」安娜貝斯更正說：「你平常都穿金色的衣服嗎？」

「不常穿，」瑞秋說：「我們在爲社團募款。我們是小學兒童藝術計畫的義工，因爲他們準備削減學校的藝術活動預算，你知道這件事嗎？我們一個月來一次，在人多的週末，我們可以募到五百元。不過我猜你不想聊這個，你也是混血人嗎？」

「噓！」安娜貝斯邊說邊看四周。「乾脆向全世界宣布好了，怎麼樣？」

「好的。」瑞秋站起來，放開嗓子大聲喊：「嘿，各位！這兩個不是人類！他們是半個希臘天神！」

沒有半個人注意。瑞秋聳聳肩，坐下來。「他們好像不在意。」

「不好笑，」安娜貝斯說：「這不是笑話，凡人女孩。」

---

75 米達斯國王（King Midas），希臘神話中小亞細亞境內弗里吉亞（Phrygia）的國王。傳說他曾拯救酒神戴歐尼修斯的朋友，酒神為了報答他，允諾賜與他一個願望。米達斯希望擁有「點石成金」的能力。願望終於成真，不料這個點金術竟為他帶來極大災難，最後米達斯只好祈求酒神收回這項賜與。

「控制一下，你們兩個，」我說：「冷靜下來。」

「我很冷靜，」瑞秋堅持。「每次我在你附近，就會有怪物攻擊我們。那件事該不該緊張呢？」

「嘿，樂團室的事，我很抱歉，希望他們沒有因此開除你。」

「沒，他們問我很多你的事，我裝白癡。」

「會很難嗎？」安娜貝斯問。

「好了，別這樣！」我插嘴說：「瑞秋，我們有個麻煩，需要你幫忙。」

瑞秋瞇起眼睛看安娜貝斯。「你需要我幫忙嗎？」

安娜貝斯用吸管攪著凍飲。「嗯，」她繃著臉說：「也許吧。」

我告訴瑞秋迷宮的事，還有我們必須找出代達羅斯，我將過去這段時間經歷的事原原本本的告訴她。

「所以，你要我引導你走出去？」她說：「那可是我從沒到過的地方耶。」

「你能夠看穿迷霧，」我說：「就像亞莉阿德妮一樣，我敢說你可以看到正確的路徑，迷宮沒辦法輕易愚弄你。」

「如果你錯了呢？」

「我們就會迷路，所以，很危險，非常非常危險。」

「我可能會死掉嗎？」

「嗯。」

「我以為你說怪物不在意凡人，你的劍……」

「對，」我說：「天國青銅不會傷害凡人，大部分的怪物都不會理你，可是路克……他不是這樣。他會利用凡人、半神半人、怪物，而且他會殺掉任何擋他路的人。」

「好傢伙。」瑞秋說。

「是因為一個泰坦巨神影響了他。」安娜貝斯袒護著他說：「他被騙了。」

瑞秋來來回回打量著我們兩個。「好吧，」她說：「我去。」

我眨眨眼睛，沒想到這麼容易。「你確定嗎？」

「嘿，我的暑假很無聊，這是我聽過最好的提議，我找不到更棒的了。」

「我們必須去找一個迷宮的入口，」安娜貝斯說：「混血營有一個入口，可是你到不了那裡，那是凡人禁區。」

她說到「凡人」兩個字時，帶著一點負面的情緒，不過瑞秋只是點點頭。「好吧，迷宮的入口會是什麼樣子？」

「什麼東西都有可能，」安娜貝斯說：「一面牆、大圓石、大門口、汙水道入口，不管外型是什麼，都一定會有代達羅斯的記號在上面，是希臘字母Δ，會發出藍光。」

「像這個嗎？」瑞秋用桌上的水畫一個三角形。

「沒錯，」安娜貝斯說：「你懂希臘文？」

「不懂，」瑞秋說。她從口袋拿出一把大大的藍色塑膠梳子，開始將頭髮上的金粉梳下來。「讓我換個裝扮，你們最好和我一起去馬里爾特伯爵飯店。」

「爲什麼？」安娜貝斯問。

「因爲飯店的廁所裡有一個入口很像那個，我們都在那裡換衣服。那裡有代達羅斯的記號。」

14 死亡綜藝秀

金屬門有一半藏在裝滿髒毛巾的洗衣籃後面，我沒看出什麼特別的地方，瑞秋指給我看，於是我認出了蝕刻在金屬上的模糊藍色記號。

「很久沒有使用了。」安娜貝斯說。

「有一次我試著打開它，」瑞秋說：「只是好奇而已，可是門因爲生鏽打不開。」

「不對。」安娜貝斯往前走。「它只是需要混血人的碰觸。」

果然，當安娜貝斯將手放在記號上時，記號便發出藍光。金屬門吱吱嘎嘎的開啓了，出現的是一個暗暗的樓梯間，通往下方。

「哇。」瑞秋看起來很冷靜，我分不出來她是不是裝的。她已經換上破舊的現代美術館T恤，還有平常穿的麥克筆圖案的牛仔褲，藍色塑膠梳子有一半露在口袋外面。她的紅髮綁在後面，頭髮裡面還有一點一點的金粉，臉上也殘留著點點金光。「所以……跟著你走？」

「你是導遊，」安娜貝斯很客氣的嘲弄她。「請在前面引導。」

樓梯間往下通往一個很大的磚砌隧道，因爲光線太昏暗，我看不到前面半公尺之外的路，安娜貝斯和我打上手電筒照路。當我們打開手電筒開關的同時，瑞秋發出尖叫。

一個骷髏對著我們笑，它不是人類。骷髏非常巨大，至少有三公尺高，用繩子拉起，手腕和腳踝被綁在一起，整個身體很像在隧道上方畫了一個大大的X。不過，真正讓我的背脊發涼的是骷髏骨架的正中央有單獨一隻黑眼窩。

「獨眼巨人，」安娜貝斯說：「非常老了，不會是……我們認識的人。」

那不是泰森，她是這個意思。可是這並沒有讓我好過一點，我覺得把它放在這裡是一種警告。不論是什麼殺了成人的獨眼巨人，我都不想遇到那傢伙。

瑞秋吞了一口口水。「你們有獨眼巨人的朋友？」

「泰森，」我說：「我同父異母的弟弟。」

「你同父異母的弟弟？」

「希望我們能在這底下找到他，」我說：「還有格羅佛，他是個羊男。」

「喔。」她很小聲的說：「那我們最好繼續走。」

她走過骷髏左手臂下方，繼續前進。安娜貝斯和我交換個眼神，安娜貝斯聳聳肩，我們跟著瑞秋往迷宮深處走去。

走了十五公尺之後，我們來到十字路口。往前是一樣的磚造隧道，往右的牆壁是古老的大理石板，往左的隧道是泥土和樹根。

我指著左邊。「這和泰森、格羅佛進去的隧道很像。」

安娜貝斯皺起眉頭。「對，可是往右的那些古老石材，比較像是會通往迷宮的古老部分，也就是代達羅斯的工坊。」

「我們必須往前走。」瑞秋說。

安娜貝斯和我一起看著她。

「那是最不可能的選擇。」安娜貝斯說。

「你們沒看到嗎？」瑞秋問：「看地上。」

我只看到舊舊的磚和泥土。

「那裡有亮光，」瑞秋堅持她的看法。「不過非常微弱就是了。往前走才是正確的路。往左邊是更往下的隧道，那些樹根像觸鬚一樣動著，我不喜歡。右邊有一個六公尺深的陷阱，牆壁裡有很多洞，也許是釘子的洞，我不認爲我們應該冒這個險。」

她在描述的東西，我一樣都沒看到，不過我只是點點頭。「好，往前。」

「你相信她？」安娜貝斯問。

「對，」我說：「你不相信嗎？」

安娜貝斯看起來像是想爭辯，可是她卻只是揮手示意瑞秋繼續在前面領路。我們一起走進磚隧道，隧道彎曲轉折，不過旁邊沒有再分岔出新隧道。我們似乎正斜斜往下，往更深的地底前進。

「沒有陷阱嗎？」我焦慮的問。

「什麼都沒有。」瑞秋皺眉。「有這麼容易嗎？」

「我不知道，」我說：「沒有前例。」

「所以，瑞秋，」安娜貝斯說：「你從哪裡來，說眞的？」

她這句話的意思比較像「你從哪個星球來」，可是瑞秋沒有被激怒。

「布魯克林區。」她說。

「如果你在外面待到很晚，你爸媽不會擔心嗎？」

瑞秋呼了一口氣。「不可能，就算我消失一個星期，他們也不會發現。」

「爲什麼？」這次安娜貝斯不像在挖苦了，她很了解和爸媽之間的問題。

在瑞秋回答前，我們前面出現吱吱嘎嘎的聲音，像是巨大的門正在開啓。

「那是什麼？」安娜貝斯問。

「我不知道，」瑞秋說：「是金屬絞練的聲音。」

「喲，眞的幫很大忙耶。我是問，那是什麼東西？」

接著，我聽到沉重的腳步聲震動通道，正朝向我們而來。

「跑嗎？」我問。

「跑。」瑞秋贊成。

我們轉身沿著剛才來的路逃跑，沒跑幾公尺，就撞見了幾個老朋友：兩隻母龍——穿著希臘盔甲的蛇女——將手上的標槍對準我們胸前，站在她們中間的是恩普莎啦啦隊長凱莉。

「喲，喲。」凱莉說。

我拿下波濤劍的筆蓋，安娜貝斯拔出匕首。可是我的筆還沒變成劍之前，凱莉就猛撲向瑞秋，手變成爪子抓住她，將她旋轉著，接著緊緊抱住她，將尖爪放在瑞秋的脖子上。

「帶你們的凡人寵物來散步嗎？」凱莉問我說：「這麼易碎的東西，很容易打破呢！」

我們後面的腳步聲愈來愈靠近，一個巨大的形體從黑暗中出現，是兩公尺半高的巨食人族，紅眼尖牙。

巨人看到我們，舔了舔嘴唇。「我可以吃掉他們嗎？」

「不行，」凱莉說：「你的主人想要他們，他們可以提供很多娛樂。」她對我微笑。「混血人，走吧，否則你們全都得死在這裡，就從這個凡人女孩開始。」

這眞是我最糟的惡夢，相信我，因爲我的惡夢經驗非常豐富。我們在隧道走著，兩旁被母龍包夾，凱莉和巨人押後，防止我們突然跑掉。好像沒有人擔心我們往前跑，因爲那正是他們要我們去的方向。

前面出現幾個青銅門，大約三公尺高，門上有雙劍交叉的徽章圖案。門後面傳來低沉模糊的嗡嗡聲，像是一大群人發出的聲音。

「喔，會、會、會的，」左邊的蛇女說：「主人會非常歡迎你、你、你的。」

我以前從沒這麼近看過母龍，說眞的，我不會因爲擁有這種機會而興奮激動。她有一張美麗的臉龐，不過要去掉舌頭分叉、黃色眼白中是黑色細長瞳孔這兩項。她的腰部以上穿著青銅盔甲，以下應該是腳的地方卻是兩條粗壯的蛇，蛇皮是銅綠和青綠色交錯。她移動的方式是半走半滑行，好像在滑雪。

「你的主人是誰？」我問。

她嘶嘶叫著，聽起來很像笑聲。「喔，到時候就知道、道、道了，你們會相處得很好。還有，他是你的兄、弟、弟、弟。」

「我的什麼？」我立刻想到泰森，可是不可能啊，她在鬼扯什麼？

巨人超越我們打開門，他拉住安娜貝斯的上衣，把她提起來，說：「你留在這裡。」

「嘿！」她抗議，可是這傢伙的體積比她大兩倍，而且他已經沒收她的匕首和我的劍。

凱莉笑了，她仍然將爪子放在瑞秋的脖子上。「波西，繼續走，娛樂我們吧。我們會和你的朋友一起在這裡等，以免你胡來。」

我看著瑞秋。「對不起，我一定會帶你脫離險境。」

在惡魔還抓著她的喉嚨的情況下，她艱難的點了點頭。「很好。」

母龍用標槍頂端戳我，把我推向門廳，我走進去，上了圓形競技場的中央舞台。

這不是我到過最巨大的競技場，不過想到這是在地底下，應該也算很壯觀了。圓形的舞台是泥土地，舞台有多大呢，如果你的車子抓地力夠強，你甚至可以在舞台的邊牆上開車。競技場中央，一場巨人和半人馬的決鬥正在進行。半人馬的樣子很驚慌，他繞著敵人飛快奔馳，手上拿著劍和盾。巨人則是揮舞著和街燈柱一樣粗的標槍。觀眾高聲歡呼。

第一排階梯座位在舞台上方約四公尺的高度，簡單的長條石椅座位圍繞著整個競技場舞台。座位全都坐滿了，有巨人、母龍、半神半人、鐵勒金，還有些古怪的東西，像是有蝙蝠翼的惡魔，以及一半是人一半是鳥、爬蟲類、昆蟲或哺乳動物。

最駭人的東西是骷髏頭，競技場裡到處都是。欄杆邊緣裝飾著骷髏頭，兩排長椅間的階梯上堆擺了一公尺高的骷髏頭，它們從看台後方傳出咯咯笑聲；還有用鍊子吊著、從天花板垂下來的骷髏，像恐怖的吊燈。有些骷髏看起來很老了，除了褪色的白骨，其他什麼都沒有。有些看起來「新鮮」多了，我不想進一步去描述，相信我，你不會希望我那樣做。

在這些骷髏頭的中間，在觀眾牆那一邊，驕傲的展示著我覺得很不合理的東西——一面綠色旗幟，旗面中央是波塞頓的三叉戟。在這麼恐怖的地方放這個是在幹嘛？

在旗幟上方，坐在榮譽席上的，是個宿敵。

「路克。」我說。

我不確定在群眾的吵雜聲中他聽不聽得到我的聲音，不過他冰冷的微笑著。他穿著迷彩褲、白T恤和青銅護胸甲，和我夢裡所見相同。可是他仍然沒有佩戴他的劍，真奇怪。坐在他旁邊的是我所見過體型最大的巨人，比在場中和半人馬打鬥的巨人大多了。坐在路克旁邊的巨人一定超過四公尺高，身體寬到要坐三張椅子。他只穿著腰布，像相撲力士一樣，皮膚是暗紅色，上面有藍色海浪圖案的刺青。我想，他一定是路克的新保鑣。

場中傳來一個吼聲，當半人馬撞到我旁邊的地上時，我往後跳開。

他用懇求的眼神看著我。「救我！」

我伸手找我的劍，可是它被拿走了，還沒有回到我口袋中。

半人馬掙扎著站起來，巨人逼近，手中的標槍已經準備好了。

一隻尖爪抓住我的肩膀。「如果你珍惜你的朋友的性命，」看守我的母龍說：「你就不會插手。這不是你的決、決、決鬥。等輪到你時再出場。」

半人馬起不來了，他的一隻腳斷了，巨人把大腳踩在半人馬的胸膛上，舉起標槍。他抬起頭看路克。觀眾高呼，「死！死！」

路克沒有動作，這時坐在旁邊的刺青相撲力士站起身，他低頭微笑的看著半人馬。半人馬正在嗚咽：「求求你！不要！」

接著，相撲力士伸出手，比了個拇指朝下的手勢。

當決鬥巨人將標槍刺入時，我閉上了眼睛。當我再次睜開眼睛時，半人馬消失了，爆炸成灰燼，只留下一隻蹄。巨人將蹄當作戰利品高高舉起，向觀眾展示，觀眾歡聲雷動。

競技場另一端的一道出口開啓，巨人得意洋洋的走出去。

看台上，相撲力士舉起手要大家安靜。

「好看！」他大聲喝采。「可是我以前都看過了，路克，荷米斯的兒子，還有沒有別的可以看啊？」

路克的下巴收緊，我看得出來他不喜歡被叫成荷米斯的兒子，路克恨他的爸爸。不過他很快就冷靜下來，眼睛閃閃發光，似乎心情很好。

「安提爾斯[76]陛下，」路克的聲音大到所有的觀眾都聽得到，「你是最棒的主人！我們都很高興能爲你提供娛樂，以得到通過你的領土的回報。」

「我還沒答應咧，」安提爾斯大吼：「我要娛樂！」

路克鞠躬。「那麼，我相信在你的競技場中，會有比半人馬打鬥更棒的節目。我手上有你的一個兄弟。」他指著我。「波西．傑克森，波塞頓之子。」

觀眾開始奚落我，向我丟石頭。大部分的石頭我都閃開了，只有一個打中我的臉頰，留下一道傷口。

安提爾斯的眼睛發亮。「波塞頓的兒子？這樣的話，他應該打得更好！或死得更好！」

「如果他的死能取悅你，」路克說：「你會讓我們的軍隊通過你的領土嗎？」

「也許會喔！」安提爾斯說。

路克對於「也許」這兩個字不太高興，他低頭瞪我，好像在警告我最好死得戲劇化一點，否則我就會有大麻煩。

[76] 安提爾斯（Antaeus），希臘神話中的利比亞巨人，海神波塞頓和大地之母蓋婭的兒子。他強迫所有經過利比亞的人都要和他角力，他只要一接觸到地面，就能從母親大地之母那兒獲取新的力量，因此幾乎百戰百勝。

「路克！」安娜貝斯大喊：「停止這一切，放我們走！」

路克似乎才第一次看到她，他似乎吃了一驚。「安娜貝斯？」

「之後還有夠多時間看女人打鬥，」安提爾斯插嘴說：「首先，波西．傑克森，你要選擇哪一種武器？」

母龍把我推到場中。

我往上看安提爾斯。「你怎麼能當波塞頓的兒子？」

安提爾斯笑了，其他的觀眾也一起大笑。

「我是他最愛的兒子！」安提爾斯轟隆隆的說：「你看啊，我的神殿祭祀地震創造者，神殿是以祂的名字殺死的骷髏頭建造起來的！你的頭顱即將加入它們！」

我震驚的看著那些骷髏頭，少說有好幾百個呢。然後我又望著波塞頓的旗幟。怎麼能蓋出這種神殿給我的爸爸？我的爸爸是好人，他從來不會向我要父親節卡片。

「波西！」安娜貝斯對我大喊：「他的媽媽是蓋婭！蓋……」

綁架她的巨食人族綁匪把手壓在她嘴上。他的媽媽是蓋婭，是大地女神。安娜貝斯想告訴我這件事很重要，可是我不知道為什麼，也許是因為這傢伙的雙親都是神，要殺掉他很困難。

「安提爾斯，你瘋了，」我說：「如果你認為這是好的獻禮，這表示你一點都不了解波塞頓。」

觀眾大聲怒罵我，安提爾斯舉手要大家安靜。

「選武器，」他堅定的說：「接下來，我們會看到你怎麼死的。你要斧頭？盾牌？網子？還是火焰發射器？」

「我只要我的劍。」我說。

怪物觀眾迸出笑聲，瞬間波濤劍出現在我的手中，觀眾裡隨即出現一些緊張的聲音。青銅劍身閃耀著微光。

「第一回合！」安提爾斯宣布。門打開，一隻母龍滑進來，她一隻手拿著三叉戟，另一隻手拿著沉甸甸的網子，典型的格鬥裝扮。要對付那些武器，我在混血營已經接受過好幾年的訓練了。

她先是嘗試性的朝我刺來，我往後退。她丟出網子，希望纏住我拿著劍的手，不過我輕鬆側身躲開了，接著將她的三叉戟劈成兩半，波濤劍刺入她盔甲的縫隙。在痛苦的哀嚎聲中，她蒸發消失，而觀眾的歡呼聲瞬間平息。

「不對！」安提爾斯大吼：「太快了！你必須等待殺的指令，只有我能下令！」

我看著安娜貝斯和瑞秋，我必須找出讓她們自由的方法，也許支開看守她們的守衛。

「波西，幹得好。」路克微笑，「用這把劍，你可以做得更好，這點我承認。」

「第二回合！」安提爾斯大喊：「這次要慢一點！才會更好看啊！在殺掉對方之前，要等我答應，不然的話……」

門又開了，這次出現的是年輕的戰士。他比我大一點，大約十六歲。他有一頭烏黑光亮的頭髮，左眼上覆著眼罩。他瘦而結實，所以希臘盔甲像掛在他身上一樣鬆垮垮的。他將劍刺入地下，調整盾牌的綁帶，然後戴上馬尾頭盔。

「你是誰？」我問。

「中村伊森。」他說：「我必須殺死你。」

「為什麼要這樣做？」

「嘿！」看台的怪物嘲笑著。「停止說話，開打！」其他人呼應他。

「我必須證明我自己，」伊森對我說：「從軍是唯一的方法。」

一邊說著，他一邊衝過來，我們的劍在半空相碰，觀眾大吼。這樣不太對，我不想為了娛樂一群怪物而打鬥，可是伊森卻沒給我太多的選擇。

他往前進逼。他很不錯，據我所知，他從沒來過混血營，可是卻訓練良好。他避開我的攻擊，他的盾差點敲到我，還好我往後跳。他砍過來，我繞到一邊。我們交替刺擊和閃躲防衛，了解對方的格鬥模式。我試著往伊森盲眼的一側進攻，不過沒什麼用處。他顯然用單眼格鬥很久了，因為他的左防衛非常棒。

「血！」怪物大吼。

我的對手往上望著看台。我明白了，這是他的弱點，他需要讓觀眾感動，我不用。他怒聲吶喊，向我衝過來，我只是擋開他的劍，隨即向後跑，讓他在後面跟著我。

「噓！」安提爾斯說：「挺起身子戰鬥！」

伊森逼近我，即使手上沒有盾牌，我還是沒有什麼防守上的麻煩。他的盔甲和盾牌十分沉重，顯然是著重防守的裝備，但這卻使他進攻時容易疲憊。我是一個軟靶沒錯，卻也更輕更快。觀眾丟下花生，大聲抱怨，接著丟下石塊。我們已經打了五分鐘左右，卻沒有見血。

終於，伊森犯錯了。他想要刺我的肚子，而我用劍鎖住他的劍柄，旋轉著，讓他的劍脫手掉到地上。在他回復平衡前，我猛力用劍柄攻擊他的頭盔，將他推倒，他沉重的盔甲對我的幫助反而比較多。他背朝下摔在地上，恍惚而疲倦。我將劍尖指向他的胸膛。

「了結吧。」伊森呻吟著。

我往上看著安提爾斯，他的紅臉充滿不悅，不過還是舉起手做出拇指朝下的動作。

「算了。」我將劍放入劍鞘。

「別傻了，」伊森呻吟道：「他們會殺了我們兩個。」

我對他伸出一隻手，他勉強接受，於是我將他拉起來。

「沒有人能侮辱這遊戲！」安提爾斯大吼：「你們兩個的頭顱都將貢獻給波塞頓！」

我看著伊森。「看到機會時，就跑。」然後我轉身對著安提爾斯。「爲什麼你不自己來跟我格鬥？假如你得到爸爸的寵愛，下來這裡，證明它！」

看台裡的怪物開始嘀嘀咕咕，安提爾斯望望周圍，很清楚的了解到他沒有選擇了，這時他不可能說不，而又不像是個膽小鬼。

「小子，我是全世界最偉大的摔角力士，」他警告說：「從第一場『潘克拉辛[77]』以來，我就一直在比賽摔角！」

「潘克拉辛？」我問。

「他的意思是打到死爲止，」伊森說：「沒有規則、不能喊停，是以前奧林匹克運動會的一個項目。」

「謝謝提醒。」我說。

「不客氣。」

瑞秋瞇起眼睛看著我。安娜貝斯用力搖頭，而巨食人族的手仍然蓋在她的嘴上。

我用劍指向安提爾斯。「贏者全拿！我贏，我們全都自由；你贏，我們都死。以冥河之名立誓。」

安提爾斯大笑。「應該不會花太久時間啦，我的誓言和你相同！」

他翻過欄杆跳下，進了舞台。

「祝你好運，」伊森對我說：「你一定需要好運。」然後他向後轉，迅速離開。

安提爾斯的關節劈啪作響。他咧開嘴笑著，我看到他連牙齒上都刻了海浪圖案，這樣飯後刷牙時一定很痛。

「武器呢？」他問。

「我用我的劍，你呢？」

他舉起大手，擺動手指。「我不需要別的東西！路克大師，這次你當裁判。」路克朝下對我微笑。「我很樂意。」

安提爾斯衝過來，我滾到他腳下，從後面刺進他的大腿。

「啊！」他大吼，可是應該流血的位置卻噴出一柱沙，很像沙漏側面被敲破了一個洞。沙子流到泥土地上，泥土開始繞著他的腳往上堆，像石膏一樣包裹著他的腳。等泥土掉下來時，他的傷口不見了。

他再次撲上來，好在我有過和巨人打鬥的經驗。這次我側身躲開，從他的手臂下方刺去。波濤劍的劍身完全刺進他的肋骨中，只留劍柄在外面，這是好消息。壞消息是，當巨人轉身時，因為我的手還握著劍柄，我的身體因而被巨人用力甩出去，整個人被丟到競技場的另一邊，失去了武器。

安提爾斯痛得大叫，我等著他崩解，沒有怪物能承受我的劍這樣直接的一擊，天國青銅必定正在破壞他的本體。可是安提爾斯卻摸到身上的劍柄，將劍拔出往後一丟。更多沙從傷口流出，泥土又一次堆起，將他的肩膀以下完全包住。當泥土掉下，安提爾斯又完好如初了。

---

⑰ 潘克拉辛（pankration），古希臘拳擊與角力相結合的運動競賽項目。首次出現於西元前六五二年。比賽方式粗野，允許拳打、腳踢、扭肢、扼咽及在地上翻滾，一方承認失敗時，比賽即終止。

「半神半人，現在你明白我永遠不會輸的原因了吧！」安提爾斯洋洋得意。「過來，讓我摧毀你吧，我會快一點！」

安提爾斯站在我和我的劍中間。情急之下，我往另一邊看去，和安娜貝斯的眼神相遇。大地，我想著，安娜貝斯想告訴我什麼？安提爾斯的媽媽蓋婭是大地之母，最遠古的女神。或許安提爾斯的爸爸是波塞頓沒錯，不過保護他活下來的是蓋婭。只要他和地面接觸，我就傷不到他。

我嘗試繞著他走，可是安提爾斯卻跟著我的動作移動，他擋住我的路，咯咯的笑著。他現在只是在玩弄我，將我逼入絕境。

我抬頭看到從天花板垂下的鍊子，鍊子上用鉤子勾著敵人的頭顱。我突然有個主意。

我假裝往另一邊走，安提爾斯又過來擋住我的路，觀眾大聲嘲笑我，吼著要安提爾斯把我解決掉，可是這時他玩得正開心。

「弱小子，」他說：「不配做海神的兒子！」

我感覺到筆已經回到我的口袋，可是安提爾斯不知道，他一定以爲波濤劍還在他背後，所以他會以爲我的目標是去拿回我的劍。這對我的優勢幫助不多，不過我也只能這樣了。

我往前直衝，將身體蹲低，他以爲我又要從他雙腿間滾過去。當他彎下腰準備把我當滾地球接住時，我運用我唯一的優勢，踩著他的前臂跳起來，然後登上肩膀，把他當成梯子往上跳，接著踩在他頭上。他很自然的往上跳，氣得大喊：「嘿！」我利用他的衝力向上推升，往天花板彈過去。我抓住一條鍊子頂端，骷髏頭和鉤子在我下方發出叮叮噹噹的聲音。我用鍊子纏住腳，就像在體育課的打繩結課程裡學到的那樣。我拔出波濤劍，鋸下旁邊的一條鍊子。

「下來，膽小鬼！」安提爾斯大吼。他想要抓住我，可是剛好差了一點，抓不到。美妙的吊掛當然要堅持下去。我大喊：「來抓我啊！還是你太慢又太肥？」

他氣得大吼大叫，想用新方法抓我。他抓住一條鍊子，想要將自己拉起來。正當他努力奮鬥時，我將鋸下的鍊子放低，抓著鉤子拋了兩次，終於勾住安提爾斯的腰布。

「哇！」他大叫。我迅速將活動的鍊子和我腳上的鍊子拴在一起，然後牢牢的將兩條鍊子拉緊，接著使出最大的力氣拉扯鍊子。安提爾斯想要往下滑回地面，可是他的屁股被腰布往上拉住，他必須用雙手抓住其他的鍊子，才能避免身體翻過來頭下腳上。我祈禱腰布和鍊子可以多支撐幾秒鐘。當安提爾斯發火咒罵時，我在鍊子間像隻瘋猴子一樣攀爬擺盪，最後我用鉤子和金屬鍊將他的全身層層纏繞。我不知道自己是怎麼辦到的，媽媽常說，我生來就有讓事情糾纏不清、一團混亂的本事，再加上我急著想救我的朋友。不管怎樣，幾分鐘後，巨人就被懸空掛起，全身纏繞著鍊子和鉤子，無力掙脫了。

我跳回地上，喘著氣，全身是汗，雙手因爲攀爬而磨破皮。

「放我下來！」安提爾斯要求。

「放開他！」路克命令。「他是我們的主人！」

我拔開波濤劍的筆蓋。「我會放開他。」

接著，我向巨人的肚子刺去。他大吼著，沙子狂瀉而出。這次他高高在上，碰不到地面了，泥土不能升起來幫他。安提爾斯正在解體，他一點一點的流失，直到完全不見，只留下空空的鍊子擺啊擺的，一件超大腰布勾在鉤子上，還有一堆咯咯笑的骷髏頭在我頭上飛舞，像是終於有件讓他們開心的事情。

「傑克森！」路克大喊：「我應該以前就殺了你才對！」

「你做過了，」我提醒他。「路克，讓我們走吧，我和安提爾斯的協議有誓言為證。我是勝利者。」

他的行為在我預料中。他說：「安提爾斯死了，他的誓言也和他一起消失。可是我今天很仁慈，我會讓你死得快一點。」

他指著安娜貝斯。「我饒了這女孩。」他聲音微微顫抖著說：「我會對她說話，在……在我們偉大的勝利之前。」

觀眾席上的所有怪物都拔出武器或伸長爪子，我們被包圍了，怪物數量多到令人絕望。

這時，我感覺到口袋裡的東西，冰冰的感覺，而且愈來愈冰，是犬笛。我的手指環繞著它，這段日子我一直避免使用昆特斯的禮物，那可能是陷阱。可是，現在……我沒有選擇了。我把它從口袋拿出來，用力吹。它裂開成碎冰，在我手心溶化，沒有發出任何聽得到的聲音。

路克大笑。「那個能幹嘛？」

我身後傳出驚人的狗吠聲，看守安娜貝斯的巨食人族從我身邊飛奔而過，衝進牆裡面。

「汪！」

恩普莎凱莉驚聲尖叫，這時兩百五十公斤重的黑獒犬把她叼起來，像平常玩咀嚼玩具一樣，將她往空中拋去，直直落在路克的膝上。一會兒，觀眾席上的怪物完全陷入驚慌。

「走！」我對朋友大喊：「歐萊麗女士，來！」

「遠方的出口！」瑞秋大喊：「那是正確的路！」

伊森得到他要的線索。我們一起跑過競技場，從遠方的出口出去，歐萊麗女士跟在我們後面。就在我們全力衝刺時，我還聽得到一整支軍隊試圖跳出看台來追我們的混亂聲音。

15 展翅高飛

「這裡！」瑞秋大喊。

「為什麼我們得跟著你？」安娜貝斯質問：「你讓我們直接進入死亡陷阱！」

「那是你必須去的地方，」瑞秋說：「這裡也是，走吧！」

安娜貝斯對此不太高興，不過她還是跟著大家走。瑞秋似乎真的很確定該往哪裡走，她匆匆轉彎，連在十字路口都沒有任何猶豫。有一次，她說：「蹲下！」就在我們蹲下的同時，一把巨斧從我們頭上飛過。然後，我們繼續走，好像沒發生任何事一樣。

我記不清究竟轉了幾個彎，我們一直沒有休息，直到走進一個體育館大小的房間裡才停下腳步。除了屋頂外，房間裡全是用老舊的大理石砌成。我站在門口，往外仔細聽聲音，可是什麼都沒聽到，顯然我們已經甩掉路克以及他迷宮裡的爪牙了。

我發現另一件事：歐萊麗女士不見了。我不知道她什麼時候不見的，不知道是不是走丟了，還是被怪物追上。我的心情變得沉重起來，她救了我們的命，可是我卻沒等她一下，確定她還跟著我們。

伊森累倒在地上。「你們這些人瘋了。」他拿下頭盔，臉上的汗微微發光。

安娜貝斯驚訝的倒抽一口氣。「我記得你！幾年前，你是荷米斯小屋中還未確認的孩子之一。」

他瞪著她。「對，你是安娜貝斯，我記得。」

「你……你的眼睛怎麼了？」

伊森把臉轉開，我想那是他不願意談的話題。

「你一定是我夢中的混血人，」我說：「被路克那幫人逼入絕境的人，原來不是尼克。」

「尼克是誰？」

「別管了，」安娜貝斯飛快的說：「你爲什麼要加入錯的那邊？」

伊森冷笑。「沒有正確的一邊，天神從不關心我們，我爲什麼不應該……」

「報名參加一個叫你打到死給他們娛樂的軍隊？」安娜貝斯說：「咿，我懷疑。」

伊森冷靜的說，「我不會和你爭吵，謝謝你們的幫忙，我要在這裡離開了。」

「我們要去追代達羅斯，」我說：「和我們一起走，如果成功，混血營會歡迎你回去。」

「如果你覺得代達羅斯會幫你的話，你眞的瘋了。」

「他必須幫我們，」安娜貝斯說：「我們會說服他。」

伊森哼了一聲。「對啦，祝你們好運。」

我抓住他的手臂。「你要單獨在迷宮裡亂晃嗎？這是自殺行爲。」

他看著我，勉強壓抑住怒火。他的眼罩邊緣磨損，黑布褪色，看起來用很久了。「傑克森，你不應該饒我一命，仁慈在這場戰爭裡無容身之地。」

然後，他跑進黑暗中，進入我們剛剛來的路。

安娜貝斯、瑞秋和我都累壞了，我們在這個大房間裡露營。我找到一些木頭碎片點起營火。圓柱的影子在我們周圍升起，像森林一樣。

「路克一定出了什麼事，」安娜貝斯嘀咕著，用匕首撥動營火。「你有注意到他的表現嗎？」

「看起來他很高興看到我，」我說：「折磨英雄好像讓他很愉快。」

「才不是這樣！他一定出了什麼事，他看起來很……緊張。他要他的怪物饒過我，說要告訴我某件事。」

「大概是，『嗨，安娜貝斯！和我一起坐在這，觀賞我將你朋友撕成碎片，有趣喔！』」

「真受不了你，」安娜貝斯抱怨著。她將匕首放回刀鞘，看著瑞秋。「現在我們該走哪一條路啊，莎卡嘉薇亞[78]？」

瑞秋沒有馬上回答，自從競技場之後，她變得比較安靜。不管安娜貝斯怎麼挖苦，瑞秋幾乎都沒有生氣回嘴。她將一根棒子的尖端放進營火中，然後用棒尖的煙灰在地上畫畫，畫的都是我們看過的怪物。寥寥數筆，她就完美抓到母龍的模樣。

「我們要跟著那條路走，」她說：「地板上的亮光。」

「引我們進入陷阱的亮光？」安娜貝斯問。

「安娜貝斯，不要再傷害她了，」我說：「她已經盡力做到最好了。」

安娜貝斯站起身。「火愈來愈小了，我去找找有沒有木柴，你們兩個可以聊聊接下來的策略。」然後她走進黑暗中。

瑞秋用棒子畫出另一幅圖，是灰色的安提爾斯被鍊子吊著。

「安娜貝斯不常這樣，」我對她說：「我不知道她有什麼毛病。」

瑞秋挑眉。「你眞的不知道？」

「什麼意思？」

「男生啊，」她嘀咕著：「全都瞎了。」

「嘿，怎麼連你也這樣！聽我說，我很抱歉拉你進來。」

「不，你是對的，」她說：「我看得到路。我沒辦法解釋，可是眞的很清楚。」她指向房間另一端的暗處。「工坊就在那個方向，我們很接近迷宮的心臟了。我不知道路爲什麼會通往那個競技場，我……我很抱歉，你們差點死掉。」

她的聲音聽起來快哭了。

78 莎卡嘉薇亞（Sacagawea，一七八六—一八一二），美國愛達荷州印第安肖肖尼（Shoshone）部落婦女。曾陪同「路易斯和克拉克遠征隊伍（Lewis and Clark expedition，一八〇四—一八〇六年）」，探索通向北美洲太平洋沿岸的路徑，跋涉蠻荒數千里，擔任嚮導與翻譯，過程中展現出過人的毅力和才智，一生充滿傳奇。

「嘿，我常常快死掉，」我說：「別往壞處想。」

她打量著我的臉。「所以，你每年暑假都在做這種事？和怪物打架？拯救世界？你有做過正常的事嗎？」

我從沒想過，上一次我過著比較像正常生活的時間是……嗯，從來沒有。「我猜混血人要習慣這樣，或許很難習慣，但是……」我不安的改變話題。「你呢？你平常在做什麼？」

瑞秋聳聳肩。「畫畫、讀書。」

好吧，我想，到目前爲止，我們在相似度的表格上都是零分。「談談你的家人？」

我感覺到她築起防衛牆了，這好像不是安全的話題。「喔……他們就是……家人嘛。」

「你說他們不會注意到你不見。」

她放下手上拿來畫畫的木棒。「唔，我很累了，我可以睡一下嗎？」

「喔，當然可以，很抱歉，如果……」

這時瑞秋已經用背包當枕頭，將身體蜷曲起來，閉上眼睛躺著不動了，可是我覺得她沒有眞的入睡。

幾分鐘後，安娜貝斯回來了，她往營火裡丟進更多木柴，看看瑞秋，再看看我。

「我先來守夜，」她說：「你也該睡了。」

「你不需要表現出那個樣子。」

「哪個樣子？」

「像……算了。」我躺下，覺得很煩。我太累了，闔上眼後很快就睡著了。

在夢裡我聽到笑聲，冰冷而刺耳，像磨刀聲。

我站在塔耳塔洛斯深處的一個坑洞邊緣，坑洞裡是全黑的，像墨水湯一樣正在沸騰。

「小英雄，竟然如此靠近你自己的毀滅，」克羅諾斯責怪的聲音，「而且你仍然盲目。」

聲音和以往聽到的不一樣，比較眞實，幾乎和眞人發出的聲音差不多，不像以前……由什麼碎肉組成的情況。

「我很感謝你，」克羅諾斯說：「你確保了我的復活。」

洞穴的陰影變得更深更濃，我想要後退離開坑洞，可是身體卻像是在油裡面游泳，時間整個慢下來，我的呼吸幾乎停止。

「回報，」克羅諾斯說：「泰坦王一定會還你人情，也許讓你看一眼你拋棄的朋友……」

我周圍的黑暗空氣開始出現波紋，接著我身在另一個山洞裡。

「快！」泰森說著，他高速衝進房間，格羅佛搖搖晃晃的跟在他後面。他們進來的通道裡傳來轟隆隆的聲音，接著巨大的蛇頭衝進山洞中。這條蛇大到身體只能勉強穿過通道，牠的鱗片是銅色，蛇頭是鑽石形狀，像響尾蛇，黃眼睛發出充滿敵意的光芒，張嘴時能看到和泰森一樣長的尖牙。

牠猛力往格羅佛衝去，格羅佛跳起來閃過，蛇只吃到一嘴泥沙。泰森撿起一塊石頭往怪物丟，砸在牠兩眼之間，可是蛇只是縮了一下，發出嘶嘶聲。

「牠要吃你！」格羅佛對泰森大喊。

「你怎麼知道？」

「牠剛剛告訴我的！快跑！」

泰森猛衝到一邊，蛇頭像棒子一樣敲向他的腳。

「不！」格羅佛大喊，在泰森還來不及恢復平衡之前，蛇已纏住他的身體，開始緊縮。泰森拼命掙扎，使出全身的蠻力用力推，可是蛇卻愈纏愈緊。格羅佛瘋狂的拿蘆笛敲打蛇，不過這好比撞石牆一樣完全無效。

整個房間震動著，蛇收縮肌肉，以抖動壓倒泰森的蠻力。

格羅佛開始吹起蘆笛，天花板隨即落下鐘乳石雨，整個山洞似乎即將崩毀。

我醒了過來，安娜貝斯正在搖我的肩膀，「波西，醒醒！」

「泰森……泰森有麻煩了！」我說：「我們必須幫助他！」

「現在最緊急的是，」她說：「地震啦！」

的確，整個房間隆隆作響。「瑞秋！」我大喊。

她的眼睛立刻睜開，抓起背包，我們三個人開始跑。在我們幾乎衝到遠方的通道口時，附近的一根圓柱發出吱吱嘎嘎聲響，開始彎曲，我們繼續跑，一百噸重的大理石柱在我們後方倒下。

我們進了走道，回頭剛好看到其他圓柱倒塌的畫面，一陣雲狀白灰揚起，朝我們滾滾而來，我們拔腿繼續跑。

「你知道嗎？」安娜貝斯說：「怎麼說我還是比較喜歡這條路。」

沒多久，我們看到前方出現光線，很像普通的電燈燈光。

「那裡！」瑞秋說。

我們跟著她進入一個不銹鋼門廳，我以爲只有太空站才會出現這幅景象：天花板投下慘白的日光燈的燈光，地板是金屬板。

我的眼睛已經很習慣黑暗，這裡對我來說太亮了，我得瞇起眼睛看。安娜貝斯和瑞秋在昏暗燈光的照射下臉色蒼白。

「這邊，」瑞秋邊說邊開始跑。「我們很接近了！」

「錯得太離譜了吧！」安娜貝斯說：「工坊應該是迷宮中最古老的區域，不會……」

她停下不說了，因爲我們到達一扇金屬門前面，門上和眼睛等高的位置，刻著大大的藍色希臘字母Δ。

「我們到了，」瑞秋宣布：「代達羅斯的工坊。」

安娜貝斯按壓門上的記號，門吱吱的開了。

「好古老的建築。」我說。

安娜貝斯沉下臉，我們一起走了進去。

首先迎接我們的是日光，強烈的陽光從巨大的窗戶湧入。這裡不是原來想像的地牢中心的樣子，工坊像是藝術家的工作室，有十公尺高的天花板、工業用照明設備、磨得光亮的石板地，沿著窗邊放著工作檯；還有一座螺旋樓梯往上通到二樓閣樓；六個畫架上展示著機械和建築的手繪設計圖，看起來很像達文西的素描。桌上放著幾台筆記型電腦，排在架上的玻璃罐裡裝著綠色的油，那是希臘火藥[79]。還有很多奇怪的金屬機械，我看不出來是什麼，像是一個青銅椅子上面連接著許多電線，很像刑具；另一個角落立著一顆和大人一樣高的巨大金屬蛋。有一座爺爺級的老時鐘，外殼完全是玻璃做的，可以清楚看到裡面的齒輪正在轉動。掛在牆上的是幾對由青銅和銀構成的翅膀。

「天神啊！」安娜貝斯喃喃自語，她跑向最近的畫架，看著設計圖。「他真是天才，看看這棟建築的曲線！」

「也是藝術家，」瑞秋驚訝的說：「這些翅膀太棒啦！」

比起我在夢中所看到的翅膀，這裡的翅膀升級了，羽毛更加緊密，而且不再用蠟來黏了，翅膀內側出現自黏帶。

我將手放在波濤劍上。代達羅斯顯然不在家，可是看起來工坊最近還在使用中，桌上的筆記型電腦正跑著螢幕保護程式，桌上放著吃了一半的藍莓小蛋糕和咖啡杯。

我走向窗邊，外面的景觀太棒了，我認出遠方的岩山。我們位在山坡上，至少有一百五十公尺高，往下望去是一片山谷，上面散落著滾落的東西，有紅色平台、大圓石、螺旋形的石頭，看起來很像巨大的兒童用摩天大樓那麼大的積木建造玩具城市，然後又將它推倒。

「我們在哪裡？」我疑惑的說。

「科羅拉多泉市[80]，」一個聲音從我們身後傳來。「天神的花園。」

站在我們上方的螺旋樓梯上，手中武器已經出鞘的，是我們失蹤的劍術教練昆特斯。

「你，」安娜貝斯說：「你對代達羅斯做了什麼？」

昆特斯微微一笑。「親愛的，相信我，你不會想遇到他的。」

「你聽好，叛徒先生，」她咆哮：「我要不是打敗母龍、三體人、瘋獅女，還見不到你哩。我問你，代、達、羅、斯、在、哪、裡？」

昆特斯走下樓梯，一手握著劍。他穿著牛仔褲、靴子，和混血營的教練T恤，看起來對混血營是一種侮辱，我們都知道他是間諜了。我不知道是否能在劍術格鬥上打敗他，他是很好的劍手，可是我明白我必須一試。

---

[79] 希臘火藥（Greek fire）是古代軍用火藥的統稱。參《妖魔之海》三三五頁，註[66]。

[80] 科羅拉多泉市（Colorado Springs），美國科羅拉多州的第二大城，位在洛磯山脈東緣、著名的派克峰下。

「你認為我是克羅諾斯的代理人?」他說:「認為我為路克工作?」

「廢話。」安娜貝斯說。

「你是個聰明的女孩,」他說:「可是你錯了,我只為自己工作。」

「路克提到你,」我說:「格律翁也認識你,你去過他的牧場。」

「當然,」他說:「幾乎每個地方我都去過,這裡也是。」

他走過我,好像完全不當我是什麼威脅,然後站在窗邊。「景觀每天都會改變,」他若有所思的說:「總是在某個高地,昨天是從摩天大樓俯瞰曼哈頓,前天是密西根湖的美麗景色,不過,它總是會回到天神的花園。我猜迷宮喜歡這裡,因為名字很合適。」

「你以前來過這裡?」我說。

「喔,是。」

「外面是幻覺?」我問:「是投影?還是什麼?」

「不對,」瑞秋喃喃自語:「這是真的,我們真的在科羅拉多。」

昆特斯凝視著她。「你的視力很不錯,對吧?你使我想起另一個我以前認識的凡人女孩,另一個遭遇不幸的公主。」

「玩夠了吧,」我說:「你對代達羅斯做了什麼?」

昆特斯看著我。「孩子,你必須向你的朋友學學看清楚的本事。我就是代達羅斯。」

我可以有很多種回應方式，比如，「我早就知道了。」或是「騙子！」或是「對啦，那我就是宙斯了。」

可是我唯一想到的句子是：「可是你不是發明家，你是劍手啊！」

「我，兩者都是，」昆特斯說：「我也是建築師、學者，就一個兩千歲才開始玩的人來說，我的籃球也打得很棒。一個眞正的藝術家一定精通很多事情。」

「沒錯，」瑞秋說：「就像我用腳畫畫，和用手畫一樣好。」

「懂了吧？」昆特斯說：「多才多藝的女孩。」

「可是你長得根本不像代達羅斯，」我不相信，「我在夢裡看過他，而且……」瞬間，一個恐怖的念頭蹦了出來。

「對，」昆特斯說：「你終於猜到眞相了。」

「你是機器人，你爲自己製作新的身體？」

「波西，」安娜貝斯不安的說：「不可能的，不可能是機器人。」

昆特斯咯咯笑著。「親愛的，你知道『昆特斯』這個名字的涵義嗎？」

「拉丁文裡是『第五』的意思，可是……」

「這是我第五個身體。」劍手舉起前臂，他壓住手肘，手腕部位發出啪的一聲，皮膚上開了個長方形的小洞，洞下面的青銅齒輪呼呼作響，線圈正在發光。

「好棒！」瑞秋說。

「好怪。」我說。

「你找到把靈魂放進機器的方法？」安娜貝斯說：「這……太不自然了。」

「喔，親愛的，我保證我仍然是我，我依然非常代達羅斯，我們的母親雅典娜很確定我從未忘記這件事。」他拉了一下衣服的領口，他脖子上有我以前看過的記號，一隻深色的鳥。

「謀殺犯的烙印。」安娜貝斯說。

「因爲你的姪子柏底斯，」我猜道：「那個你從高塔推落的男孩。」

昆特斯神色黯然。「我沒有推他，我只不過……」

「讓他失去平衡，」我說：「放任他死去。」

昆特斯往窗外看著紫色的山。「波西，我對於自己的行爲非常後悔，我很憤怒、痛苦，可是一切都無法挽回，而雅典娜從不曾讓我遺忘。柏底斯死的時候，她將他變成一隻鷓鴣，烙印在我的脖子上作爲提醒，不論我換成什麼樣的身體，烙印永遠都會出現在我的皮膚上。」

我看著他的眼睛，我明白他是我在夢裡所見的同一個人。他的臉完全變了，可是裡面的靈魂是一樣的，一樣的聰明，一樣的悲傷。

「你真的是代達羅斯。」我下結論說：「那麼，你爲什麼要到混血營？爲什麼要當間諜？」

「去看看你們的營隊是不是值得解救。路克跟我講了一個故事，我比較喜歡自己做結論。」

「所以你已經和路克談過了？」

「喔，是的，好幾次了，他很有說服力。」

「可是你已經了解混血營了！」安娜貝斯堅決的說：「所以你知道我們需要你的幫助，你不能讓路克穿越迷宮！」

代達羅斯將劍放在工作檯上。「安娜貝斯，迷宮不再是我所能控制的。沒錯，我創造了它，事實上，它和我的生命緊緊相繫，可是我允許它自己活著、自己成長，這是我隱居此處的代價。」

「爲什麼？」

「爲了避開天神，」他說：「還有死亡。親愛的，我已經活了兩千年，躲開了死亡。」

「可是，你怎麼有辦法躲開黑帝斯？」我問：「因爲……黑帝斯有復仇女神。」

「她們不會無所不知，」他說：「也沒辦法看到所有的事。波西，你遇過他們，你知道我說的是眞的。一個聰明的人可以躲很久，我將自己隱藏在非常深的地方，只有最厲害的敵人還能繼續在後面追我，不過即使是他也要受挫。」

「你是指米諾斯？」我說。

代達羅斯點點頭。「他無止盡的追殺我。現在他是死者的判官，他最想要的無非是把我抓到他面前，讓他可以判我罪、懲罰我。在科卡洛斯的女兒殺了他之後，米諾斯的亡魂開始到夢裡折磨我，他保證一定會抓到我。我只做了唯一能做的事，就是從世界上全面隱退，下到我的迷宮。我決定要以此作爲我此生最後的成就——我要欺騙死亡。」

「你做到了，」安娜貝斯驚訝的說：「已經兩千年了。」她似乎有點受到感動，儘管代達羅斯所做的事情如此恐怖。

這時通道傳來巨大的「汪」的回音，我聽到「巴砰、巴砰、巴砰」，是巨大腳爪奔跑的聲音，接著歐萊麗女士躍進工坊。她舔我的臉一下，然後用力跳起來，差點撞倒代達羅斯。

「這是我的老朋友！」代達羅斯說著，伸手搔搔歐萊麗女士的耳朵。「這段漫長寂寞歲月中，我唯一的同伴。」

「你讓她救了我，」我說：「犬笛眞的有用。」

代達羅斯點點頭。「波西，當然有用，你的心地善良，而且我知道歐萊麗女士喜歡你。我想幫你，也許是我……我的罪惡感吧。」

「罪惡感，爲什麼？」

「因爲你們的尋找任務會徒然無功。」

「什麼！」安娜貝斯說：「可是你還是可以幫我們，你一定要幫啊！給我們亞莉阿德妮的線，這樣路克就拿不到了。」

「對……那個線，我告訴路克，視力清楚的凡人是最好的嚮導，可是他不相信我，他完全將注意力放在那個魔法玩意上。線的確有用，但也許沒有你們的凡人朋友精確，不過已經夠好了，夠好了。」

「線在哪裡？」安娜貝斯說。

「在路克手上，」代達羅斯難過的說：「親愛的，我很抱歉，你們晚了幾個小時。」

我打了個寒顫，我明白路克爲什麼在競技場時會這麼開心了，原來他已經從代達羅斯手上拿到線，所以他唯一的障礙就是競技場主人。而我爲他解決了問題，我殺了安提爾斯。

「克羅諾斯承諾給我自由，」昆特斯說：「一旦推翻黑帝斯，他會讓我統治冥界，我可以取回我的兒子伊卡魯斯，也會修正可憐的小柏底斯的錯誤。我會看到米諾斯的亡魂被丟進塔耳塔洛斯，這樣他再也不能煩我，而且，我也不用再爲了避開死亡而躲躲藏藏。」

「這就是你高明的主意？」安娜貝斯大喊：「你要讓路克破壞我們的混血營，殺害幾百個半神半人，然後攻擊奧林帕斯？你要毀了全世界，好得到你要的？」

「親愛的，你的目標註定失敗，從一開始到混血營工作時，我就知道沒有方法能阻止克羅諾斯的力量。」

「不對！」她大喊。

「親愛的，我正在做我必須做的事，條件實在太甜美，難以拒絕，我很抱歉。」

安娜貝斯推倒一個畫架，建築設計圖散落一地。「我一向尊敬你，你是我的英雄！你……你創造了神奇的東西，解開難解的問題。可是現在……我不知道你是什麼，雅典娜的孩子生來擁有的是智慧，不是奸巧，也許你只是機器人，兩千年前你就死了。」

代達羅斯沒有狂怒，只是低著頭說：「你應該回去警告你的營隊，既然路克已經拿到線……」

歐萊麗女士突然豎起耳朵。

「有人來了！」瑞秋警告。

工坊的門突然打開，尼克被推進來，手被鎖鏈綑綁著，接著凱莉和兩個巨食人族跟在他後面進來，最後是米諾斯的亡魂。他幾乎變成眞實的身體了，鬍子灰白的國王，眼神冷酷，霧氣盤繞在他的長袍周圍。

他的視線移到代達羅斯身上。「你在這裡，我的老友。」

代達羅斯收緊下巴，看著凱莉。「這是什麼意思？」

「路克想對你表達敬意，」凱莉說：「他想，你可能會想見見你的老雇主米諾斯。」

「這不在我們協議的範圍內。」代達羅斯說。

「眞的喔，」凱莉說：「可是我們已經從你這裡得到我們要的，而且我們還有其他的協議要兌現呢。爲了要得到這個可愛的小半神半人，我們答應給米諾斯一個東西，」她把手指放在尼克的下巴上，「他很有用，而米諾斯所要的回報就是你的頭，老傢伙。」

代達羅斯臉色慘白。「背信忘義。」

「習慣就好。」凱莉說。

「尼克，」我說：「你沒事吧？」

他憂鬱的點點頭。「波西，對……對不起，米諾斯說你有危險，他說服我回到迷宮。」

「你想救我們？」

「我被騙了，」他說：「他欺騙我們所有的人。」

我怒視凱莉。「路克在哪裡？為什麼他沒來？」

女惡魔微笑著，好像我們正在分享一個私密的玩笑。「路克……很忙，他正在準備攻擊，不過，別擔心啦，這方面我們有許多朋友幫忙。在此同時，我想我們可以來個很棒的點心！」

她的手變成爪子，頭髮化為火焰，腳現出原形——一隻驢腳、一隻青銅腳。

「波西，」瑞秋低聲說：「翅膀，你覺得……」

「去拿，」我說：「我會拖延一些時間。」

霎時，所有的動作一起發生：安娜貝斯和我衝向凱莉；巨人對準代達羅斯，歐萊麗女士躍起護衛；尼克被推到地上，和鎖鍊奮鬥。這時米諾斯的靈魂尖嘯道：「殺了發明家！殺了他！」

瑞秋取下牆上的翅膀，沒有人注意到她。凱莉向安娜貝斯砍去，我出手攻擊，可是惡魔又快又毒，她翻倒桌子，打碎發明家的作品，阻止我們接近。我用眼角餘光看到歐萊麗女士將利牙刺入巨人的手臂，他痛得跳起來，猛力揮動手臂，想把她搖下來。代達羅斯握著劍，可是第二個巨人用拳頭打碎工作檯，將劍敲飛出去。一個裝著希臘火藥的泥罐掉在地上，破了，開始起火燃燒，綠色的火焰迅速蔓延。

「聽我召喚！」米諾斯大喊：「死者的亡魂！」他舉起鬼手，空氣開始發出嗡嗡聲。

「不！」尼克大喊，他已經站起來了，正設法移除鎖鍊。

「小笨蛋，你不能控制我，」米諾斯冷笑。「我一直牢牢的控制你，一條靈魂換一條靈魂沒錯，可是不是你的姊姊會被換回來，是我，只要殺掉發明家，我就會回來！」

許多靈魂開始出現在米諾斯周圍，閃著光的身影慢慢增加，然後凝固成克里特士兵。

「我是黑帝斯的兒子，」尼克堅定的說：「離開！」

米諾斯大笑。「你沒有可以凌駕我的力量，我是亡魂之王！」

「不對，」尼克拔出劍。「我才是。」

他將黑色劍身插入地裡，劍輕易劈開石頭，像切奶油一樣輕鬆。

「千萬不要！」米諾斯的形體開始起波紋。「我不會……」

地板發出隆隆巨響，窗戶爆裂成碎片，一陣新鮮空氣灌入。工坊的石地板出現一條裂縫，米諾斯和他的士兵亡魂全都被吸進裂縫裡，發出悽慘的哀嚎。

壞消息是，我們的打鬥仍然繼續，而我分心了。凱莉迅速撲向我，我沒來得及防守，劍脫手飛出，當我跌倒時，頭部重重撞向工作檯。現在，我的視線一片模糊，手臂舉不起來。

凱莉大笑。「好好品嚐美味吧！」

她亮出尖牙，可是身體卻突然僵硬，她瞇起紅眼睛，倒吸了一口氣。「沒有……學校……精神……」

安娜貝斯從恩普莎背後拔出她的匕首。在一陣駭人的尖叫聲中，凱莉化爲黃色的氣體。

安娜貝斯扶我起來，我仍然感到頭暈，可是我們完全沒時間了。歐萊麗女士和代達羅斯還在和巨人纏鬥中。我聽到隧道裡傳來呼喊聲，更多怪物正朝工坊而來。

「我們得去幫代達羅斯！」我說。

「沒時間了，」瑞秋說：「來的怪物太多！」

她自己身上的翅膀已經裝好，正在幫尼克安裝。在和米諾斯對決之後，尼克臉色蒼白，滿身大汗。不一會兒，翅膀已經迅速裝在他的背上和手臂上了。

「換你！」她對我說。

幾秒鐘後，尼克、安娜貝斯、瑞秋和我都裝好青銅翅膀。我已經可以感覺到自己被窗外吹入的風抬起，希臘火藥正在燒毀桌子和家具，而且延燒到螺旋梯上。

「代達羅斯！」我大喊：「快來！」

他身上有一百多個傷口，可是他流出的是金色的油，不是血。他已經拿回劍，用一塊桌面的碎塊當成盾牌抵擋巨人。「我不會離開歐萊麗女士！」他說：「快走！」

沒有時間爭辯了，就算我們留下來，也不一定幫得上忙。

「可是我們都不知道怎麼飛行！」尼克大聲說。

「現在正是學習的最佳時機。」我說。我們四個人一起跳出窗外，投入遼闊的天空中。

16 金棺現身

從一百五十公尺高的窗戶跳出去，對我來說一點都不好玩，尤其是我還背著一對青銅翅膀，慌亂的拍動手臂，看起來跟鴨子沒兩樣。

我朝山谷筆直墜落，下面是紅色的岩石，我很確定我即將成爲天神花園中的一塊動物油漬。這時，安娜貝斯在我上方的某處對我大喊：「張開手臂！翅膀保持伸展狀態！」

還好，我的腦中那一小塊沒有被恐慌吞噬的部分聽到了，我的手臂照她的話動作。我將手臂張開，翅膀挺住了，風托著翅膀，於是我下墜的速度慢了下來。我仍然朝下飛行，但已經控制在某個斜斜的角度，像是往下俯衝的風箏。

我嘗試著拍動一下我的翅膀，在天空中劃了道弧線，風在我耳邊呼嘯。

「耶！」我大喊，這種感覺眞是不可思議。抓到訣竅之後，翅膀彷彿和我的身體合而爲一，我可以任意騰空翱翔、疾速飛行、向下俯衝。

我轉頭看我的朋友，盤旋在我上方的瑞秋、安娜貝斯、尼克，在陽光下閃閃發亮。在他們的後方，大量的煙浪從代達羅斯工坊的窗戶湧出。

「降落！」安娜貝斯大喊：「翅膀不可能一直撐下去。」

「可以撐多久?」瑞秋大喊。

「我不想知道!」安娜貝斯說。

我們往下飛向天神的花園。我在一座岩山山頂做了一圈完整的盤旋，嚇到兩個登山客。接著，我們四個飛越一個山谷和一條馬路，降落在遊客中心的平台上。現在是傍晚了，這個地方看起來很冷清，沒有人煙，不過我們還是儘可能快速扯下身上的翅膀。看到翅膀的情況，我明白安娜貝斯是對的，連結翅膀和背部的自黏帶已經開始融化，青銅羽毛正在脫落中。說來慚愧，我們沒辦法修好翅膀，可是又不能將翅膀留給凡人，只好把它塞進自助餐廳外面的大垃圾箱裡。

我用遊客專用望遠鏡對準山丘上代達羅斯工坊的位置看，可是它已經消失了，沒有煙、沒有破掉的窗子，只有山坡。

「工坊移動了，」安娜貝斯猜測道:「不知道移到哪裡去了。」

「那我們現在該怎麼辦?」我問:「我們該怎麼回到迷宮去?」

安娜貝斯凝視著遠方派克峰[81]的山頂。「也許我們回不去了。如果代達羅斯死了……他說過他的生命和迷宮相連，迷宮的所有可能都會因他的死亡而毀滅，也剛好阻止了路克的入

[81] 派克峰(Pikes Peak)，美國科羅拉多州東部的山峰，位於洛磯山脈東部，臨近科羅拉多泉市，海拔四三〇一公尺，一八〇六年由探險家派克發現。

侵。」

我想到格羅佛和泰森還在裡面，至於代達羅斯……即使他做過一些很糟糕的事，又害我的朋友陷入危險中，但他這樣就死了還是太可怕了一點。

「不對，」尼克說：「他沒有死。」

「你怎麼知道？」我問。

「我知道。人死的時候，我會有感覺，很像耳朵裡出現嗡嗡聲那樣。」

「那泰森和格羅佛呢？」

尼克搖搖頭。「不清楚，因爲他們不是人類或混血人，沒有凡人的靈魂。」

「我們到鎮上去。」安娜貝斯決定了。「鎮上能找到迷宮入口的機會應該比較大，我們必須趕在路克和他的軍隊之前回到混血營。」

「我們可以去搭飛機。」瑞秋說。

我聳聳肩。「我不飛。」

「可是你剛剛才飛過。」

「那是低空飛行，」我說：「而且即使那樣也是有危險的。飛到高空就進入宙斯的領空，我不能這樣做。此外，我們也沒時間去坐飛機了，迷宮是最快的捷徑。」

我不想說出來的是：其實我希望，我們也許，只是也許，會在途中找到格羅佛和泰森。

「所以，我們需要一部車載我們進城。」安娜貝斯說。

瑞秋往下看停車場，她扮了個鬼臉，好像要去做的是有點懊惱的事。「我來處理。」

「怎麼做？」安娜貝斯問。

「相信我就是了。」

安娜貝斯看起來不太放心，不過還是點點頭。「好吧，我要去藝品店買三稜鏡來製造彩虹，好送出伊麗絲訊息到混血營去。」

「我要跟你去，」尼克說：「我餓了。」

「那我跟瑞秋一起去，」我說：「等一下在停車場會合。」

瑞秋皺起眉頭，好像不想讓我跟，這讓我感覺有點差，不過我還是跟著她走到停車場。

她朝一部停在停車場邊緣的大型黑頭車走去，那是有司機駕駛的凌志轎車，這一款車我常常在曼哈頓看到。司機在前座外面看報紙，他穿著深色的衣服，繫著領帶。

「你要怎麼做？」我問瑞秋。

「你在這裡等，」她強調，「拜託。」

瑞秋往前走到司機旁邊，開始和他說話。他皺起眉頭，瑞秋又說了幾句話。他的臉色轉爲蒼白，趕快將雜誌摺起。他點點頭，慌亂的找出手機。在簡短講完電話之後，他打開後車門，請瑞秋進車子裡。她的手往後指著我的方向，司機點頭如搗蒜，像是「是的，小姐，你要怎麼做都可以」的感覺。

我不明白他爲什麼這麼慌亂不安。

瑞秋回來找我，這時尼克和安娜貝斯剛好也從藝品店走過來了。

「我和奇戎說過話了，」安娜貝斯說：「他們正全力進行戰爭的各項準備。他希望我們回去，因爲他們需要所有的英雄一起作戰。那，我們的交通工具好了嗎？」

「司機已經在等我們了。」瑞秋說。

司機現在正和另一個穿著卡其褲和棉襯衫的人說話，可能是原來租車的客戶吧。客戶正在抱怨，我聽得到司機正在說：「先生，很抱歉，是突發狀況，我已經爲你訂了另一部車。」

「來吧。」瑞秋說，她帶我們坐進車子，完全沒有看那個原來租好車、正氣急敗壞的男子一眼。一分鐘後，我們已經在路上奔馳了。車子的座位是皮椅，放腳的空間很寬敞，前座的頭枕後方有嵌入式的平板電視，迷你冰箱裡放著瓶裝水、汽水和點心。我們開始大吃大喝。

「戴爾小姐，請問要到哪裡呢？」司機問。

「羅伯，我還不太能確定，」她說：「我們要繞一繞這個鎮，嗯，四處看看。」

「好的，小姐。」

我看著瑞秋。「你認識這個人？」

「不認識。」

「可是他丟下所有的事來幫你，爲什麼？」

「你只要睜大眼睛找就好了，」她說：「好好幫我看。」

完全沒有回答我的問題。

我們的車已經在科羅拉多泉市繞了半個多小時，沒看到任何瑞秋認爲可能的迷宮入口。我清楚感覺到瑞秋的肩膀和我的肩膀靠在一起。我還是很狐疑，她到底是誰？她怎麼能夠信步走到一個司機面前，讓司機馬上答應載我們？

大約一個小時以後，我們決定往北到丹佛去，大一點的都市也許更可能會有迷宮入口。我們愈來愈緊張了，因爲時間正一點一滴流失中。

正當我們要離開科羅拉多泉市時，瑞秋突然坐直身子。「下高速公路！」

司機往後看。「你是說……？」

「我看到了一個東西，下去吧。」

司機變換車道，將車駛下交流道。

「你看到什麼？」我問，因爲我們現在已經離市區非常遠了，除了山丘、草原、零星幾棟農舍外，沒有別的了。瑞秋要司機開進一條不起眼的泥土路，我們跟著一個指標走，因爲速度太快，我來不及讀出上面的字，全靠瑞秋唸出來：「西部礦業及工業博物館。」

就一個博物館而言，這裡的東西不太多，一間像是舊火車站的小小屋子，戶外陳列著幾部鑽孔機、幫浦和舊式蒸汽挖土機。

「那裡。」瑞秋指著附近山坡上的一個洞，那是一條隧道，入口已經用木板封住，還上了鎖鍊。「一個舊礦坑口。」

「是迷宮的入口嗎？」安娜貝斯問：「你怎麼知道？」

「你看嘛！」瑞秋說：「我是說……我看得出來，好嗎？」

她向司機道謝，然後我們全都下了車。司機沒有要求付錢，只說，「戴爾小姐，你確定這樣可以嗎？我很高興可以打電話給你的……」

「可以！」瑞秋說：「我們可以的，眞的。羅伯，謝謝你，我們眞的沒問題。」

博物館似乎關門了，沒有人會來干擾，我們順利的爬到山坡上的礦坑前。到達坑口時，我看到代達羅斯的記號刻在大鎖上面。瑞秋究竟怎麼能從高速公路上看到遠處這麼微小的東西，我完全無法想像。我碰觸大鎖，鎖鍊隨即脫落。我們踹開幾片木板，走進去。不管是好是壞，總之，我們回到迷宮了。

隧道從泥土壁面變成石頭，出現轉彎、岔路等，想迷惑我們，不過這些對瑞秋導遊來說完全不是問題。我們告訴她，我們得回到紐約，接著，當隧道出現要選擇的狀況時，她幾乎連停頓一下都沒有。

讓我驚訝的是，在趕路期間，瑞秋和安娜貝斯竟然開始聊天。安娜貝斯先是問她的出身背景，但瑞秋避開不願意談，所以她們開始講起建築，原來瑞秋在念藝術課程時也有學過建築。她們聊著紐約的各種建築風格，什麼「你有看過這個嗎？」之類的。我只好往後退一點，走在尼克旁邊。我們兩個陷入尷尬的沉默中。

「謝謝你來找我們。」我打破沉默。

尼克瞇起眼睛。他不再像以往那麼生氣了，取而代之的是懷疑、小心。「波西，在牧場時我欠你一次，再加上……我想要靠自己找到代達羅斯。米諾斯說對了一件事：代達羅斯該死。人不應該避開死亡那麼久，這太違反自然了。」

「這是你一直想做的，」我說：「你要用代達羅斯的靈魂去換回你的姊姊？」

尼克又走了五十公尺才回答我：「要習慣只有亡者相伴的感覺，並不是件容易的事。我現在知道活人絕對無法接受我，只有死者會尊敬我，而且他們這樣做也只是出於恐懼。」

「大家會接受你的，」我說：「在混血營，你會交到朋友。」

他直直盯著我。「波西，你真的相信會這樣嗎？」

我沒有回答，事實上，我不知道。尼克本來就有點不同，在碧安卡死了之後，他變得……幾乎可以說是讓人感到恐懼。他擁有和他父親一樣的雙眼，眼中燃燒著無比劇烈的狂熱，你會猜測這個人究竟是天才還是瘋子。他驅逐米諾斯的方式，還有自稱爲亡魂之王，這讓我感到有點敬畏，同時也覺得不太舒服。

我想不出要回答他什麼，剛好前面的瑞秋突然停下來，我趕快跑向她。我們到了一個T字路口，隧道仍然直直往前，右邊則出現一條岔路，是一個挖開黑色火山岩的圓形礦坑。

「這是什麼？」我問。

瑞秋望著隧道深處，在微弱的手電筒光線下，她的臉像是尼克的幽靈。

「走那條路嗎？」安娜貝斯問。

「不是，」瑞秋不安的說：「絕對不是。」

「那我們爲什麼要停下來？」我問。

「聽。」尼克說。

我聽到隧道傳來一陣風聲，很像是出口關閉所造成的。接著，我聞到一個有點熟悉的味道，這味道勾起了一段很不好的回憶。

「尤加利樹，」我說：「很像加州的樹。」

去年冬天，我們在塔瑪爾巴斯山遭遇路克和泰坦巨神阿特拉斯時，空氣中瀰漫的就是這種味道。

「那個隧道裡有個邪惡的東西，」瑞秋說：「力量非常強大。」

「還有死亡的味道。」尼克補上的這一句，眞讓我覺得「好」多了啊。

安娜貝斯和我交換眼神。

「是到路克那裡去的入口，」她猜。「通往奧特里斯山，泰坦的宮殿。」

「我必須去看看。」我說。

「波西，不行。」

「路克就在那邊，」我說：「或是……或是克羅諾斯，我必須去查清楚他們在做什麼。」

安娜貝斯猶豫著。「那我們一起去。」

「不行，」我說：「太危險了，假如他們抓住尼克或瑞秋就糟糕了，克羅諾斯會利用他們。你待在這裡保護他們。」

我沒說出來的是：我也擔心安娜貝斯，我不相信她再次看到路克時會怎麼做。他之前愚弄、操縱她太多次了。

「波西，不要去，」瑞秋說：「不要單獨去那裡。」

「我很快就會回來，」我保證道：「我不會做蠢事。」

安娜貝斯從口袋裡拿出洋基帽。「至少帶著這個，一切小心。」

「謝謝。」我記起上一次安娜貝斯和我分頭走的情景，在聖海倫斯山那次，她給我一個吻祝我好運。這一次，我得到的是這頂帽子。

我戴上帽子。「變不見啦。」我以隱形狀態溜進黑暗的石頭隧道中。

快到達出口時，我聽到海惡魔鐵匠的嚎叫和吠叫聲，是鐵勒金。

「至少我們搶救出劍身。」其中一個說：「主人仍然會答謝我們。」

「沒錯！沒錯！」第二個說：「答謝，無價！」

另一個聲音，人類說話的聲音。「對，很棒，這樣的話，如果你們和我一起做……」

「不對，混血人！」一個鐵勒金說：「你必須幫我們作展示，這是至高的榮耀！」

「咿，謝啦。」混血人說，我聽出來那是中村伊森，我在競技場救他脫離悽慘的人生之後，他跑掉了。

我躡手躡腳的往隧道終點前進，我得常常提醒自己是隱形的，他們應該看不到我。出了隧道，一陣冷空氣迎面而來。我站在塔瑪爾巴斯山山頂，腳下是遼闊的太平洋，在多雲的天空下，海面是灰色的。往山下大約六公尺的地方，兩個鐵勒金正把某個東西放到一塊大岩石上，那東西細細長長的，外面包著一塊黑布。伊森正幫他們一起將布拉開。

「小心點，蠢蛋。」鐵勒金斥責他。「只要碰一下，劍身就會將你的靈魂和身體切開來。」

伊森緊張的吞了一口口水。「這樣的話，或許你們來拆封比較好。」

我往上看看山頂，一個黑色大理石堡壘若隱若現，如同我夢中所見。它有十五公尺高，造型讓我想到特大號墳墓。凡人怎麼會沒察覺它的存在？我實在想不通。再仔細看，山頂以下的部分在我看來是一片模糊，像是一層厚厚的布幕擋在我和山的下半部之間。那是種魔法，威力非常強大的迷霧。在我上方的天空有一朵巨大的雲，從下往上盤捲成漏斗形狀。我看不到阿特拉斯，卻聽得到遠方傳來的呻吟聲，他就在堡壘後面，依然扛著天空。

「看吧！」鐵勒金說。他恭敬的舉起武器，而我的血液頓時結冰。

那是一支大鐮刀，兩公尺長的刀身是新月形的，木製的刀柄外覆皮革。刀身閃耀著兩種不同的光澤，是鋼和青銅。那是克羅諾斯的武器，以前用來劈開他的爸爸烏拉諾斯，而天神從他手中奪下這把刀，將克羅諾斯剁成碎片，丟進塔耳塔洛斯。現在，這武器重新被鑄造出來了。

「我們必須用鮮血淨化它，」鐵勒金說：「你，混血人，在主人醒來時，要幫忙展示它。」

我跑向堡壘，耳朵裡聽到的是我的脈搏跳動的聲音。我一點都不想接近那個可怕的黑色大墳墓，但我知道自己一定得去，我必須阻止克羅諾斯復活。這次也許是我唯一的機會。

我狂奔過黑暗的門廳，進入大廳。地板雖是純黑色卻閃耀著類似桃花心木鋼琴的光澤。牆上是成排的黑色大理石雕像。我不認得他們的臉，可是我知道眼前所見是在天神之前統治世界的泰坦眾神。房間另一端，兩個青銅火盆中間是一個高台，高台上擺放著金棺。

房間一片寂靜，只有火焰燃燒發出細碎的劈啪聲。路克不在，沒有守衛，空空如也。太容易了吧，我登上高台。

金棺和我印象中的一樣，大約三公尺長，對人類來說太大了些。棺木上的雕刻是死亡和毀滅的景象：天神被雙輪戰車輾過，神殿和著名的世界地標遭到粉碎或燃爲灰燼。棺材散發出冷冽的寒氣，好像我正走進冰箱裡一樣，我呼出的氣開始出現白霧。

我將波濤劍取出，握在手中，熟悉的重量讓我感到舒服多了。

以前我每一次接近克羅諾斯時，他邪惡的聲音都會出現在我腦中。這一次，他爲什麼這麼沉默？難道他已經被自己的大鐮刀切成碎片了？如果我打開棺材的蓋子，會發現什麼？他們怎麼爲他製造新的身體？

我沒有答案，我只知道假如他升起了，我必須在他拿到大鐮刀之前打倒他，我必須找出阻止他的方法。

我站到棺材上面。棺材蓋上的裝飾比側面更加精緻繁複，全是大屠殺和展現權力的景象。中間刻的字母比希臘文還要古老，是一種魔法文字。我沒辦法精確的讀懂它，不過我還是知道上面寫的大概是：克羅諾斯，時間之神。

我將手放到嘴唇上，我的指尖已經變成藍色了，劍上面也結了一層霜。

這時我聽到後面傳來一陣噪音，而且愈來愈接近。此時不做，更待何時！我將金棺的棺蓋往後推，棺蓋掉到地上，發出巨大的聲響

我舉起劍，準備揮劍刺出。接著，往裡面一看，這……我無法理解眼前所見。那是凡人的腳，穿著灰色長褲，上身是白色T恤，雙手交叉放在肚子上。胸部有一部分不見了，那是一個清晰的黑洞，大約是子彈大小的傷口，就在心臟位置。他的雙眼緊閉，皮膚蒼白，金色頭髮……還有左臉上一道長長的傷疤。

棺材裡是路克的身體。

我應該立刻捅他一劍，我應該用盡全身的力氣，將波濤劍尖往下送。

可是我實在太震驚了。我不明白，就算我眞的很討厭路克，就算他背叛我多次，此時我只是不解他爲什麼躺在金棺裡，還有他爲什麼看起來這麼，這麼像死人！

鐵勒金的聲音在我背後響起。

「怎麼會這樣！」其中一個惡魔看到棺蓋後大叫。我忘記自己現在是隱形人，跌跌撞撞的離開高台，慌忙躲到一根圓柱後面，這時他們剛好到達。

「小心！」其他惡魔警告。「也許是他在翻動，我們必須將禮物擺好，快點！」

兩個鐵勒金搖搖晃晃的往前走，跪下來，舉起包著布的鐮刀。「陛下，」其中一個說，「你的權力的象徵已經重新打造完成。」

一片寂靜，棺材裡沒有聲音。

「你這笨蛋，」另一個鐵勒金咕噥著：「他要混血人先來。」

伊森往後退。「哇，什麼意思啊，他要我？」

「別像個膽小鬼一樣！」第一個鐵勒金斷聲說：「他沒有要你死，只是要你宣誓效忠，保證為他工作，和天神斷絕關係。就這樣而已。」

「不要！」我大喊，這樣做很蠢，可是我還是衝進房間裡，脫掉帽子。「伊森，不要！」

「入侵者！」鐵勒金亮出海豹尖牙。「主人很快就會處理掉你。孩子，快點！」

「伊森，」我誠懇的說：「別聽他們的，幫我毀了它。」

伊森轉向我，他的眼罩和臉上的陰影一樣黑暗，表情像是感到遺憾的樣子。「波西，我說過，你不應該饒我一命。『以眼還眼』這句話你聽過嗎？在我找出天神親人的痛苦過程中，我深刻體會這句話的眞意。我是報應女神涅梅西絲[82]的孩子，所以復仇理當是我生來該做的

[82] 涅梅西絲(Nemesis)，希臘神話中的報應女神，代表著憤怒、懲罰與天神的復仇。參《神火之賊》一五三頁，註[34]。

事。」

他轉向高台。「我和天神斷絕關係！他們為我做過什麼？我要看著他們毀滅。我願效忠克羅諾斯。」

建築發出隆隆巨響，一道藍光從伊森所站的地上升起，像是一團純粹的能量，它飄向棺材，開始閃爍，然後下降進入金棺中。

路克筆直坐起，睜開眼睛。他的眼睛不再是藍色，而是和棺材一樣的金色。胸前的洞已經消失，現在的他擁有完整的身體。他輕鬆的跳出棺材，他的腳所接觸到大理石地板立刻結凍，像一個結冰的隕石坑。

他用那雙可怕的金眼睛看著伊森和鐵勒金，就像新生的嬰兒一樣，不太確定自己看到什麼。接著，他看著我，嘴角露出已經認出我來的笑容。

「這個身體完全齊備了。」他的聲音像一把剃刀劃開我的皮膚。那是路克的身體，同時也不是路克的。在他的聲音裡還有另一個更恐怖的聲音，遠古而冰冷，像是金屬刮過石頭的刺耳聲音。「波西．傑克森，難道你不認為是這樣嗎？」

我動不了，也答不出。

克羅諾斯轉過頭，開始大笑，臉上的疤痕起伏顫動。

「路克怕你，」泰坦的聲音說：「他的嫉妒和憎恨是有力的工具，確保他對我的服從，這件事我要謝謝你。」

伊森在恐懼中倒地，他用雙手蓋住臉。鐵勒金顫抖著，將鐮刀舉起。

我終於回過神來，衝向那個以前是路克的傢伙，將劍直直刺入他的胸膛，可是劍卻順著他的皮膚滑了出去，好像他整個人都是純鋼鑄造的。他用調侃的表情看著我，然後用手輕輕一拍，我飛到房間另一頭去了。

砰的一聲，我撞在柱子上。我掙扎著站起來，眨眨眼睛趕走眼前的金星。此時克羅諾斯已經握著鐮刀柄了。

「嗯……好多了，」他說：「暗劍，路克是這麼叫它的，真是個貼切的名字。現在它已經重新鑄造完成，即將執行黑暗任務了。」

「你對路克做了什麼？」我呻吟著說。

克羅諾斯舉起鐮刀。「他將整個人獻給我，和我要求的一樣。不一樣的是，波西．傑克森，他怕你，我不怕。」

這時，我連想都沒想，拔腿就跑。我的腦子裡沒有出現什麼掙扎，像是——咦，我應該勇敢的面對他，繼續和他決鬥嗎？沒有，我就是跑。

可是我的腳卻沒聽話，它走自己的路，我周圍的時間彷彿慢了下來，世界凝固成果凍。以前我也有過這種感覺，我知道是克羅諾斯的力量造成的，他的靈魂強大到可以扭曲時間。

「跑吧，小英雄，」他大笑道：「跑呀！」

我回頭瞥見他一派悠閒的朝我走來，揮舞著鐮刀，像是在享受重新握鐮刀的感覺。這世界上沒有任何武器能夠阻止他，用盡所有的天界青銅也沒辦法。

他離我還有三公尺，這時我聽到一個聲音：「波西！」

瑞秋的聲音。

有個東西飛過我，接著一把藍色塑膠梳子打中克羅諾斯的眼睛。

「哇！」他大叫，這一刻是路克的聲音，充滿訝異和痛苦。我的四肢可以自由活動了，我趕快朝瑞秋跑去，尼克和安娜貝斯也在。他們都站在大門口，眼睛都張得大大的，表情充滿驚慌。

「路克？」安娜貝斯叫他。「你……」

我抓住她的衣服，硬拉著她跟我跑。我使出全力拼命跑出堡壘。就在我們快要回到迷宮入口時，我聽到全世界最大的怒吼聲，是已經回復過來的克羅諾斯。「快追！」

「不！」尼克大叫，他合起手掌。一個有十八輪卡車那麼大的鋸齒狀石牆從地下爆出，矗立在堡壘前面。它出現時引發的地震威力驚人，粉碎了建築前的整排圓柱。我聽到堡壘裡面有鐵勒金模糊而刺耳的慘叫聲，眼前全是塵沙滾滾。

我們衝進迷宮，繼續跑。我們身後，泰坦王的怒吼聲撼動整個世界。

17 最後一片野地

一直跑到筋疲力盡，我們才停了下來。瑞秋引導我們避開陷阱，可是我們完全沒有目的，只是想逃離黑暗的山和克羅諾斯的吼聲。

我們停在一個潮溼的白岩石隧道中，這裡像是個天然的山洞。雖然聽不到背後有什麼聲音，可是我完全沒有比較安全一點的感覺。我仍然清楚記得那雙不自然的金色眼睛從路克的臉往外看的樣子，還有我的四肢逐漸僵硬成石頭的感覺。

「我再也走不動了。」瑞秋上氣不接下氣，手抱著胸部。

在我們逃跑的路上，安娜貝斯都在哭，現在她坐倒在地上，將頭放在膝蓋中間，啜泣聲迴盪在隧道中。尼克和我坐在一起，他把劍丟在我的劍旁邊，顫抖著吸了一大口氣。

「超慘。」他說，這樣的結論非常貼切。

「你救了我們的命。」我說。

尼克擦掉臉上的灰塵。「這要怪女孩們硬是要拖我一起來。這是她們唯一能達成的共識——我們必須幫你，否則你會把事情搞砸。」

「眞謝謝她們這麼相信我。」我打開手電筒照著山洞四周，水從鐘乳石滴下，像是慢動作的下雨。「尼克……你，唔，有點把自己洩漏出來了。」

「什麼意思？」

「那個黑石牆，讓人非常震撼，如果克羅諾斯之前不知道你是誰，他現在知道了——一個冥界的孩子。」

尼克皺起眉頭。「真不得了。」

我停止這個話題，我知道他只是想要隱藏心中的恐懼，我不會怪他。

安娜貝斯抬起頭，她的眼睛哭得紅紅的。「路克……路克怎麼了？他們對他做了什麼？」

我告訴她棺材中發生的事，當伊森宣示效忠時，克羅諾斯將最後一塊靈魂放進路克的身體裡。

「不對，」安娜貝斯說：「這不是真的，他不能……」

「他將自己獻給克羅諾斯，」我說：「我很遺憾，安娜貝斯，路克真的走了。」

「不對！」她堅持說：「你也看到瑞秋打到他的那一刻。」

我點點頭，很欽佩的看著瑞秋。「你用藍色塑膠梳子打到泰坦王的眼睛。」

瑞秋覺得很不好意思。「我身上只有那個東西。」

「你也看到了，」安娜貝斯堅持的說：「當梳子打到他的那一秒，他頭昏了，他回到原來的意識狀態了。」

「所以，克羅諾斯可能沒有完全適應他的身體，」我說：「不表示路克取得控制權。」

「你希望他是邪惡的，不是嗎？」安娜貝斯大喊：「波西，你不認識以前的他，可是我認識！」

「你到底是怎麼了？」我生氣的說：「爲什麼你要一直保護他？」

「喂，你們兩個，」瑞秋說：「別吵了。」

安娜貝斯轉向她。「別插手，凡人女孩！要不是因爲你……」

不管她本來想說的是什麼，她的聲音停住了，她又將頭埋進膝蓋間，痛苦的嗚咽著。我想安慰她，卻不知道該說什麼好。我還是覺得全身僵硬，好像克羅諾斯減慢時間的力量還影響著我的腦子。我沒辦法理解剛才所見：克羅諾斯活過來了，他拿到武器裝備。也許，世界末日即將到來。

「我們必須繼續跑，」尼克說：「他會派怪物來追我們。」

沒有人起身，可是尼克說得沒錯。我硬是撐起來，然後把瑞秋拉起來。

「你剛剛做得很好。」我對她說。

她擠出一絲虛弱的微笑。「嗯，我不希望你死掉。」她臉紅了，「那是因爲，你欠我太多人情沒還，如果你死了，我去找誰算帳啊？」

我跪在安娜貝斯旁邊。「嘿，對不起啦，我們該走了。」

「我知道，」她說：「我……我沒事。」

她明明就有事，不過她還是站了起來，我們又開始在迷宮裡流浪。

「回紐約去吧。」我說：「瑞秋，你能……」

突然我僵住了。在我們前面幾公尺的地方，我的手電筒光束定在地上一團被踩爛的紅布上——那是牙買加帽，格羅佛最常戴的一頂帽子。

我的手顫抖著拿起帽子，它看起來像是被一隻沾滿泥巴的巨大靴子踩過。在經歷過這樣的一天後，我受不了格羅佛也出事了的念頭。

接著，我看到另一個東西。山洞的地面因爲鐘乳石滴下的水而變得溼軟，上面有很像泰森的大腳印，還有尺寸小很多的羊蹄印，散落在往左邊的方向。

「我們必須跟著腳印走，」我說：「他們往那條路走了，一定是不久前才走過去的。」

「混血營怎麼辦？」尼克說：「沒時間了。」

「我們必須找到他們，」安娜貝斯堅持說：「他們是我們的朋友。」

她拿起格羅佛的破帽子，突然加快了腳步。

我跟著她走，心裡已經做了最壞的打算。這隧道曲折多變，有陡峭的大轉彎斜坡，地上都是爛泥巴，溼氣很重，我們不斷出現滑倒的狀況，而且滑行前進的時間比走路多多了。

終於，我們下到斜坡底部，進入一個巨大的洞窟。洞裡面有鐘乳石筍形成的巨大柱子，一條地下伏流流過房間中央。坐在河岸邊的是泰森，他的膝蓋上是格羅佛，而格羅佛雙眼緊閉，一動也不動。

「泰森！」我大喊。

「波西！快點來！」

我們向他跑去。感謝天神，格羅佛沒有死，可是他全身顫抖，像是快被凍死了。

「發生了什麼事？」我問。

「很多事，」泰森喃喃的說：「大蛇、大狗、劍人。後來……我們到這附近的時候，格羅佛很興奮，他開始跑。然後，我們到了這個房間，他就倒下了，像現在這樣。」

「他有說什麼嗎？」我問。

「他說，『我們接近了。』然後他的頭撞到石頭。」

我跪在他旁邊，之前我只看過格羅佛昏倒過一次，是在新墨西哥州，他感覺到潘的靈魂存在時。

我打亮手電筒往洞窟各處照，岩石閃閃發光，最遠端是另一個山洞的入口，山洞兩側矗立著巨大的水晶圓柱，看起來像鑽石一樣。在那個山洞後面……

「格羅佛，」我說：「醒醒。」

「呼……」

安娜貝斯也跪到他旁邊，將冰冷的河水潑到他臉上。

「哈啾！」他的眼皮跳動著。「波西？安娜貝斯？這是哪裡……」

「沒事了，」我說：「你昏到了，靈魂對你來說負荷太大了。」

「我……我記得，是潘。」

「沒錯，」我說：「有個威力強大的東西，就在那扇門後面。」

我飛快介紹了彼此，因爲泰森和格羅佛從沒見過瑞秋。泰森對瑞秋說她很漂亮，這句話使安娜貝斯的鼻孔突然爆出氣體，像是即將要噴火一樣。

「好了，」我說：「走吧，格羅佛，我來扶你。」

安娜貝斯和我把他攙扶起來，我們一起過河，水深及腰，水流非常湍急。我讓自己保持乾燥，這是我的一點小能力而已，不過對別人起不了什麼作用，而且我還是可以感覺到水的冰冷，就像踩進雪裡面一樣。

「我想我們是在卡爾斯貝洞窟[83]裡面，」安娜貝斯說，她冷到牙齒喀喀作響。「也許是一個未探測過的區域。」

「你怎麼知道？」

「卡爾斯貝在新墨西哥州，」她說：「這可以解釋去年冬天的事。」

我點點頭。格羅佛昏倒事件是在我們經過新墨西哥時發生的，那是他感到最接近潘的力量的地方。

我們過河後繼續走，隨著水晶柱愈來愈大，我開始感覺到從隔壁房間散發出的力量。我以前曾經感覺到天神的存在，可是這次不一樣，我的皮膚因爲感覺到躍動的能量而震顫；我的疲倦消失了，好像剛剛睡了個好覺。我感覺到自己愈來愈強壯，像是自動攝影連拍的植物一樣瞬間快速生長。從那個山洞裡傳來的香味一點也不像陰溼的地底，那是綠樹、鮮花和溫暖晴天的味道。

格羅佛興奮的嗚咽著，我則驚訝的說不出話來，連尼克也沒有說話。我們走進洞窟裡，瑞秋說：「喔，哇！」

牆壁閃耀著各色水晶的光輝，有紅色、綠色和藍色。在這奇特的光線下，美麗的植物生長著，有巨大的蘭花、星形的花、長滿橙色和紫色莓子的藤蔓，散布在水晶之間。山洞的地面被柔軟的青苔覆蓋；頭上的天花板比大教堂還高，像銀河系的星星一樣閃閃發光。洞窟正中央是一張羅馬式的床，鍍金的床架像一個捲起的U字型，上面是天鵝絨床墊。動物在床的四周閒晃，牠們都是已經滅絕的動物，有一隻遠古的度度鳥[84]，一種介於狼和虎之間的動物，還有一隻巨大的齧齒動物，像是始祖天竺鼠。而在床後面漫步、用象鼻拾起莓子的，是一隻毛茸茸的長毛象。

躺在床上的是一個老羊男，在我們接近時，他一直注視著我們。他的眼睛和天空一樣湛

---

[83] 卡爾斯貝洞窟 (Carlsbad Caverns)，位於美國新墨西哥州東南部，是由石灰岩受水溶蝕而形成的巨大曲折迷宮，為世界上最大的洞穴之一。洞窟內多鐘乳石及石筍，規模與氣勢直逼大峽谷，因此有人稱它為「有屋頂的大峽谷」。一九三〇年被指定為為國家公園。

[84] 度度鳥 (dodo birds)，一種不能飛行的大型鳥類，因人類獵捕，早已絕種。詳見《妖魔之海》一五九頁，註[41]。

藍，卷髮和鬍子都是白色的，連腿上的軟羊毛都變成灰色。他光亮的巨大棕色羊角呈現彎曲形，看來他可沒辦法像格羅佛那樣將羊角藏在帽子裡面。他的脖子上掛著一支蘆笛。

格羅佛屈膝跪在床前。「陛下！」

天神親切的微笑，眼神卻流露出憂傷。「格羅佛，我親愛的，勇敢的羊男，我等你很久了。」

「我……迷路了。」格羅佛很愧疚。

潘笑了，很悅耳的聲音，像是春日的第一道微風，使洞窟裡充滿了希望。半狼半虎呼了一口氣，將頭枕在潘的膝上。度度鳥輕柔的啄著天神的蹄，鳥嘴裡發出奇特的聲音，我發誓她哼的是一首歌：《小小世界》。

潘看起來很疲倦，他的全身閃爍著微微的光，身體像霧一樣模糊。

我看到其他的朋友都跪著，臉上流露出敬畏的神情，於是我也屈膝跪下。

「你有會哼歌的度度鳥。」我像個笨蛋。

天神的眼睛發亮。「喔，那是滴滴，我的小小女演員。」

度度鳥滴滴看起來不太高興，她啄著潘的膝蓋，哼的歌像是出殯時的送葬曲。

「這是全世界最美的地方！」安娜貝斯說：「勝過史上所有的建築。」

「親愛的，很高興你喜歡這裡，」潘說：「這裡是最後一片野地，恐怕我在上面那個世界的領土已經消失了，只殘存著一些零星的小地方，以及微弱的生命。在這片野地裡不會受到打擾……可以維持長一點點的時間。」

「我的天神，」格羅佛說：「求求你，你必須跟我一起回去！否則長老們不會相信我！他們一定會高興得不得了！你可以拯救野地！」

潘將手放在格羅佛的頭上，弄亂他的卷髮。「格羅佛，你是如此年輕、好心、真誠，我想我選得很好。」

「選……」格羅佛說：「我……我不懂。」

潘的形體閃爍搖晃，突然化爲輕煙。巨型天竺鼠逃到床底，發出害怕的尖叫聲。毛茸茸的長毛象緊張得呼嚕呼嚕叫。滴滴將頭埋進翅膀下。這時，潘重新成形。

「我已經睡了好幾十億年了，」天神淒涼的說：「我的夢一片黑暗，我時醒時睡，可是每次醒著的時間愈來愈短暫。現在，我們已經接近終點。」

「什麼？」格羅佛大叫：「不對！你明明在這裡！」

「我親愛的羊男，」潘說：「兩千年前我曾試著告訴這個世界，我對羊男萊瑟斯宣告此事，他和你很像，他住在伊芙索斯[85]，很努力向全世界傳達我的訊息。」

安娜貝斯睜大眼睛。「在古老的故事中，水手們經過伊芙索斯海岸附近時，聽到岸邊傳來

[85] 伊芙索斯（Ephesos），位於土耳其西部靠近愛琴海的一個河口，是古希臘愛奧尼亞最重要的城市。城內的亞底米神廟為古代世界七大奇景之一，裡面供奉著希臘神話中的月亮女神阿蒂蜜絲。

的大喊聲：『告訴他們，偉大的天神潘已經死了』。」

「可是那不是眞的！」格羅佛說。

「你們這一族永遠不相信這件事，」潘說：「你們這體貼倔強的羊男族拒絕接受我的消逝。我深愛你們，可是你們只是延遲這無可避免的事實而已，你們只是延長我痛苦的消逝之路，讓我一直深陷在晦暗的昏睡狀態。這一定要了結。」

「不要！」格羅佛的聲音顫抖。

「親愛的格羅佛，」潘說：「你必須接受事實，你的同伴尼克，他明白。」

尼克緩緩的點頭。「他正在死亡中，很久以前他就該死去了，現在……比較像是一種回憶。」

「可是天神不會死。」格羅佛說。

「他們會枯萎凋謝，」潘說：「當他們象徵的事物不見了，或是他們擁有的力量消失，還有當他們失去了聖地的時候。我親愛的格羅佛，如今，野地如此微小，如此破碎，已經沒有天神能解救它了，我已經失去了領土，這是我需要你帶回的訊息。你必須回去告訴長老會，你必須告訴羊男、森林精靈，還有其他自然界的生命，告訴他們，偉大的天神潘已經死了。告訴他們我已逝去，因爲他們必須停止等待我去解救他們，我辦不到。唯一的救星是你們自己，你們必須自救。你們每個人都必須……」

他停下來，對度度鳥皺眉，她又開始哼起歌來。

「滴滴，你在做什麼？」潘問：「你又在唱《Kumbaya[86]》了嗎？」

滴滴天眞的抬頭望，眨了眨黃眼睛。

潘嘆了一口氣。「每個人都很疏離，習於嘲諷。但是，親愛的格羅佛，如我方才所說，你們都必須體悟我的呼喚。」

「可是……不要！」格羅佛啜泣著。

「堅強起來，」潘說：「你已經找到我了，現在，你必須放開我，你必須延續我的精神，這個精神不再由一個天神去支撐，而是由你們全體一起撐持。」

潘用清亮的藍眼睛看著我，我突然明白他說的不只是羊男，也包括混血人、人類，所有的人。

「波西．傑克森，」天神說：「我知道你今天所經歷的事，我知道你的疑惑。我要給你這個訊息：那一刻來臨時，你不會被恐懼所掌控。」

他轉向安娜貝斯。「雅典娜的女兒，你的時代即將到來，你會扮演一個偉大的角色，不過可能和你心裡所想的完全不同。」

接著，他看著泰森。「獨眼巨人大師，不要失去信心。少有英雄能達到我們的期待，可

---

[86] Kumbaya，指美國黑人福音歌曲〈Kumbaya My Lord〉（與主同行）。Kumbaya是非洲某部落的土語，意思是「到這裡來」。

是，你，泰森，你的名字將會在獨眼巨人間世代流傳。還有，瑞秋．戴爾小姐……」

聽到潘叫她的名字，瑞秋的身體縮了一下，她向後退，好像覺得自己犯了罪，不過，潘只是微笑著，他舉起手，比著祝福的手勢。

「我知道，你認爲自己無力改善，」他說：「可是你對你的父親非常重要。」

「我……」瑞秋聲音顫抖，一滴眼淚流過她的臉頰。

「我知道你現在不相信，」潘說：「要找尋機會，會到來的。」

最後他再轉向格羅佛，「我親愛的羊男，」潘慈祥的說：「你會傳達我的訊息嗎？」

「我……我做不到。」

「你做得到，」潘說：「你是最強壯、最勇敢的，你的心是眞實的，你比以往的任何一個羊男更加相信我，這就是爲什麼必須由你來傳達訊息，也是爲什麼你必須是第一個放開我的羊男。」

「我不想。」

「我知道，」天神說：「我的名字潘(Pan)，原來的意思是『鄉村的』，你知道嗎？而這些年來，這個字的意思已經變成『全部的』。現在，野地的精神必須傳達給你們所有的人。你必須告訴所有人你所經歷的事：如果你想找到潘，就要延續潘的精神。在你們每個人立足的世界小角落，一次做一點點，去關注野地。你不能等別人來爲你做，當然也不該等待天神。」

格羅佛擦去眼淚，然後慢慢的站起來。「我用全部的人生拼命找你，現在……我放開你。」

潘微笑著。「謝謝你，親愛的羊男。這是我最後的祝福。」

他閉上眼睛，天神分解了，白色的煙霧化爲一團能量。這團能量不像克羅諾斯的藍色力量那樣令人心生恐懼，能量充滿了整個房間。一縷輕煙鑽進我的嘴裡，還有格羅佛和其他人的嘴，我猜進格羅佛嘴裡的煙多一點。水晶的光輝轉爲黯淡，動物們悲傷的看著我們，度度鳥滴滴嘆了口氣，接著牠們都變成灰色，粉碎爲塵土。藤蔓枯萎了。我們孤單的站在黑暗的洞窟中，只剩一張空床。

我打開手電筒。

格羅佛做了個深呼吸。

「你……你沒事吧？」我問他。

他看起來老了許多，表情更加悲傷。他從安娜貝斯手上拿起他的帽子，拍掉上面的泥巴，然後穩穩的戴到他的卷髮上。

「我們該走了。」他說：「要告訴他們，偉大的天神潘已經死了。」

18 恐懼之吼

迷宮的距離比實際短。不過，在瑞秋帶我們回到時代廣場時，我還是覺得我們從新墨西哥州出來之後跑了很長一段路。我們從馬里爾特伯爵飯店的地下室出來，站在夏日陽光朗照的人行道上，瞇著眼看著繁忙的交通和人群。

我不知道哪一個比較不真實：是紐約，還是親眼目睹天神逝去的水晶洞。

我領著大家走進一條小巷，巷子裡的回音效果比較好，我使出全力吹口哨，總共五次。

一分鐘後，瑞秋倒吸了一口氣。「好漂亮！」

一群飛馬由天而降，穿越兩座摩天大樓間，朝我們飛來。黑傑克帶頭，後面是他的四個白朋友。

「嘿，主人！」他的聲音出現在我的腦子裡。「你活著耶！」

「對啊，」我對他說：「我很幸運啦，聽好，我們需要快速回到混血營。」

「我是專業級的啦！喔，你還帶獨眼巨人一起喔？喂，桂多，用你的背來撐一下吧？」

飛馬桂多哼哼抱怨著，不過最後他還是同意載泰森。大家開始上馬鞍，除了瑞秋之外。

「那麼，」她對我說：「我猜就是這樣了。」

我不安的點點頭，我們都知道她不能進混血營。我瞥了安娜貝斯一眼，她假裝忙著處理她的飛馬。

「瑞秋，謝謝你，」我說：「沒有你，我們沒辦法完成任務。」

「我不會想念這件事的，除了差點死掉，還有潘……」她的聲音顫抖。

「他說到你的爸爸，」我想起來，「是什麼意思？」

瑞秋的手指絞著背包上的帶子。「我爸爸……我爸爸的工作，他是那種有名的企業家。」

「你是說……你很有錢？」

「嗯，算是吧。」

「這就是你幫我們弄到車子和司機的方法？你只要說出你爸爸的名字，然後……」

「對，」瑞秋打斷我說：「波西，我爸爸做的是土地開發事業，他在全世界飛來飛去，尋找大片未開發的土地。」她顫抖的吸了一口氣。「野地，被他……全部買下了。我痛恨這件事，他夷平土地，將土地切成小塊小塊賣出去，蓋醜陋的房子和購物中心。而我看見潘……潘的死去……」

「嘿，你不應該爲此責怪自己。」

「你還不知道最糟的部分，我……我不喜歡提起我的家庭，我不想讓你知道，對不起，我應該說出所有的事才對。」

「不對，」我說：「瑞秋，你很酷，你做得很棒，你帶我們穿越迷宮，你是如此勇敢，這是我對你唯一的評斷，我完全不會因爲你爸爸做的事而改變看法。」

瑞秋感謝的看著我。「嗯……如果你還想再和凡人一起玩的話……你可以打電話給我。」

「嗯，好，我會的。」

她皺起眉頭，我猜我好像不夠熱絡吧，不過我是故意這樣的，在所有朋友都站在身邊的情況下，我不太知道該怎麼說才好。我猜，這種複雜的感覺是過去幾天的感覺通通攪在一起的結果。

「我是說……我很樂意。」我說。

「我的電話號碼沒印在電話簿上面。」她說。

「我已經有了。」

「還在你手上嗎？不可能的。」

「不是，我有點……記得。」

她的笑容只回來了一點點，不過聲音開心多了。「波西．傑克森，再見囉，爲我去拯救世界，好嗎？」

她往第七大道走去，消失在人群中。

當我回到馬背上，尼克那邊出了點問題，他的飛馬一直躲開他，不願意讓他上馬。

「他的味道很像死人！」飛馬抱怨。

「嘿，」黑傑克說：「別這樣，普派，很多半神半人的味道都很怪嘛，這又不是他們的錯，喔……哦，主人，我不是說你。」

「不用帶我去！」尼克說：「反正我不想回去那個營。」

「尼克，」我說：「我們需要你的幫助。」

他雙臂交叉在胸前，沉著臉，這時安娜貝斯把手放在他的肩膀上。

「尼克，」她說：「拜託。」

他的表情慢慢緩和下來。「好吧，」他不太情願的說：「是爲了你，可是我沒有要待在那裡。」

我向安娜貝斯挑起一邊眉毛，意思是「怎麼突然間尼克聽你的了？」她對我吐舌頭。

終於，我們每個人都上了飛馬，衝進天空，一會兒，我們就越過東河，長島在我們眼前展開。

我們在小屋中間降落，馬上遇到奇戎、肚子大大的羊男賽力納斯、兩個阿波羅小屋的弓箭手。奇戎看到尼克時，疑惑的挑起一邊眉毛。我原先預期他會對我們的最新消息大吃一驚，關於昆特斯是代達羅斯，還有克羅諾斯升起的事。我錯了。

「我很擔心，」奇戎說：「我們必須快一點，雖然你所做的有機會減緩克羅諾斯的腳步，可是他的先鋒部隊仍然會來。他們渴望抓到混血人。我們大部分的防禦都已經就定位了。來吧！」

「等一下，」賽力納斯說：「尋找潘的事情呢？格羅佛．安德伍德，你遲到快三個星期了！你的探查者執照已經被撤銷了！」

格羅佛做了個深呼吸，他直直站起身，眼睛正面迎向賽力納斯。「探查者執照不再重要了，偉大的天神潘已經死去，他離開了，留下他的精神給我們。」

「什麼？」賽力納斯的臉脹紅了。「這是褻瀆，是謊言！格羅佛．安德伍德，你竟敢這樣說，我要爲此流放你！」

「是眞的，」我說：「他死的時候，我們都在，我們所有人都在。」

「不可能！你們都說謊！你們是自然的毀滅者！」

奇戎打量著格羅佛的臉。「我們晚點再談這件事。」

「我們現在就談！」賽力納斯說：「我們必須處理這個……」

「賽力納斯，」奇戎打斷他說：「我的混血營正面臨攻擊，而潘的問題已經等了兩千年了，恐怕一定得再稍等一下。假如我們今晚還能在這裡的話，再談。」

在下了這個讓人開心的結論後，他舉起弓，向森林急馳而去，我們盡全力跟了上去。

這是我所見過混血營裡規模最大的軍事行動了，每個人都在林間空地上，穿著全套作戰盔甲，這次可不是爲了奪旗大賽而穿。赫菲斯托斯小屋的學員在迷宮入口四周設置各種陷阱，有刺網、放滿希臘火藥罐的坑洞、一整排削尖的棒子用來抵擋攻擊。貝肯朵夫正在操縱兩台小貨車大小的投石器，火藥都已經裝填好，並對準宙斯之拳。阿瑞斯小屋的學員站在第一線，在克蕾莎的口令下，操練著方陣陣式。阿波羅和荷米斯小屋的學員分散埋伏在森林中，弓已經準備好。還有許多人已經在森林中就戰鬥位置，連森林精靈也手拿弓箭。而羊男帶著木棍和樹皮做的盾牌快步跑著。

安娜貝斯加入雅典娜小屋的兄弟們那裡，他們正在搭建指揮帳棚，並且分配各項作戰任務。一面畫著貓頭鷹的灰色旗幟在棚外飄動著。我們的警衛隊長阿古士站在門邊警戒。阿芙蘿黛蒂的小孩跑來跑去，幫每個人整理盔甲，將頭盔上打結的馬鬃梳開。連戴歐尼修斯的小孩都找到事情做，天神自己仍然不見人影，但他的兩個金髮雙胞胎小孩正忙著提供汗流浹背的戰士們瓶裝水和盒裝果汁。

看起來備戰工作做得相當好，可是奇戎卻在我旁邊低聲說：「還不夠。」

我想起在迷宮裡看到的，在安提爾斯的競技場裡的怪物，還有在塔瑪爾巴斯山感覺到克羅諾斯的力量，我的心往下沉。奇戎是對的，可是這已經是我們能召集到的最大力量了。這是第一次我希望戴歐尼修斯在這裡，不過即使他在這裡，我也不確定他能做些什麼。一旦發生戰爭，天神被禁止直接涉入；很顯然的，泰坦那邊不來這套。

在林間空地的邊緣，格羅佛正在和朱妮珀說話。當他說著我們的故事時，她握住了他的手；當他傳遞潘的訊息時，綠色的淚珠在她眼中打轉。

泰森幫助赫菲斯托斯的小孩準備防禦工事，他撿起一塊要發射出去的大圓石，堆到投石器旁邊。

「波西，待在我旁邊。」奇戎說：「當戰爭開始時，我要你待命，直到我們了解整個情況，你必須到我們最需要支援的地方去。」

「我看過克羅諾斯，」我說，這個事實仍然使我感到驚嚇。「我和他面對面，那是路克……又不是路克。」

奇戎用手指撥弄弓弦。「我的猜測是，他有金眼睛，而且當他在場時，時間似乎變成流動的液體。」

我點點頭。「他怎麼能接收凡人的身體？」

「波西，我不知道，天神以人類的形體出現已經好幾個世代了，可是眞的變成一個……用人類將分開的身體合而爲一，我不知道要怎麼樣才能在路克的形體沒有化爲灰燼的情形下做到。」

「克羅諾斯說他的身體已經準備好了。」

「我很怕去細想這表示什麼。不過，也許這樣反而會限制克羅諾斯的力量，至少，在同一個時間裡面，他被限制在一個人類的身體中。人類的身體讓他黏合在一起，希望也同樣因此限制了他。」

「奇戎，假如是他率領這次的進攻……」

「孩子，我不這麼認爲。如果他在附近，我會感覺得到。的確，他原先可能計畫這樣做，可是在你到他頭上破壞他的王座廳之後，我相信你一定讓他覺得很頭痛。」他用責備的眼神看著我。「你和你的朋友尼克，黑帝斯的兒子。」

我的喉嚨好像塞了一塊東西。「奇戎，對不起，我知道不應該對你隱瞞，只是……」

奇戎舉起手。「我了解你爲什麼這樣做，波西，你想要對他負責任，你想保護他。可是，孩子，如果我們想要安然度過這次的危機，我們必須彼此信任，我們必須……」

他的聲音顫抖。我們腳下的地板正在震動。

林間空地上的所有人都停下手邊工作，克蕾莎大聲下令說：「緊握盾牌！」

接著，泰坦王的軍隊從迷宮衝出。

我以前有過打鬥的經驗，可是這次是全面的戰爭。首先，十二個巨食人族從地底衝出，吼聲震天，我的耳膜都快脹破了。他們的盾牌是把整部車子壓平做成的，狼牙棒則是一整支樹幹，尾端釘滿生鏽的尖刺。其中一個巨人朝阿瑞斯小屋的方陣團員大吼，揮動狼牙棒從側面攻擊，整間小屋的人都被丟到空中，十幾個戰士像布娃娃一樣四處飛散。

「發射！」貝肯朵夫大喊。投石器開始擺動，兩個大圓石猛力投向巨人，其中一顆被車盾牌擋開，盾牌上幾乎連一點凹痕也沒留下；另一顆打中一個巨食人族的胸部，使他倒地。阿波羅的箭連續射出，幾十支箭插進巨人厚厚的盔甲中，使巨人頓時成了長滿刺的豪豬。有幾隻箭射穿盔甲的縫隙，幾個被天國青銅刺入的巨人蒸發分解了。

看起來巨食人族即將要被摧毀了，可是第二波攻擊也在此時蜂擁而出，是三十、可能有四十隻母龍，身穿全副戰鬥盔甲，揮舞著矛和網子。她們往四面八方衝出，有些被赫菲斯托斯小屋設下的陷阱捕捉到，其中一個被釘子刺到，成了射箭手可以輕易射中的靶；還有一個碰到絆倒線，引爆幾罐希臘火藥，綠色火焰吞噬了幾個蛇女。不過還有很多個仍然繼續前進。阿古士和雅典娜的戰士衝上前去迎戰，我看到安娜貝斯拔出劍，和其中一個交手。附近的泰森正騎著一個巨人，不知道他是怎麼弄的。他爬上巨人的背，正用青銅盾牌打巨人的頭——砰！砰！砰！

奇戎沉著的射出一支又一支的箭，每一支箭都射倒一隻怪物。可是，這時還有愈來愈多敵人持續從迷宮湧出。在最後壓陣的是一隻地獄犬，不是歐萊麗女士。它跳出隧道，以迅雷不及掩耳的速度衝向羊男。

「去！」奇戎對我大喊。

我拔出波濤劍，衝出去。

我飛快跑進戰場中，看到恐怖的景象：一個混血人敵人正在和戴歐尼修斯的兒子對戰，可是這並不是平常的競賽，敵人用劍刺入他的手臂，然後用劍柄猛敲他的頭，戴歐尼修斯的兒子隨之倒地。另一個敵人戰士射出著火的箭到樹林中，我們的射箭手和森林精靈陷入驚慌狀態。

十幾隻母龍突然離開主戰場，連跑帶滑的溜到通往營區中心的路，好像她們已經知道該怎麼走。如果她們眞的跑過去，就可以順利燒掉整個營區，完全不會遇到對手。

最靠近她們的人是尼克．帝亞傑羅，他將劍刺入一個鐵勒金的身體，黑色的冥河劍吸乾怪物的精髓和能量，直到怪物化爲一堆塵土。

「尼克！」我大喊。

他朝我手指的地方看過去，看到蛇女們，他立刻了解了。

他深呼吸一口氣，舉起黑暗之劍。「聽我命令。」他喊。

是地震，母龍前方的地面裂開，十幾個不死戰士從地底爬出，那是恐怖的屍體，穿著不同時代的軍服，有美國獨立戰爭士兵、古羅馬百人軍團、騎在白骨馬上的拿破崙騎兵。他們一起拔出劍和母龍交戰。尼克雙膝跪地，可是我沒時間去確認他是不是安然無恙。

我逼近地獄犬，它現在正逼羊男退入森林。這頭野獸朝一個羊男猛咬過去，還好羊男跳出去閃過這一咬，可是他撞到另一個躲得太慢的羊男而跌倒，樹皮盾牌啪一聲破掉了。

「嘿！」我大喊。

地獄犬轉身，對著我狂吠，接著跳起來，要用腳爪將我撕成碎片。當我向後退時，我的手抓住一個黏土罐，那是貝肯朵夫用來裝希臘火藥的容器。我把罐子丟進地獄犬的咽喉裡，於是這個動物化爲一團火球。我趕忙離開，氣喘如牛。

受傷的羊男沒有動，我衝過去查看，這時格羅佛的聲音響起：「波西！」

森林起火燃燒。熊熊火舌距離朱妮珀的樹不到三公尺，格羅佛和朱妮珀焦急的努力撲滅火勢。格羅佛拿起蘆笛吹奏雨之曲，朱妮珀情急之下用綠披巾拍打，想撲滅火焰，不過卻只是使情況更糟而已。

我跑向他們，跳過打鬥的現場，在巨人的大腿間迂迴前進。最近的水源是小溪，有八百公尺遠……我必須做點什麼。我集中精神，身體裡開始產生一股拉力，耳邊出現呼嘯聲。接著，一道水牆衝進樹林，將火澆熄，也將朱妮珀、格羅佛和許多東西一起泡進水中。

格羅佛噴出一柱水。「波西，謝啦！」

「不客氣！」我跑回打鬥戰場，格羅佛和朱妮珀跟著我。格羅佛手上拿著棍子，朱妮珀拿著一根枝條，很像老式的鞭子。她怒氣沖沖，像是正要去抽打誰的背一樣。

戰事似乎又勢均力敵，我們好像有機會獲勝。這時，一聲恐怖尖叫的回音從迷宮傳出，我以前聽過這個聲音。

坎佩衝進天空，她的蝙蝠翼完全張開，降落在宙斯之拳的頂端。她俯視著大屠殺現場，臉上滿溢著邪惡的笑容。突變的動物頭在她的腰間咆哮，蛇嘶嘶叫著，在她腿上盤繞扭曲。她的右手握著閃閃發光的線球，那是亞莉阿德妮的線。她一把將線球塞進腰部的獅子嘴中，拔出彎刀，刀身閃耀著毒藥的綠光。坎佩發出勝利的尖叫聲，引起一些學員大聲尖叫，其他人拔腿逃跑，被地獄犬或巨人攻擊受傷。

「天神啊！」奇戎大喊，他迅速拉起箭，不過坎佩似乎察覺到他的存在。她以不可思議的速度迅速飛離，奇戎的箭颼的一聲從她的頭旁邊掠過，沒有傷害到她一分一毫。

泰森擺脫巨人的糾纏，那傢伙已經被他的拳頭打到不省人事。他朝我們這邊跑來，一邊大喊，「堅持下去！不要逃跑！戰鬥！」

這時一隻地獄犬突然往他身上跳，然後泰森和地獄犬一起滾開了。

坎佩降落在雅典娜的帳棚，將帳棚夷平。我跟在她後面跑，突然發現安娜貝斯在我旁邊並肩跑著，手中握著劍。

「就是它了。」她說。

「來吧。」

「很高興和你一起作戰，海藻腦袋。」

「我也是。」

我們一起堵住怪物的路，坎佩嘶吼著，朝我們劈來。我巧妙避開，在安娜貝斯出手攻擊時，由我來引開她的注意力，可是這怪物的兩隻手似乎可以完全獨立戰鬥。她鎖住安娜貝斯的劍，這時安娜貝斯必須往後跳避開她的毒煙。只是接近毒煙而已，就像站在酸性煙霧中，我的眼睛感到灼痛，肺吸不到足夠的空氣。我知道我們沒辦法再撐上幾秒鐘了。

「嘿，」我大叫：「我們需要幫忙！」

沒有人來幫忙，大家不是倒地，就是正和其他敵人打仗，還有因為太害怕而動不了的。三支奇戎射出的箭從坎佩胸前穿出，不過她只是吼得更大聲而已。

「就是現在！」安娜貝斯說。

我們一起向前衝，避開怪物，揮劍深入她的防守圈內，然後幾乎……幾乎要刺進坎佩的胸膛，此時卻出現一個巨大的熊頭，從她的腰間往外猛咬，我們只好狼狽後退，以免被熊咬到。

啪！

我的眼前一片黑暗，接下來我只知道安娜貝斯和我倒在地上，怪物的前腳踩在我們的胸膛上，壓住我們。幾百條蛇正滑到我身上，嘶嘶的聲音彷彿笑聲。坎佩舉起微綠的劍，我知道安娜貝斯和我都無可選擇了。

此時，在我們後面傳來嚎叫聲，一道黑牆猛撲向坎佩，使怪物不得不閃到旁邊。原來是歐萊麗女士，她站在我們上方，怒氣沖沖的對坎佩狂吠。

「好女孩！」一個熟悉的聲音說。代達羅斯從迷宮中殺出，往我們這邊而來，一路上揮劍砍著左右的敵人。他身邊還有一個人，是一個熟悉的巨人，比巨食人族高多了，他有一百隻波浪起伏的手臂，每隻手都拿著一塊大石頭。

「布萊爾斯！」泰森驚訝的大喊。

「嘿啊，小兄弟！」布萊爾斯大吼：「挺下去！」

在歐萊麗女士跳出去之後，百腕巨人對坎佩使出連環大石頭攻勢，石頭在離開布萊爾斯的手之後似乎變大了。石頭如此之多，像是把半個地球都砸了過去。

轟！

坎佩剛剛站的地方變成巨大圓石堆起的山，幾乎和宙斯之拳一樣高，怪物唯一存在過的線索是兩點綠色的劍尖，從裂縫中伸出。

一陣歡呼聲從學員間響起，可是我們的敵人還沒完呢。一隻母龍大喊：「殺、殺、殺了他們！把他們全殺了，否則克、克、克羅諾斯會活活剝了你們的皮！」

顯然這個威脅比我們更加恐怖，巨人們以孤注一擲的心情朝我們蜂擁而來，其中一個嚇到奇戎，因爲他剛好敲到奇戎的後腿，奇戎被絆倒了。六個巨人高興的大叫，一起往前衝。

「不要！」我大叫，可是我距離太遠了，幫不上忙。

然後，那件事發生了。格羅佛張開嘴巴，從他嘴裡發出的是我所聽過最恐怖的聲音，像是黃銅小號擴大了一千倍——令人全然恐懼的聲音。

同一時間，克羅諾斯的軍隊丟下手中武器，爲了保住性命而四散逃跑，巨人踩過母龍，企圖搶先進迷宮，鐵勒金、地獄犬和敵軍的混血人爭先恐後的跟在後面。隧道入口隆隆關閉，戰爭也隨之結束。林間空地一片寂靜，只有森林中火焰的劈啪聲，還有傷者的呻吟聲，在空氣中迴盪。

我將安娜貝斯扶起來，我們一起跑向奇戎。

「你還好嗎？」我問。

他側身躺著，想要逞強站起來。「眞糗。」他喃喃自語：「我想我沒事，很幸運的，我們的半人馬並沒有被撞斷……噢！腿。」

「你需要協助，」安娜貝斯說：「我去阿波羅小屋找軍醫過來。」

「不要，」奇戎堅持道：「還有很多更嚴重的傷患要照料，去吧！我沒事，不過，格羅佛……晚一點我們必須談談你是怎麼做到的。」

「真的很神奇。」我贊成。

格羅佛的臉脹紅了。「我不知道那是哪兒來的。」

朱妮珀用力的抱住他。「我知道！」

在她繼續開口說話之前，泰森大喊：「波西！快點來！尼克！」

煙從他的黑衣服上裊裊升起，他的手指緊握，在他身體周遭的草地都已經枯黃凋謝。

我盡可能輕輕的把他翻過來，將手放在他的胸前，他的心跳很微弱。「拿神飲來！」我大喊。

一個阿瑞斯小屋的學員跛著腳走過來，遞給我一個水壺。我滴了一點魔法飲料到尼克的嘴裡。他打了個噴嚏，嘴巴噴出口水，還好，他的眼皮顫動幾下之後，眼睛張開了。

「尼克，你怎麼了？」我問：「你能說話嗎？」

他虛弱的點點頭。「以前沒有一次召喚過這麼多，我……我沒事。」

我們扶他坐起身來，再讓他多喝一點神飲。他眨眨眼睛看著我們大家，好像想認出我們是誰，最後他的眼神停留在我後面。

「代達羅斯。」他用沙啞的聲音說。

「是我，孩子。」發明家說：「我犯了很糟的錯誤，我來修正它。」

代達羅斯有幾處擦傷，正流出金色的油，不過他看起來還是比我們大部分的人都好，顯然他的機器人身體可以自動快速修復。歐萊麗女士在他身後，舔著主人頭上的傷口，使得代達羅斯的頭髮都豎起來了，那樣子實在很搞笑。布萊爾斯站在他旁邊，被一群學員和羊男粉絲包圍。他看起來有點害羞，不過還是在盔甲、盾牌和T恤上親筆簽名。

「我在迷宮裡遇到百腕巨人，」代達羅斯解釋，「他的想法似乎和我相同，想來幫忙，可是他迷路了。所以我們一起走，一起來修正錯誤。」

「耶！」泰森蹦蹦跳跳。「布萊爾斯！我就知道你會來！」

「我原來不知道呢，」百腕巨人說：「可是你點醒了我，讓我知道我是誰，獨眼巨人，你是英雄。」

泰森臉紅了，我拍拍他的背。「很久以前我就知道囉。」我說：「可是，代達羅斯……泰坦軍隊還在裡面，即使沒有線，他們也會再來，在克羅諾斯的帶領下，遲早他們會找到路。」

代達羅斯將劍收入劍鞘。「你說的沒錯，只要迷宮存在，你的敵人就能使用它，這是迷宮不能繼續存在的原因。」

安娜貝斯張大眼看著他說：「可是你說迷宮和你的生命緊緊相連！只要你活著……」

「沒錯，我的青年建築師，」代達羅斯贊同，「只要我死，迷宮就會跟著死亡。所以，我有個禮物要給你。」

他放下背上的背包，打開來，拿出一台精美的筆記型電腦，我在工坊裡看過這一台，蓋子上有一個藍色的記號：Δ。

「我的作品都在這裡，」他說：「這是我從火裡面搶救出來的全部資料，有我從未開始的計畫筆記，還有我最愛的設計。這些是我沒辦法在最近幾千年發展成形的計畫，我不敢在凡人的世界裡洩漏我的作品。也許你會在其中發現有趣的事。」

他將電腦遞給安娜貝斯，她盯著它，彷彿那是純金一樣。「你要給我這個？可是這是無價的！這個價值……我甚至說不出來到底多少！」

「這是對我以往所爲的一點補償，」代達羅斯說：「安娜貝斯，關於雅典娜的孩子，你是對的。我們應該有智慧，可是我沒有。有一天你會成爲一個比我更偉大的建築師。帶走我的想法，並且加以改進。至少在我過世前，這件事我可以做得到。」

「哇，」我說：「過世？可是你不能自殺，那是錯的！」

他搖搖頭。「和我躲了兩千年的罪比起來，這不算什麼錯。波西，天才不能爲邪惡開脫。我的時間到了，我必須面對我的懲罰。」

「你不會得到公平的審判，」安娜貝斯說：「米諾斯坐在判官的位置上……」

「我會接受即將來臨的一切，」他說：「而且相信冥界的審判，這是我們唯一能做的，不是嗎？」

他直直看著尼克，尼克沉下臉。

「對。」他說。

「那麼，你會帶我的靈魂去贖回嗎？」代達羅斯問：「你可以用它去取回你的姊姊。」

「不會，」尼克說：「我會幫你解放你的靈魂。可是碧安卡已經死去了，她必須待在她的地方。」

代達羅斯點點頭。「說得好，黑帝斯的兒子，你變得有智慧了。」然後他轉向我說：「波西．傑克森，幫我最後一個忙，我不能丟下歐萊麗女士不管，而她不想回冥界去。你可以照顧她嗎？」

我看著巨大的黑狗，她發出可憐的低吠聲，還一邊舔著代達羅斯的頭髮。我在想，媽媽的公寓不知道能不能養狗，尤其這隻狗又比公寓還大。不過我還是說：「好，我當然會照顧她。」

「這樣，我就準備好要去見我的兒子……還有柏底斯了，」他說：「我必須告訴他我有多抱歉。」

安娜貝斯的眼睛裡都是眼淚。

代達羅斯轉向尼克，他正在拔劍。一開始我很怕尼克會殺了老發明家，不過他只是簡單的說：「你活了很久的時間了。放鬆，休息吧。」

一抹放鬆的微笑在代達羅斯的臉上綻開，他像雕像一樣凝固不動，皮膚轉為透明，露出身體裡面咻咻作響的青銅齒輪和機械裝置。接著，雕像瓦解成灰色塵土。

歐萊麗女士嚎叫著，我拍拍她的頭，盡我所能的安慰她。大地震動，是地震，大概這個國家裡的每個主要城市都能感覺到，是古老的迷宮倒塌了。我希望裡面某個地方殘存的泰坦軍隊已經一併崩毀。

我看著林間空地上大屠殺後的殘局，以及我疲倦的朋友們。

「走吧，」我對他們說：「我們還有工作要做。」

19 分裂的偶蹄

太多道別了。

那個晚上是我第一次看到營隊喪服穿在眞正的身體上，這是我絕不想再看到的景象。

在過世的人中，阿波羅小屋的李．佛雷秋是被巨人的狼牙棒打倒的，他被包在金色的、沒有任何裝飾的喪服中。戴歐尼修斯的兒子，在和混血人敵人的打鬥中倒下，他被包覆在繡著葡萄藤的紫色喪服中，他的名字是凱司特。我覺得慚愧，因爲我在混血營看到他已經三年了，卻不曾記住他的名字。他十七歲，他的雙胞胎兄弟波琉克斯想要說幾句話，可是卻哽住說不出口，他沉默的拿著火炬，點亮圓形競技場中央的火葬柴堆。沒幾秒鐘，整排喪服被火焰吞沒，將煙和火花往上傳送到星空。

第二天一整天，我們都在處理傷者，其實幾乎每個人都受傷了。羊男和森林精靈則忙著修補森林受到的損害。

中午時分，羊男長老會在他們的樹叢聖地中舉行緊急會議。三個資深的羊男在那裡。還有奇戎，他坐在輪椅上，斷腿還沒痊癒，所以他會被限制在椅子上幾個月，直到腿強壯到可以承受他的體重爲止。樹叢中滿滿都是羊男、森林精靈和從水底上來的水精靈，總共有好幾百個，想要知道結果會怎麼樣。朱妮珀、安娜貝斯和我都站在格羅佛旁邊。

賽力納斯想要馬上流放格羅佛，可是奇戎勸他至少先聽聽證據，所以我們告訴大家在水晶洞窟裡發生的事，還有潘說的話。接著，幾個戰爭中的目擊證人描述格羅佛發出的古怪吼聲，令泰坦軍隊退回地下。

「這是大恐慌，」朱妮珀的聲音很堅定。「格羅佛召喚野地之神的力量。」

「大恐慌？」我問。

「波西，」奇戎解釋說：「天神和泰坦的第一次大戰時，潘發出的恐懼之吼嚇退敵軍。那是……那曾經是他最偉大的力量——以恐懼的巨浪幫助天神贏得那天的勝利。從此潘和大恐慌就被劃上等號。而格羅佛使用了那個力量，從他體內呼喚湧出。」

「太可笑了！」賽力納斯大吼：「這是褻瀆！也許是野地之神賜給我們的祝福，也或許是格羅佛的音樂太神奇，所以將敵人嚇退了！」

「長官，不是這樣的，」格羅佛說。如果我遭受這樣的侮辱，我絕對沒辦法像他那麼冷靜。「他讓他的精神滲入我們所有的人。我們必須行動，我們每個人都必須讓野地重新活過來，我們必須保護現在還殘存的野地。我們必須向世界傳播這件事。潘已經死了，除了我們之外，沒有別人可以做這事了。」

「在兩千年的探查之後，這就是你想讓我們相信的事情嗎？」賽力納斯大吼：「休想！我們必須繼續探查。流放這個叛徒！」

幾個比較老的羊男低聲贊同。

「投票！」賽力納斯要求。「拜託，誰會相信這個荒謬的小羊男？」

「我會。」是一個熟悉的聲音。

大家一起轉過頭，大步走進樹叢的是戴歐尼修斯。他穿著黑色的正式服裝，我差點認不出他來，黑色的外套裡是深紫色的領帶和紫羅蘭禮服襯衫，黑色的捲髮仔細的梳過。他的眼睛像以往一樣充滿血絲，圓圓的臉脹紅了，可是神情看起來像是因爲悲傷而泛紅，而不是酒醉。

羊男全都起立致敬，當他走近時對他彎腰鞠躬。戴歐尼修斯揮揮手，賽力納斯旁邊的地面就冒出了一隻新椅子——是用葡萄藤做成的王座。

戴歐尼修斯坐下來，翹起腳。他彈彈手指，一個羊男趕忙上前，端上一盤起士和鹹餅乾，還有一瓶健怡可樂。

酒神環顧來此集會的眾人。「想我嗎？」

羊男們連連點頭鞠躬。「喔，當然想，超級想啊，陛下！」

「嗯，我倒是一點都不想念這個地方！」戴歐尼修斯火大的說：「朋友們，我帶來壞消息，不幸的消息：低階的天神已經換邊站了。夢非斯已經投向敵營，黑卡蒂、傑納斯、涅梅西絲也是，宙斯手上還有更多名單。」

遠方雷聲隆隆。

「用力打嘛，」戴歐尼修斯說：「難道連宙斯也不知道啊？好了，我想再聽一次格羅佛的故事，從頭開始講。」

「可是，陛下，」賽力納斯反對道：「他根本一派胡言！」

戴歐尼修斯的雙眼突然燃起紫色的火焰。「賽力納斯，我才剛知道我的兒子凱司特死掉的事，我心情不是太好，我想你會好好的順我的意吧。」

賽力納斯頓時哽住，揮手要格羅佛重新開始。

格羅佛說完後，戴先生點點頭，「聽起來像是潘會做的事。格羅佛是對的，探查太煩人了，你們必須開始自己想辦法。」他轉向一個羊男，「給我來點剝皮的葡萄，快去！」

「是的，陛下！」羊男驚慌的跑開。

「我們必須流放叛徒！」賽力納斯堅持。

「我說不行，」戴歐尼修斯反對，「我投反對票。」

「我也投反對票。」奇戎跟進。

賽力納斯頑固的問：「大家都贊成流放嗎？」

他和其他兩個老羊男都舉手。

「三票對兩票。」賽力納斯說。

「喔，沒錯，」戴歐尼修斯說：「不過，告訴你一個很不幸的事實，天神的票要加倍計算，所以我投反對票，就表示我們平手。」

賽力納斯憤怒的站起來，「這是不法行爲！長老會不能陷入僵局。」

「那就解散啊！」戴先生說：「我不在乎。」

賽力納斯僵硬的鞠躬，他的兩個朋友也是，然後他們離開了樹叢，大約有二十個羊男跟他們走了，其他的羊男不安的竊竊私語。

「別擔心，」格羅佛對他們說：「我們不需要長老會來告訴我們該做些什麼，我們可以自己找出來。」

他再一次告訴他們潘所說的話，他們必須解救野地，一點一點進行。他開始將羊男分成幾個小組，有些想去國家公園，有些想去找出最後的野地，有些想保護大城市中的花園。

「哦，」安娜貝斯說：「格羅佛似乎長大了。」

傍晚，我在岸邊找到泰森，他在和布萊爾斯說話。布萊爾斯用一半的手在蓋沙堡，他不是很專心在做，可是他的手已經蓋起一棟三層的城堡，外圍高牆、護城河，還有入口吊橋。

泰森正在沙地上畫地圖。

「在礁石那裡左轉，」他告訴布萊爾斯說：「一直走，當你看到沉船時，向東大約走一．六公里，穿過美人魚墓園後，你就會開始看到燃燒的火焰。」

「你在跟他說打鐵爐的位置？」

泰森點點頭。「布萊爾斯想要幫忙，他要去教獨眼巨人已經失傳的作法，製造出更好的武器和盔甲。」

「我想見獨眼巨人，」布萊爾斯說：「我不想再孤單了。」

「我想你在那裡不會孤單的。」我有點羨慕的說，因爲我從沒有到過波塞頓的領土。「他們一定會讓你忙得不得了。」

布萊爾斯換上快樂的臉。「忙聽起來很棒！我希望泰森也可以去。」

泰森臉紅了。「我必須和我哥哥一起待在這裡。布萊爾斯，你一定會做得很好，謝謝你。」

百腕巨人和我握了一百次手。「波西，我們會再見面的，一定會的！」

然後他給泰森一個章魚般的多手擁抱，然後走進海中。我們一直目送他離開，直到他的大頭被海浪覆蓋。

我拍拍泰森的背。「你幫他很大的忙。」

「我只是跟他說而已。」

「你信賴他。沒有布萊爾斯，我們不可能打倒坎佩。」

泰森咧開嘴笑了。「他投的好石頭！」

我笑了。「對啊，他眞的投了一場好石頭，走吧，大個兒，一起去吃晚餐吧。」

在營隊裡吃一頓正常的晚餐讓我感覺很棒。泰森和我一起坐在波塞頓的桌子旁。長島海峽的日落美極了。雖然局勢要恢復正常還差得遠，不過當我走向火盆，投下一些餐點到火裡面獻給波塞頓時，我眞心覺得有太多要感謝的。我的朋友和我都活著，混血營安全了，而克羅諾斯遭到挫敗，至少目前是這樣子。

唯一讓我煩心的是尼克，他在涼亭邊緣的陰影中。荷米斯那一桌有提供給他一個位子，而奇戎要他一起坐在主桌，但他拒絕了。

晚餐後，學員往圓形競技場走去，阿波羅小屋的學員答應要帶大家一起唱歌，來振奮大家的精神，可是尼克卻轉身消失在森林中，我想我最好跟著他。

走在林間的樹影下，眼前愈來愈黑，雖然我一向知道森林裡有很多怪物，但以前走在這裡從沒感到害怕過。可是，我想起了昨天的戰鬥。我懷疑從此以後，自己再也不能在這個森林裡散步，而不想起這場戰爭的恐怖。

我看不到尼克，走了幾分鐘後，才看到前面出現亮光。一開始我以爲是尼克點了火把，更靠近之後，才發現亮光其實是一個亡魂。碧安卡．帝亞傑羅閃閃發光的身體站在林間空地上，對她的弟弟微笑。她對他說話，然後摸他的臉，應該說試著摸他的臉，然後她的身影消失了。

尼克轉身看到我，不過他沒有發脾氣。

「要說再見了。」他聲音沙啞。

「我們晚餐時沒看到你，」我說：「你可以來和我一起坐。」

「不。」

「尼克，你不能不吃飯，如果你不想住在荷米斯小屋，也許他們可以破例讓你住在主屋，那裡有很多房間。」

「波西，我不住下來。」

「可是……你不能就這樣離開。對落單的混血人來說，外面太危險了，你需要接受訓練。」

「我和死者一起接受訓練，」他平靜的說：「混血營不適合我，波西，這是他們沒有設黑帝斯小屋的理由，他不受歡迎，甚至比在奧林帕斯還不受歡迎。我不屬於這裡，我必須離開。」

我想要爭辯，可是心裡的一角卻知道他是對的。我不喜歡這樣，可是尼克必須找出他自己的黑暗之路。我想起在潘的洞窟裡時，野地之神一一叫我們的名字，卻沒叫到尼克。

「你什麼時候要走？」我問。

「立刻要走，我有一大堆問題，比如，我的媽媽是誰？是誰供應碧安卡和我學費，讓我們去上學？那個帶我們走出蓮花賭場的律師是誰？我對自己的過去一無所知，我必須弄清楚。」

「很合理，」我承認。「可是我希望我們不會變成敵人。」

他低下頭。「對不起，我是個壞小孩，碧安卡的事，我應該聽你的。」

「說到這個……」我從口袋裡撈出一個東西。「我們在打掃小屋時，泰森發現了這個，我想你可能想要它。」我拿出一個鉛製的黑帝斯雕像，那是去年冬天尼克離開營隊時丟下的神話魔法小雕像。

尼克猶豫了一下。「我不玩那個遊戲了，那是給小孩玩的。」

「這是四千年的攻擊火力喔。」我哄他。

「五千年，」尼克更正道：「可是只有在你的對手先攻擊的時候才有用。」

我微笑。「也許偶爾當一下小孩也不錯。」我把雕像丟給他。

尼克盯著掌中的雕像好一會兒，然後將它放進口袋。「謝謝。」

我伸出手，他勉強握了一下，他的手冷得像冰。

「有很多事情等著我去調查，」他說：「有些事……唔，如果我知道什麼有用的消息，我會讓你知道。」

我不確定他的意思是什麼，不過還是點點頭。「保持聯絡，尼克。」

他轉身，邁著沉重的步伐走向森林。當他走路的時候，黑影似乎彎向他，好像想引起他的注意。

一個聲音在我背後說：「那裡有個心事重重的年輕人。」

我轉身看到戴歐尼修斯，他還穿著那身黑衣服。

「和我一起走。」他說。

「去哪裡？」我很多疑。

「只是去營火晚會，」他說：「我開始覺得好多了，所以我願意和你說點話。你老是想惹我生氣。」

「喔，謝謝。」

我們沉默的走過森林。我注意到戴歐尼修斯是懸空走路的，他發亮的黑皮鞋在離地三公分的高度移動著，我猜他不想弄髒鞋子。

「我們有很多叛徒，」他說：「奧林帕斯的情勢不妙，而你和安娜貝斯救了這個營隊。我不知道該不該感謝你。」

「這是團隊努力的成果。」

他聳聳肩。「無論如何，你們兩個做的還算有點不錯啦，我想應該讓你知道，這次不是只有損失而已。」

我們到了圓形競技場，戴歐尼修斯指向營火的方向。克蕾莎和一個高大、有西班牙血統的小孩肩並肩坐在一起，他正在對她說一個笑話。那是克里斯．羅德里格茲，在迷宮中發瘋的混血人。

我轉向戴歐尼修斯。「是你醫好了他？」

「治療瘋病是我的專長，很簡單。」

「可是……你做好事，爲什麼？」

他揚起眉毛。「我很好，我就是超級好心，波里．傑納森。你以前沒注意到嗎？」

「唔……」

「也許我是因爲兒子的死而悲傷，也許我是想給克里斯這傢伙一個機會，至少，這似乎讓克蕾莎的心情好一點。」

「爲什麼要告訴我這件事？」

酒神嘆了口氣。「喔，去黑帝斯的，我哪知道。你要知道，小子，仁慈的行爲有時和劍一樣有力。當我還是凡人的時候87，我從不是偉大的格鬥家、運動員或詩人，我只是會製酒而已。同村的人都笑我，說我沒出息。現在看看我吧，有時候小東西會變得非常巨大。」

他留下我一個人繼續想。當我看到克蕾莎和克里斯在暗處悄悄牽起手，一起唱著愚蠢的營火歌，以爲沒有人看到時，我是該微笑吧。

87 酒神是十二位天神中，唯一由凡人女子所生。他原本也是混血人，後來才被賜予永生不死的天神身分。

20 銀色生日派對

接下來的暑假很怪，因爲一切都很正常。日常活動持續進行：射箭、攀岩、飛馬騎術課程。我們玩奪旗比賽，不過大家都避開宙斯之拳那邊。我們唱營火歌，玩雙輪戰車競速，對別的小屋惡作劇。大部分的時間我都和泰森一起，和歐萊麗女士玩，她在想起老主人的夜晚仍然會嗥叫。安娜貝斯和我互相避開對方。和她在一起，我會很高興，可是也有點受傷；而不和她在一起時，也一樣受傷。

我想和她談談克羅諾斯的事，可是又不可能不提到路克，這是我絕對碰不得的話題，每次我一提，她就對我大吼。

在七月四日的國慶日海岸煙火後，七月過去了，八月變得很熱，草莓都直接在園子裡被烤熟了。終於，暑期營隊的最後一天到了，早餐後，標準格式的信出現在我床上，警告我如果過了中午還在的話，清潔鳥妖會吞了我。

上午十點，我站在混血之丘山頂，等營隊的廂型車載我進城。我安排歐萊麗女士留在混血營裡面，奇戎答應會照顧她，而泰森和我在學期中時會輪流來看她。

我希望安娜貝斯和我一起搭車到曼哈頓，不過她只是來送我離開。她說她打算在營隊裡待久一點，她想待到奇戎的腿完全康復，這段時間內還會繼續研究代達羅斯的筆記型電腦，她已經專心研究兩個月了。然後她就會回去她的爸爸在舊金山的住所。

「我會去上那裡的一所私立學校，」她說：「我可能會討厭那裡，可是……」她聳聳肩。

「那，要打電話給我，好嗎？」

「好。」她不太起勁的說：「我會繼續注意……」

又來了，路克，她不可能在提到他的名字時，卻沒打開傷心、擔心和生氣的大盒子。

「『你將在無盡頭的黑暗迷宮中探究，』」我回想預言說：「『喚起死者、叛徒、和失蹤者。』我們喚起了許多死者，我們救了伊森，他變成叛徒。我們喚起潘的靈魂，他是失蹤者。」

安娜貝斯搖搖頭，像是希望我不要說了。

「『你將藉由亡魂國王之手升起或墜落，』」我繼續逼她。「我以前以為是指米諾斯，可是其實不是，那是指尼克。他決定站在我們這邊，救了我們。至於，『雅典娜之子面臨最終時刻。』指的是代達羅斯。」

「波西……」

「『以英雄最終的呼吸加以破壞。』現在看起來也說得通，代達羅斯死亡，因而破壞了迷宮，可是最終的……」

「『失去之摯愛陷入比死更糟之境。』」安娜貝斯眼中充滿眼淚。「波西，這就是最後一句，你現在高興了吧？」

陽光似乎比前一刻冷多了。「喔，」我說：「所以路克……」

「波西，我不知道預言說的是誰，我……我不知道是不是……」她的聲音顫抖而無助。「路克和我……這幾年來，他是唯一眞正關心我的人，我想……」

在她能再度開口前，一道閃光出現在我們旁邊，像是有人掀開空氣中的金布幕。

「親愛的，你不用爲任何事感到內疚，」站在山丘頂部的是一個穿著白洋裝的高大女子，她的黑髮編成辮子披在肩膀上。

「希拉。」安娜貝斯說。

女神微笑。「你找到答案了，我知道你做得到，你的尋找任務成功了。」

「成功？」安娜貝斯說：「路克不見了，代達羅斯死了，潘也死了。這樣怎麼能……」

「我們的家人都安全了，」希拉堅持看法。「其他的不見最好，親愛的，我以你爲榮。」

我握緊拳頭，不敢相信她竟然這麼說。「是你付錢給格律翁，讓我們通過農場，是嗎？」

希拉聳聳肩，她的洋裝閃耀著彩虹的色彩。「我想要讓你們的腳步加快。」

「可是你不在意尼克，你很高興看到他轉向泰坦那邊。」

「喔，拜託。」希拉輕蔑的揮揮手。「黑帝斯的兒子自己也說了，沒人想跟他在一起，他不屬於這裡。」

「赫菲斯托斯說得沒錯，」我大吼：「你只在乎你完美的家庭，而不是眞正關心人。」

她的眼睛轉為危險級的亮度。「波塞頓的兒子，你小心一點。我在迷宮裡對你們的指引超過你所知的程度，當你面對格律翁時，我站在你這邊，是我讓你的箭直直命中要害。我把你送到卡呂普索的島，而且還開了一條去泰坦之山的路。親愛的安娜貝斯，你一定明白我幫了多少忙。我會歡迎因我的努力而獻上的祭品。」

安娜貝斯還是像雕像一樣動也不動的站在原地。她可以說聲謝謝，她可以答應投入一些烤肉到火盆中獻給希拉，然後把這些事全部忘掉。可是她卻頑固的閉著嘴巴，看起來很像在面對斯芬克斯的時候……她不接受簡單的題目，即使這會讓她惹上大麻煩。這是我最欣賞的安娜貝斯的一點。

「波西是對的。」她轉身背對天神。「天后希拉，你是那種和人處不來的人，所以下次，謝了……不過，不必了。」

希拉的冷笑比恩普莎還難看，她的身體開始發亮。「安娜貝斯，你會為這次對我的侮辱感到後悔，非常非常的後悔。」

當天后變成真正的天神形體，消失在強光中時，我把眼睛移開。

山丘再次恢復平靜，松樹上的守衛龍在金羊毛下方打盹，好像什麼事都沒發生過。

「對不起，」安娜貝斯對我說：「我……我該回去了，我會和你保持聯絡。」

「喂，安娜貝斯……」我想到聖海倫斯山、卡呂普索的島、路克和瑞秋，突然間每件事都變得很複雜，我想告訴安娜貝斯，我真的不想和她距離這麼遠。

阿古士在路邊按喇叭，我失去了機會。

「你該走了，」安娜貝斯說：「小心點，海藻腦袋。」

她慢慢跑下山坡，我看著她，直到她回到小屋。她沒有回頭。

兩天後是我的生日。我從沒公布我的生日，因爲日期都剛好在營隊結束後，所以混血營的朋友通常是不能來的，而我又沒什麼凡人朋友。此外，變老似乎不是什麼値得慶祝的事，因爲我得知那個大預言：在我十六歲時，不是毀滅就是拯救這個世界。現在我已經快要十五歲，沒多少時間了。

媽媽在公寓裡爲我舉辦一個小小派對。保羅．布魯菲斯來參加，沒關係，因爲奇戎運用迷霧讓古迪高中的人相信樂團室爆炸事件與我無關。保羅和其他目擊證人都相信凱莉是一個愛丟燃燒彈的瘋狂啦啦隊長，而我只是無辜的路人，驚恐的逃離現場而已。下個月，我仍然被准許進入古迪高中成爲新生。如果我想保持每年都被學校開除的紀錄，可得加把勁了。

泰森也來參加我的派對，媽媽特別爲他烤了兩個藍色的蛋糕。泰森幫媽媽吹派對的氣球，保羅要我到廚房去幫他。

我們在倒飲料的時候，他說：「聽你媽媽說，她幫你報名今年秋天的駕訓班。」

「對啊，很酷，我等不及了。」

說眞的，可以考駕照的確讓我很興奮，可是現在我的心思完全沒放在這上面，我想保羅也感覺得出來。很怪的是，他有時會讓我聯想到奇戎，他看著我的樣子彷彿可以看穿我的心思，我猜那是老師的特質。

「你的暑假過得不太好，」他說：「我猜你失去了重要的人，是……女孩的問題嗎？」

我睜大眼看著他。「你怎麼知道的？是我媽媽……」

他舉起手。「你媽媽沒有說半個字，而且我也不會去打聽。波西，我只知道你一定有什麼不尋常的事，你的情況是怎麼樣，我不大了解。不過我也曾經十五歲過，我只是從你的表情猜的……嗯，你過得不太好。」

我點點頭。我答應過媽媽要告訴保羅我的事，可是現在似乎不是時候，時機未到。「這次去營隊時，我失去了兩個朋友，」我說：「不是很好的朋友，可是我還是……」

「我很遺憾。」

「嗯，至於……女孩的事情……」

「喝吧。」保羅遞給我飲料。「敬你的十五歲生日，祝你未來一年過得更好。」

我們輕敲紙杯，開始喝。

「波西，我覺得再多給你一件事去想好像不太好，」保羅說：「但我還是想問你。」

「什麼？」

「女孩的事。」

我皺眉。「你是說……？」

「你的媽媽，」保羅說：「我想向她求婚。」

我的杯子差點掉下去。「你是說……和她結婚？你和她？」

「嗯，大概是這樣，你覺得好嗎？」

「你在問我同不同意嗎？」

保羅搔搔鬍子。「我不知道有沒有到同意這麼嚴重，但畢竟她是你的媽媽，我知道你們一起經歷了很多事。如果我沒有先跟你談這件事，我覺得不對，這是男人和男人的對話。」

「男人和男人，」我重複他的話，這樣說聽起來很奇怪。我想起保羅和我媽媽，每次他在身邊時，她的笑容和笑聲就多了很多，還有保羅想盡辦法讓我進高中的事。我發現自己正在說：「我想這個主意很棒，保羅，去做吧。」

他的笑容非常燦爛。「波西，乾杯，我們一起去派對吧。」

我正準備要吹熄蠟燭，這時門鈴響了。

媽媽皺起眉頭。「會是誰啊？」

很奇怪，我們的新房子有管理員，可是他沒有通知我們。媽媽打開門，倒抽了一口氣。是我爸爸。他穿著百慕達短褲、夏威夷襯衫和勃肯鞋，是他平常的打扮。他的黑鬍子修剪得很整齊，海水綠的眼睛閃閃發亮。他頭上戴著一頂舊舊的漁夫帽，上面裝飾著魚鉤，還寫著：海神幸運漁夫帽。

「波……」媽媽停下不說，她的臉到髮根都變紅了。「嗯，哈囉。」

「哈囉，莎莉，」波塞頓說：「你和以往一樣美麗，我可以進去嗎？」

媽媽發出一個短促的聲音，聽起來像「好」，或「哦」，波塞頓把它當成好，進了門。

保羅來回看著我們，想解讀我們的表情。最後他往前幾步。「嗨，我是保羅．布魯菲斯。」

波塞頓在和他握手時揚起眉毛。「你是說噗浪魚嗎？」

「喔，不是，是布魯菲斯。」

「喔，我懂了，」波塞頓說：「不好意思，我聽成魚了。我是波塞頓。」

「波塞頓？名字很有趣。」

「對啊，我喜歡這個名字，我也換過其他的名字，不過我還是最喜歡波塞頓。」

「很像海神。」

「眞的很像，沒錯。」

「好啦！」媽媽打斷他們。「我們很高興你可以順路過來。保羅，這位是波西的爸爸。」

「喔。」保羅點點頭，不過他看起來不是眞的很開心。「我知道了。」

波塞頓對我微笑。「我的孩子，你在這裡，還有泰森，嗨，兒子！」

「爸爸！」泰森跳起來衝過房間，給波塞頓一個大擁抱，差點擠掉他的漁夫帽。

保羅的嘴張得很大，他看著媽媽。「泰森是……」

「不是我兒子。」她保證。「說來話長。」

「我不能錯過波西的十五歲生日，」波塞頓說：「爲什麼呢，如果這裡是斯巴達，波西今天就成年了！」

「沒錯，」保羅說：「我曾經教過遠古史。」

波塞頓的眼睛閃閃發亮。「這就對了，遠古史。莎莉、保羅、泰森……我可以借波西一下子嗎？」他用手臂環住我，把我拉到廚房裡。

剩下我們兩個人獨處時，他的笑容消失了。

「孩子，你沒事吧？」

「還不賴吧，我想。」

「我聽到你的事，」波塞頓說：「可是我想直接聽你說，把所有的事都告訴我。」

我照做了。我覺得有點窘，因爲波塞頓聽得非常專心，他的目光沒有離開過我的臉，整個過程中他的表情都沒有變。我說完之後，他緩緩的點頭。

「所以克羅諾斯確實回來了，距離大戰全面開打已經不久了。」

「路克呢？」我問：「他眞的走了嗎？」

「波西，我不知道，這是最讓人困擾的。」

「可是他的身體是凡人，你不能毀掉他吧？」

波塞頓看起來很困擾。「凡人，也許吧。可是，孩子，路克不太一樣，我不知道泰坦的靈魂是怎麼入主他的身體，可是他一定不是單純的被殺死。還有，如果我們把克羅諾斯送回深淵，恐怕他一定會被殺掉。我必須好好想想這個問題。很不幸的，我自己還有別的問題。」

我記起泰森在夏天一開始時告訴我的話。「老海神嗎？」

「確實，波西，在我這邊，戰爭已經先開打了。事實上，我不能待太久，現在海洋本身仍然在戰爭中。我唯一能做的就是避免龍捲風和颱風破壞地表世界，這場戰爭十分劇烈。」

「讓我到海底去，」我說：「讓我幫忙。」

波塞頓笑起來的時候，眼睛旁會出現皺紋。「孩子，還不用。我感覺到這裡需要你。這提醒了我一件事……」他拿出一枚沙幣，用力放在我的手中。「你的生日禮物，好好用喔。」

「嗯，用掉一枚沙幣？」

「喔，沒錯，在我的節日時，你可以用沙幣買很多東西。如果你用在正確的地方，我想你會發現它可以買的東西很多。」

「用在什麼地方？」

「時機到的時候，」波塞頓說：「我想你會知道。」

我握住沙幣，可是還有件事很困擾我。

「爸，」我說：「我在迷宮的時候遇到安提爾斯，他說……唔，他說他是你最寵愛的兒子，他用骷髏頭裝飾他的競技場，而且……」

「他將骷髏獻給我，」波塞頓接下去說：「而你很疑惑，怎麼有人可以用我的名字做這麼可怕的事？」

我不安的點點頭。

波塞頓將歷經風霜的手放在我的肩膀上。「波西，少數無關緊要的人用天神的名字做了很多可怕的事，這不表示我們天神同意這麼做。我們的兒子和女兒以我們的名字行動……嗯，這樣說好了，通常他們說的遠比我們做的多。而你，波西，你是我最愛的兒子。」

他微笑。這一刻，只是這樣和他一起在廚房裡，就是我此生收過最好的生日禮物。接著，媽媽在客廳叫我：「波西，蠟燭要燒光了！」

「你快去吧，」波塞頓說：「波西，最後一件你該知道的事，在聖海倫斯山的那場意外……」

這一秒，我以爲他在說安娜貝斯吻我的事，我臉紅了。不過我隨即明白他在說一件嚴重許多的大事。

「那場爆炸仍然持續著，」他說：「泰風還在翻來覆去，快則幾個月，最好的狀況可以拖到一年，他就會掙脫束縛。」

「對不起，」我說：「我沒有想要……」

波塞頓舉起手。「波西，這不是你的錯，克羅諾斯一直在喚醒遠古的怪物，這件事遲早都會發生，你要明白，如果泰風成功翻身……這完全不像你以前遇到過的任何事。他第一次出現的時候，傾奧林帕斯全部力量都不足以與他抗衡。當他再次現身時，他會來這裡，紐約，他會直搗奧林帕斯。」

好極了，這眞是我最想在生日時聽到的「好消息」了。波塞頓拍拍我的背，好像一切都沒事。「我該走了，好好享用蛋糕吧。」

他化爲一陣煙霧，往窗外飄去，像是一陣輕煦的海風。

我花了好一番工夫才說服保羅，波塞頓已經從逃生梯離開了，因爲人類不可能消失在稀薄的空氣中，他別無選擇只好相信了。

我們開始吃藍色蛋糕和冰淇淋，直到再也吃不下爲止。然後我們玩了一堆派對遊戲，像猜字謎、大富翁。泰森沒有解開任何字謎，每次他在比手勢的時候，嘴巴就會講出答案。不過他的大富翁就很在行了，他走了五回合就把我踢出遊戲，接著再讓媽媽和保羅破產。他們繼續玩，我先走進我的房間。

我把一片沒吃完的蛋糕放在桌子上，然後把混血營項鍊取下，放在窗台上。項鍊上有三顆珠子，代表我的三次混血營——三叉戟、金羊毛，還有最新的、錯綜複雜的迷宮，象徵迷宮戰場，學員也開始用「迷宮」來代表這場戰爭。不知道明年的珠子會是什麼，如果我還在的話，如果混血營到明年夏天還在的話。

我看著身邊的電話機，我想打電話給瑞秋·伊莉莎白·戴爾。媽媽之前問我說還有沒有想要一起度過今晚的人，當時我想到瑞秋，可是卻沒有打，不知道爲什麼，這想法帶給我的緊張，不下於站在迷宮入口時。

我拍拍口袋，把裡面的東西全都拿出來，有波濤劍、紙巾、我的公寓鑰匙。接著，我拍拍上衣口袋，發現裡面有一小塊東西。一開始我認不出來那是什麼，可是我隨即想起來這件白色上衣是我在歐吉吉亞島時卡呂普索送給我的。我拿出來，是一小片布，我將布打開，裡面是一枝月蕾絲。細細的一枝花，在兩個月後已經枯萎了，不過我還是聞到那迷人花園裡的微弱香氣。這使我感到憂傷。

我想起卡呂普索最後對我的要求：爲我在曼哈頓作一個花園，好嗎？我打開窗戶，走到火災逃生梯。

媽媽在那裡放了一個花盆，春天時她會在裡面種滿花，不過此刻只有泥土，等待著新氣象。這是個清靜的夜晚，月光灑落在第八十二街，我小心的將乾枯的月蕾絲枝條插入土中，然後從營隊水壺裡倒出一點點神飲，灑在月蕾絲上。

一開始，沒有動靜。

然後，在我的注視下，一枝細細的銀色植物從土裡冒出芽來，是月蕾絲寶寶，在溫暖的夏夜裡發光。

「好植物。」一個聲音說。

我跳起來。尼克．帝亞傑羅就站在逃生梯上，我的旁邊，他才剛出現。

「對不起，」他說：「不是故意嚇你。」

「沒……沒關係，你……你在這裡做什麼？」

這兩個月來，他長高了兩、三公分吧，一頭黑色粗濃的亂髮。他穿著黑T恤、黑長褲，還戴著一只新的銀戒指，形狀和骷髏頭很像。他的冥河鑄鐵劍掛在身邊。

「我做了一些探勘工作，」他說：「你會想知道的，代達羅斯已經得到他的懲罰。」

「你看到他了？」

尼克點點頭。「米諾斯想要永遠將他放在起士火鍋裡面煮，不過我爸爸有不同的想法。代達羅斯將一直在日光蘭蓋高架橋和交流道，幫助紓解交通瓶頸。說真的，我想那個老人應該很高興吧，他還是可以蓋房子，繼續創作，而且他可以在週末時去看他的兒子和柏底斯。」

「那很好。」

尼克輕敲他的銀戒指。「但這不是我來此的眞正理由，我發現了一些事，想告訴你。」

「是什麼？」

「擊敗路克的方法，」他說：「如果我是對的，這個方法是你唯一的機會。」

我深呼吸一口氣。「好，我在聽。」

尼克往我的房間裡面瞥了一眼，他的眉頭皺起。「那是……藍色的生日蛋糕嗎？」

他好像很餓，也許是有點渴望的感覺。我想，這可憐的孩子是不是不曾有過生日派對？也或許他不曾被邀請過。

「進來吃點蛋糕和冰淇淋，」我說：「我們應該有很多話要說。」

波西傑克森 4
迷宮戰場

文 / 雷克・萊爾頓
譯 / 吳梅瑛

主編 / 林孜懃　特約編輯 / 賴惠鳳
封面繪圖 / Blaze Wu　封面設計 / Snow Vega
內頁美術設計 / 唐壽南　行銷企劃 / 鍾曼靈
出版一部總編輯暨總監 / 王明雪

發行人 / 王榮文
出版發行 / 遠流出版事業股份有限公司　104005台北市中山北路一段11號13樓
電話：(02)2571-0297　傳眞：(02)2571-0197　郵撥：0189456-1
著作權顧問 / 蕭雄淋律師
輸出印刷 / 中原造像股份有限公司
□ 2009年11月1日 初版一刷　　□ 2024年6月20日 三版三刷

定價 / 新台幣460元（缺頁或破損的書，請寄回更換）

ISBN 978-957-32-9922-6
ylib 遠流博識網 http://www.ylib.com　E-mail:ylib@ylib.com
遠流雷克萊爾頓奇幻欄 http://www.facebook.com/thekanefans

PERCY JACKSON & THE OLYMPIANS：THE BATTLE OF THE LABYRINTH

國家圖書館出版品預行編目資料

波西傑克森. 4 ：迷宮戰場 / 雷克.萊爾頓（Rick Riordan） 著；吳梅瑛譯. -- 三版. --台北市：遠流出版事業股份有限公司，2023.01
面； 公分
譯自：Percy Jackson & the Olympians：the battle of the labyrinth
ISBN 978-957-32-9922-6（平裝）

874.59 111020226